桑农 | 著

北京日报出版社

图书在版编目（CIP）数据

白鹭归来 / 桑农著. -- 北京：北京日报出版社，2025.9

ISBN 978-7-5477-4655-4

Ⅰ.①白… Ⅱ.①桑… Ⅲ.①长篇小说—中国—当代 Ⅳ.① I247.5

中国国家版本馆 CIP 数据核字 (2023) 第 133676 号

白鹭归来

出版发行：北京日报出版社
地　　址：北京市东城区东单三条 8-16 号东方广场东配楼四层
邮　　编：100005
电　　话：发行部：（010）65255876
　　　　　总编室：（010）65252135
印　　刷：三河市华东印刷有限公司
经　　销：各地新华书店
版　　次：2025 年 9 月第 1 版
　　　　　2025 年 9 月第 1 次印刷
开　　本：880 毫米 × 1230 毫米　1 / 32
印　　张：9
字　　数：205 千字
定　　价：58.00 元

版权所有，侵权必究，未经许可，不得转载

北京朝阳有条古老的河，
它的名字叫萧太后河，
太阳从东方升起，
河水荡漾闪银波，
星星缀满夜空，
映照河水唱着岁月的歌。
啊！
古老的河，
神秘的河，
它奔流的脚步化作人间美丽的传说。

一

萧太后河畔的金牛坊村北有一棵老松树，由于树大能遮挡风雨和阳光，男人们一有空就在树下抽烟、喝茶，女人们在树下缝补衣服，小孩子们在树下跳皮筋，有的人还在树下端着饭碗吃饭……这里不仅是村民们休闲娱乐的聚集地，同时也是社员们吹侃萧太后河历史的主要阵地。

每到夕阳要西下时，历史知识丰富的来老汉，就端着他那黑乎乎的敞口大茶缸，坐在小板凳上，习惯性地吹吹茶水中漂浮的茶叶，然后"噌"一口茶水，两只眼睛睁圆"咕"一口咽下，把茶缸子放在石头上后开始向年轻人讲述："要说这萧太后河，说它古老，它至今约有一千一百年历史，说它神秘，谁也说不清楚它的来历啊！专家说，这是古代的运粮河……朝阳区文物部门的工作人员说，经考证此河是永定河的延长段……关于河的说法版本还有很多……"当大伙儿正听得起劲儿时，爱读书的大老王插话："您说得很对！前段时间，我在一本书上看到，隋唐时期的永定河称桑干河，是今北京境内的北派河流，沿着今天的凉水河一线，在天津武清河西以南和雍奴县以北汇入潞河。由于河水清，河水深，一年四季流量稳定，所以经常有大船行驶于河面上……"二黑子接话茬儿说："的确如此，前几天我也在一本书上看到，小红门凉水河北岸淤沙中出土了一艘独木舟，通长10米，外径1.1米，内径0.9米，舟舷厚度为0.08~0.1米，舟体宽度与舟首至舟尾基本一致，舱内还有两件五代时期的陶碗。专家推测，那条独木舟的年代与陶碗的年代一致……"大老王接着说："隋代的永济渠由潞河向西北直抵蓟城之南，其后五代时，后唐的幽州城，赵德钧曾仿效曹魏时期的刘靖父子筑堰拦截桑干河水，开浚东南河，连接拒马河与桑干河，大大增加了水的流量，用其向幽州城转运粮食……"牛大嘴听后激动地说："另外，我听说金盏人民公社挖河道时，挖出了一块汉白玉石碑，地方志办公室的工作人员前去辨认，从碑文上可以看出那是北宋时期的界碑，后来他们又找文物部门的工作人员辨认，看法完全一致。由此可见，金盏人民公社当时是北宋时期的北部边境，因此考古人员将金盏人民公社历史向前推移了六百年，金盏人民公社小店生产队的那棵妈妈树，据说是古代兵营留下的古树发出的新芽……"大伙儿听后惊讶地问："天呀！这小红门人民公社和金盏人民公社的历史如此久远，那咱们金牛坊生产队呢？"

对金牛坊的人们来说，他们认为，金牛坊的历史虽然不如金盏人民公社那么悠久，但是他们仍然在老松树下诉说萧太后河的记忆，抒发着对萧太后河的情感。

萧太后河畔的金牛坊的老松树下，不仅仅是传播萧太后河流历史文化的主要阵地，同时更是人们谈论河流历史时敢于较真儿的地方。当人们正在为金牛坊的历史和萧太后河流历史感到困惑的时候，大家把希望的目光集中在了老金头身上，他的历史知识虽然不像来老汉那样广博，但他也是一位热爱研读古书的老人，同时更是家传历史知识十分丰富的人。不过对于萧太后河，由于历代官方资料短缺，他的心里确实没有底儿，他一开口就是："听我爷爷的爷爷的爷爷说……"人们都希望从他那里能得到准确答案，可老金头总是"听我爷爷的爷爷的爷爷说……"。每当他讲到"听我爷爷……"就有人给他掰着手指掐算，有时候他一换气儿就增加一位爷爷，或者打个喷嚏后就减少了一位爷爷……由于他年长，所以生产队的年轻社员们谁也不好意思打断他的讲述，但是在年老的人群中，有一人敢，此人正是与老金头经常争得脸红脖子粗的陈老爷子，他俩年龄差不多。老金头曾经在村上担任过会计，话语中有时候带着数学用语，陈老爷子最反对老金头用数学语言。上个月两人因为探讨"一半与二分之一"争吵得不可开交，老金头看着陈老爷子的钓鱼竿说："太长了，应该去掉二分之一。"此时，陈老爷子生气地反驳："明明是一半，你怎么说是什么之一，我就不愿意听你那个之一。还有，'半斤明明是八两'，咱们家老祖宗留下的秤就是这样的，你愣跟我说是五两，说什么新规定，那不是不讲理嘛，啊，我借给你八两小米儿，你还给我五两？"

老金头听后生气地说："人们都在随着时代变，用一个词概括，与时俱进，可你就是不变，总的来说你就是一个字——'怂'！"

陈老爷子生气地放大声音反驳说："你才怂！"

老金头红着脸把右手的中指和食指快速伸出，形成一个"V"字形手势，然后大声嚷："你总起来说两个字，非常怂！"

此时，陈老爷子眼睛一眨，好像明白了什么，他连忙说："哎！你等会儿，'非常怂'，是几个字，你大数不识，你还跟我叫板？"此时，陈老爷子故意把嘴扁起来，丑化地模仿着老金头的语气接着说："还说自己跟着时代变，与时俱进！"

老金头喘着粗气，红着脸说："我……我……我是被你给气糊涂了！"

陈老爷子声音更大："我不气你，你也经常糊涂，你给我记清楚了，你再敢说你那个什么之一和那个半斤五两，我一砖头砸死你……"此时，老金头生气地大声叫嚷："敢动老子一根汗毛，你试试……"两人争得上气不接下气，结果两位老人都气病了。说他们是相互拆台的死对头也不对，他们只是爱较真儿，两人争吵过后好得就像亲兄弟一样。

这天，陈老爷子又来了，老金头微笑着问："陈老爷子，您来啦？"陈老爷子就像没听到一样，老金头接着寒暄："您身体好吗？"此时，陈老爷子若无其事地回答："托您的洪福，身体硬着呢！"老金头为了献殷勤，赶紧吩咐："二妮，快给你爷爷拿凳子！"二妮这时才反应过来："啊……啊，我拿……我拿！"说着把凳子搬到陈老爷子身边，让陈老爷子坐下。此时老金头又接着讲："听我爷爷的爷爷的爷爷说，这萧太后河……还有这个……坝河……"刚讲到坝河，陈老爷子用手杖在地上"当、当、当"敲了三下。要说二妮这丫头真是机敏，她一看两人又要杠上了，赶快把小波拉到身边，着急地说："你快去叫柳春生大叔！"此时两人火气一个比一个大，陈老爷子生气地说："明明是萧太后河，你怎么今天又扯出了坝河，你再说坝河我一砖头砸死你，你怎么没文化……"此时树下乱作一团，有的人在劝说："呀呀，年龄不小了，别气坏身子，有话好好说……"

这世界上的事，真是一物降一物，当小波拉着柳春生的手使劲儿奔跑到树下时，柳春生忽然停下了奔跑的脚步，缓慢几步上前"嗯哼"咳嗽了一声，刹时混乱的场面鸦雀无声了。柳春生上前一步，严肃地说："你们在这里干什么，啊？看把你们能的，你们就这样给年轻人讲河流历史？弄不明白可以请专家嘛，这样吵吵闹闹成何体统？二妮，你去把赵教授请来，让她给咱们讲讲。赵教授是人民大学历史学院的教授，人家的学问用马车都拉不完，她这几天正带着研究生在咱们这里搞课题研究呢，他们就住在二妮家。"

不一会儿赵教授来了，她高高的个头，四十多岁的样子，一副大大的眼镜架在鼻梁上，浑身是文气儿，人们把希望的目光转移到她的身上。柳春生抛砖引玉……没想到赵教授说："国家档案馆和北京档案馆，我带着学生都去查过了，除了在明代史料中有那么几行文字记录外，再也找不到萧太后河的任何记录了，明代与宋代多远啊！也许是萧太后河的故事在明代民间流传时被当时的官方收录到书里了，只有那么几行字……宋朝时期的北京属于辽国境地，中国历史里对辽国、辽国人的生产生活记录很少，对萧太后以及萧太后河的历史记录就更少了。小说《杨家将》当中虽然没有萧太后河的描述，但是对萧太后本人的描述那可是十分详细，小说当中不仅描述萧太后本人，甚至把萧太后的两个弟弟萧天佐和萧天佑都描述得很详细，可那是小说呀！真正宋朝历史当中没有杨家将，宋朝正史记录当中更没有萧太后。我个人推测，今天我们所说的'萧太后河'以及'萧太后本人'与民间传说中形成的小说《杨家将》同出一辙。可以说，今天我们对这条河的来历基本上是一片空白，假如当时有一篇与河相关的散文，有一首与河相关的诗，一首与河相关的歌谣，或者是一块碑文留给后人，该多好啊！太可惜了，这方面的资料一点儿也没有。至于将来怎么样，那就得看后人的研究、探索与发现了……"大家听后，有些丈二和尚摸不着头脑："啊！怎么会是这样？"

二

金牛坊的东北、西北和西南三个方向，分别设有电台，有军用的，也有民用的。在那个特殊年代，民用也是军用。既然是电台，就少不得军管。三部电台的驻地都有部队站岗，每天早晨，天还没有亮，部队司号员就吹响起床号，然后村民们断断续续听到解放军战士出操喊口号的声音："一——二——三——四！"

一天，一位大个子解放军来到金牛坊的井台打水，井台边上的小男孩儿上前把手举过肩头模仿着敬了一个军礼，然后他好奇地问："叔叔，你们为什么出操时，总喊一二三四，不在后面加个五？"那位大个子解放军还礼后笑着回答："小朋友，因为每个人长的都是两条腿，出操跑步时用的也是这两条腿，为了步调一致，所以大家总是一起喊口号时结束在双数'四'上呀！"小男孩儿听后接着问："叔叔，假如人长三条腿呢？"那位解放军又笑着回答："当然要结束在五上啦！"向解放军叔叔提问的小男孩儿正是柳春生的侄子柳树芽，那年他五岁，还没有上小学。

农忙时节，解放军战士主动到村上帮助插秧收割。在那个特殊时期，部队拉练和换防是常有的事儿。一天早晨，人们出门时，看到河滩增加了许多军人和军车，用专业一点儿的说法就是"河滩增兵"。他们在树林里架起"新设备"，有一台机器还把一根儿铁丝伸向高空。

一天上午，农民在地里干活儿，只见一道火光从树林里射出，那火光直冲蓝天……

傍晚时分，金牛坊老松树下，几位老太太小声嘀咕："听说敌机要飞到咱们人民公社上空，解放军正在树林里等着呢……"一位老太太恐慌地问："天呀！这可怎么办？"另一位老太太小声说："有攻无不取战无不胜的伟大领袖毛主席在，咱们怕什么？"这时，柳春生扛着锄头走过，他生气地说："那些事情最好不要议论！"几位老太太立刻不出声了。

初春，太阳刚从东边的树林里露出半边脸，喜鹊在枝头上叽叽喳喳地叫着……萧太后河畔春天早晨的阳光虽然有些灰白，但是灰白的阳光里却透着春的暖意。此时，村中的打谷场上来了一部分青年，他们穿着绿色上衣，下身儿是深蓝色裤子，脚上是黑色布鞋。其中有一位女青年除了行囊外，还背着一架红色的手风琴，手风琴上"毛主席万岁"几个大字格外醒目。孩子们不懂那是什么乐器，他们伸出小手去抚摸手风琴上那圆圆的出音盖儿（音孔盖儿）。

在打谷场上，那些青年开始列队了，一位中年男子站在队列前大声喊："向右看——齐！"此时，打谷场边上站着几位生产队的社员，他们是来领人的。站在队列前的中年男子开始点名："李晓娜！""到！"随着回答"到"的细亮娇嫩声音，李晓娜背着手风琴出列了。中年男子说："你跟着二妮走。"接着又继续点名："李大军！""到！""你跟着王大柱走……"十分钟过去了，十几个青年都分配到户了，那个中年男子背着手走了。

这些青年人有个共同的名字——知识青年。

次日一大早，李晓娜逞能，她硬要去井台打水，二妮母亲怎么劝她都不听，结果第一次玩辘轳的她，把两只水桶先后沉到了井底，二妮的父亲费了好大力气才把水桶捞上来。李晓娜打水不行，但在文艺方面可厉害，特别是手风琴一拉，那真是神采飞扬。夕阳快要西下时，李晓娜坐在老松树下，几个知青围成一圈儿，每个人的手里拿着一张纸，顿时琴声和歌声交织在一起："咪、咪唆、咪、来，咪、咪唆、咪、来，咪、拉咪来、哆，拉咪、来哆、来西、拉唆，咪唆、拉哆、拉唆……"琴声和歌声吸引了生产队的男女老少，有的人说："他们唱的是扫米歌。"有的人说："不对！他们唱的是《社员都是向阳花》……"

深夜，陈老爷子从盒子里拿出了自己喜爱的京胡。那把京胡是他爷爷留传下来的，清脆的琴声伴随着村里的老少爷们的呼噜声进入了梦境，只有那夜空的星星还在眨眼。

夕阳西下，陈老爷子和老金头再次相聚在老松树下，陈老爷子面前砖头上放着一份歌谱，他拿着京胡在那里视奏："31……23……"老金头看着上面的"31……23……"怎么也弄不明白，他好奇地问："哎！我说陈老爷子，那纸上写的是什么呀？"陈老爷子自豪地把腰一扭，身子一晃，故意放大声音说："简——谱！怎么样，你落伍了吧！"老金头听后有些弄不明白，他接着问："哎！我说陈老爷子，据我所知，您拉琴用的是祖传工尺谱，今天怎么开始玩儿现代的简谱啦，您能看懂吗？"陈老爷子又故意放大声音说："敢——情！"紧接着陈老爷子蔑视地问："什么是音乐，您懂吗？"老金头背着手哈哈大笑后，不假思索地回答："音乐不就是拉京胡吗？"陈老爷子放下手里的京胡弓子，一摆手，头一摇说道："非也！非也！唱戏算不算音乐？年轻人唱歌算不算音乐？李晓娜姑娘拉手风琴算不算音乐？"老金头听后眼睛一眨，倒吸一口凉气，不解地问:"那您说说什么是音乐。"陈老爷子自豪地说:"听好啦您哪,音,是由物体振动产生的声波传到人们的听觉器官形成的一种感觉,大自然有刮风、下雨、打雷、鸡鸣、狗叫等声音多了去啦,那些都是音乐吗?当然不是,音乐是用有规律的声音来反映人们思想感情的艺术,音乐分为声乐和器乐,声乐说白了就是唱歌和唱戏,器乐说白了,就是演奏乐器。咱们这老一辈儿是用老祖宗留下的工尺谱记录音乐,当代年轻人记录音乐的方法有两种,即线谱和简谱,摆在我面前的是简谱,您弄明白了吗?"老金头听后大吃一惊,他赶紧问:"是谁教您的,怎么不到一周,您的知识忽然增长这么多?"陈老爷子再次放大声音说:"在我们家东屋住的知识青年,李——晓——娜!"老金头听后心想,这知青的到来真是给陈老爷子增添知识了,他既嫉妒又羡慕,最后还是在陈老爷子面前竖起了大拇指,佩服地说:"陈老爷子,您能向青年人请教,可谓不耻下问,此乃高也!"

晚上回到家,老金头躺在炕上辗转反侧,他心想:"这三天不学习,就赶不上陈老爷子呀!知识青年的到来给陈老爷子增长了新的知识,这可是个学习的好时机,我得赶紧学习……"

一天,老金头的老伴不解地问:"我说老头子,你整天对着话匣子在记什么,怎么那里面一会儿咪,一会儿妈的,那是在干什么?"老金头回答:"哎!老伴呀,这不学习可不行呀,知青李晓娜告诉我说要想提高戏曲演唱水平就得借鉴声乐技巧,怎么借鉴?每天听声乐讲座,瞧,她告诉我这个台,这里面讲,'吸气像闻花……腹式呼吸,横膈膜下降,气息稳定,头腔共鸣,啊……喉腔共鸣,闹……胸腔共鸣,哎……口腔打开唱高音……早宜呼吸，晚宜唱，避免声带受损伤……你难道没发现，这两天我的高音比那猪圈里的老母猪的高音还好吗？高音High C啊……你难道没发现，这两天我的低音比那老牛的低音还好吗？低音Bass哞……'"老金头眼睛像灯泡一样，认真地给老伴示范着。

晚饭后的老松树下，京剧乐队开始演奏，村民们轮流登场，大家一会儿《打虎上山》，一会儿《智斗》，好热闹，好精彩，特别是老金头，他唱的高音比谁都响亮。金牛坊的戏曲文化深深地影响着周围十里八村的乡亲们，他们一有空儿就去金牛坊的老松树下，看村里人自编自演的革命样板戏。

深夜，柳春生从公社开会回来，他对妻子说："明天上午要来一位特殊女知青，听说她带着一个小女孩儿，你明天早点把那两间西屋收拾出来，上级指定让她们母女住在咱们家……"妻子听后不解地问："名义上是知青，不会是来这里劳动改造吧，怎么还带着孩子？"柳春生听后两眼圆睁，他着急地说："妇道人家，瞎说什么，今后要把你的嘴管好，别人能说的话，你可不能说！"

第二天上午，还是在上次的打谷场分配知青到每家的那位中年男子，他把特殊女知青送来了，女知青名叫林芳，她长得眉清目秀，留着短发，戴着眼镜，上身穿方格上衣，下身穿深蓝色裤子，脚上穿着黑色系带布鞋，浑身上下干干净净，一看就像是文化人。她带着一个五岁左右的女儿，女孩儿名叫白鹭。柳春生媳妇把她们母女带到自家的院子里，对她们母女说："这西边的两间屋子，一间用于卧室，一间放衣服和书籍什么的；南边有两间厨房，一间是我们用的，另一间你和孩子用；院子西南角的那间大屋子是茅厕，边上的小屋子可以洗澡，进去洗澡时把门插上就行了，那洗澡的房间很小，只能凑合着用，夏天炎热时我们都到河里去洗；东面两间屋子是放粮食和杂物的。我们住北面西厢房，你有什么事儿需要帮助，随时去叫我们……"此时，林芳一个劲儿地说着："谢谢，不好意思，添麻烦了……"她们刚安顿下来，柳春生哥哥家的孩子柳树芽来了，他虽然比白鹭大三个月，但两个孩子无论从穿衣，还是肌肤的色质，彻底是两回事儿。柳春生媳妇说："芽子，你带着白鹭妹妹在院子里玩儿，不要出大门……"最初，白鹭看到柳树芽，她总是躲在妈妈身后，她把头伸出来看看，又缩了回去。来到这个陌生的地方，她只能和柳树芽一起玩儿。在院子里，有棵大柳树，那粗壮的树干高过了屋顶，白鹭和柳树芽在树下有时候用细土玩儿垒长城，有时候玩儿制作饼干。

一天早上，柳树芽又去找白鹭玩儿，发现她们母女嘴里都在吐白沫儿，其实那是城里人早上在刷牙，而公社生产队的社员们那时候根本就没有刷牙的习惯，柳树芽甭说刷牙了，脸都很少洗。在农村生产队生长的他，以前哪见过刷牙，他看到那种情景立刻想到生产队的猪、牛、马、羊生病翻白眼儿时才口吐白沫儿。

柳树芽和白鹭玩儿的过程中，柳树芽闻到白鹭嘴里有股清香的味道，可能是和那白沫儿有关。一次，他去白鹭家，试着问白鹭妈妈："阿姨，你那皮袋儿还有用吗？"白鹭妈妈一听就知道是怎么回事儿，其实那牙膏皮子里还有半管儿牙膏，她笑着说："没用啦，你可以拿走！"她边说边从旅行箱里拿出一支牙刷，接着说："这是一支新牙刷，正适合你这个年龄，本来是给白鹭买的，她一直没用，你可以拿走。"柳树芽得到牙膏和牙刷后甭提多高兴了，他想："只要一刷牙，就和城里人一样了。"他拿着牙膏向小伙伴们炫耀："看看，这是什么，你们认识吗？"小伙伴李春来上前说："怎么不认识，胶水呗！"柳树芽说："错！这是牙膏，闻闻，香吗？"说着，他把牙膏盖儿拧开伸到小伙伴面前，小伙伴们闻后异口同声地说："嗯，香！"从那以后，柳树芽每天早上开始刷牙了，估计他是金牛坊生产队第一个刷牙的小孩儿，他不会刷，每天早上只是模仿着白鹭和她妈妈的动作在自己的嘴唇里和嘴唇外乱搅和几下。

　　柳树芽在和白鹭玩儿的过程中，他又闻到白鹭脸上和身上还有股特殊的香味。一天他又去白鹭家，发现白鹭妈妈手上有许多白沫儿，那味道正和白鹭脸上、衣服上的味道一样，他又好奇地问："阿姨，那是什么呀？"白鹭妈妈又笑着说："啊！这是香皂。"说着，白鹭妈妈又从旅行箱里拿出一块未拆封的香皂，递给柳树芽后说："这个送给你！"柳树芽接过香皂闻闻……他心想："啊！就是这个味道，妈洗衣服时从来没用过这些，只是把衣服浸湿后用棒子敲打一阵儿；而白鹭妈妈洗衣服时用的是香皂。另外称呼也有所不同，农村生产队小孩儿称呼自己的母亲为'妈'，城市小孩儿叫自己的母亲为'妈妈'。"他想这就是城市人和农村生产队社员的区别，从此他也要让自己的妈妈用香皂为自己洗衣服，自己也要当城里人。

三

春天来了，小燕子从南方飞回来了，它们在屋檐下叽地叫了一声，随后在农家小院上空飞来飞去。

农田里，知青和社员们正在一起翻土打埫。河堤上，另一部分知青和社员正在植树。

那时候，农村的鸡都是散养的，孩子们也不例外，按照城里人的规矩，柳树芽和白鹭这个年龄应该在幼儿园上学，可是北京郊区生产队里没有幼儿园，大自然就是孩子们的幼儿园。

春风温柔地吹动着树梢，杨树上鲜嫩的杨毛虫纷纷下落。

柳树芽告诉白鹭："那些嫩嫩的、细细的，像谷穗一样的杨毛虫是可以吃的……"他们弯下腰去捡，一阵暖风再次吹过，杨毛虫又从树上落下，他们用手接着，低头捡着，不一会儿就捡了多半筐。

中午时分，白鹭妈妈从地里干完活儿回到家，她先用凉水将杨毛虫浸泡，然后清洗干净，用开水焯一下，放点盐，滴两滴香油，轻轻搅拌，大自然的味道和鲜嫩的杨毛虫混合在一起……晚上，白鹭妈妈给白鹭用杨毛虫包了包子，那包子的味道更加鲜美。

杨毛虫落尽，杨树上嫩绿的圆叶挂满树枝，那些圆圆的杨树新叶用开水焯后食用虽然有些苦涩，但是食用后会渐渐感觉清凉爽口，这些嫩绿的叶子有祛风通络、清热凉血、润胃清肠和促进胃肠蠕动等功效。在杨树枝挂满绿叶的同时，香椿嫩芽也从树枝上冒出来，柳树芽和白鹭用长杆钩子轻轻地把香椿嫩芽钩下来，于是餐桌上有了鸡蛋炒香椿芽这道菜。鸡蛋炒香椿芽中含有大量的钙、钾、镁等成分，具有清热解毒、健胃理气、润肤明目等功效。

在温暖的阳光下，嫩绿的婆婆丁在松软的土地上成片生长，柳树芽和白鹭用小铲子铲着，不一会儿他们的竹筐里就装满了婆婆丁。这个季节，凉拌婆婆丁更是农家餐桌上的一道特色菜，婆婆丁学名为"蒲公英"，其中含有大量的铁元素，可以帮助身体补充铁质和促进造血，可以防止身体出现缺铁性贫血，同时也可以防止急性扁桃体炎、肠胃炎和胆囊炎等疾病。京郊大地的人们不养蚕，但是人们开春时节也要吃炒桑叶这道菜，炒桑叶有疏散风热、清肺润燥等功能。在榆树下，白鹭和柳树芽不一会儿就摘了多半筐榆树叶、榆钱儿……农村人很少生病，估计和这些大自然的原生态饮食有关。每当吃饭时，白鹭总是一大口杨树叶，一大口鸡蛋炒香椿，一大口婆婆丁，一大口炒桑叶，一大口蒸榆树叶、榆钱儿，一大口玉米糊糊，吃得浑身冒汗。

除了这些，京城东郊还有一种美食——玉米粉，即把玉米粥烧开后，把生玉米面撒在粥上，让其变稠，然后趁热用漏瓢漏在放有凉水的盆里，热粥遇凉水后形成条状，食用时以野生小蒜、香油和盐水混合为调料，其味道十分鲜美，如果白鹭不来郊区，她哪能品尝到这些大自然的美味。在人民公社生产队成长的白鹭，肌肤虽然变得越来越黑，但是身体却是越来越壮实。

在春风里，柳树芽和白鹭顺着河堤走着，他们要去比较远的地方拔兔草，他们一起养兔子，计划秋天卖了兔子后，让妈妈把钱积攒起来，将来上学时买学习用具和缴纳学费。

萧太后河畔的春天正像诗人描写的那样美丽，黄鹂在翠绿的柳枝上清脆地叫着，天上的白鹭成群结队地落在河滩的草地上，它们在水中央的草地上安家落户。

在绿色的垂柳下，柳树芽和白鹭走在拔兔草回家的路上。柳树芽伸手折下一根嫩绿的柳条儿，用小刀把柳条儿的两端切割整齐，把柳条儿内的木头芯儿抽出来，再用小刀把一头的绿皮轻轻去掉约两毫米……他含在嘴里吹了起来，那嘹亮的声音立刻与蔚蓝的天空连接在一起……白鹭激动地边跳边说："太好听了……"柳树芽吹着，白鹭唱着：

　　春天来了，
　　春天来了，
　　暖暖的风啊吹绿了树梢，
　　清清的水啊吟唱着歌谣。
　　麦苗穿上新衣尽情舞蹈，
　　小草钻出泥土伸伸懒腰。
　　啊！
　　春天来了，
　　春天来了，
　　我们吹着响响看着绿水奔跑，
　　田野上播种的人们有说有笑，
　　果园里杏花桃花分外妖娆，
　　春姑娘唱着歌儿把春天的喜气送到。
　　啊！
　　春天来了，
　　春天来了，
　　春天啊春天多美好，
　　啊……

白鹭和柳树芽在河堤上走，对面过来了三个男孩儿，那个年龄大的名叫王贵兵，特别淘气，经常带着他的两个同伴和其他小朋友打架。

他们三个走到白鹭和柳树芽跟前，白鹭害怕地躲在柳树芽身后。

王贵兵说："躲什么，躲起来就看不到你了吗？"

柳树芽愤怒地说："不准你们欺负她！"

王贵兵说："欺负她怎么啦，她和她妈妈是来咱们这里……什么造的？"说着，他回过头去看那两个同伴，其中一个说："改——造！"

王贵兵接着说："对！是来这里改造的！"

柳树芽大声嚷："我不管你们说是谁造的，总之，你们就是不能欺负她！"

王贵兵说："我欺负她，关你什么事儿？"

说着，他们相互推着，别看柳树芽年龄比王贵兵小一岁，他的胳膊特别有劲儿，他咬着牙一使劲儿把王贵兵猛地一推，王贵兵没有站稳，像一只羔羊滚落到了两米多高的河堤下面。

在河堤远处植树的大人们看到有孩子从河堤上掉下，赶紧跑过去。当一个大人把王贵兵扶起时，王贵兵的头上磕了两个大肿包，而且走起路来一瘸一拐。

晚上，柳树芽他妈正忙着做饭，忽然听到有人敲门，一看是王贵兵妈妈扶着王贵兵进了院子。她一进院子就大声叫嚷："看看你们家柳树芽，也不好好管管啊！把我们家孩子推下了河堤，差点儿没了命！"

柳树芽他妈生气地反驳："哟，瞧您说的，您家孩子比我们家孩子大一岁，应该比我们家孩子懂事儿，怎么我们家孩子不推别人，偏要推你们家孩子？我没工夫搭理你，我要赶紧做饭，您家的孩子您来管，我们家的孩子我来管，赶快回家做饭吧！"

王贵兵妈看到柳树芽他妈正在忙着架柴、生火、推鞴……没空和她讲理，便带着王贵兵走了。

他们路过柳春生家门口时，感觉这事儿不能就这么算了，得找林芳说理去。林芳听了王贵兵妈哭诉后，歉疚地说："嫂子，实在不好意思，孩子淘气，给您添麻烦了，我这里没有什么可用的药，这牙膏能消炎止痛，来！我给孩子涂上。"说着，她拧开盖儿，边涂抹边说："宝贝，和白鹭妹妹一起好好玩儿，别打架啊！"王贵兵说："阿姨，我错了，我以后不欺负白鹭妹妹了。"林芳说："哎！这就对了，知错能改就是好孩子嘛。"王贵兵问："阿姨，您这是给我涂的什么药？凉飕飕的，特别舒服。"林芳解释说："孩子，这不是药，这是牙膏，是用来刷牙的。"在边上的白鹭笑着说："呵呵，连牙膏都不知道……"林芳说："去！别这样说哥哥。"

站在边上的王贵兵妈高兴地说："还是城里人好，说的那话都有文化，字字句句有道理！"

在柳树芽家，柳树芽他妈一边做饭，一边气呼呼地对柳树芽说："你，在墙根儿那里站着，看看你，不让人省心！"

靠墙根儿站着的柳树芽回道："是他们三个人一起打我……"柳树芽妈生气地说："那你也不该把人家推下河堤呀，万一真把人家摔残废了可怎么办？快过来吃饭吧，以后注意点！"走到炕沿前的柳树芽呼噜噜地喝起了玉米粥。

几天后,王贵兵和柳树芽在村北老松树下又见面了,王贵兵上前主动说:"柳树芽,咱们不打不相识,以后咱们一起好好玩儿,我以后再也不欺负白鹭妹妹和你了。"柳树芽问:"你的头还痛吗?"王贵兵说:"林阿姨给我涂了什么膏,很快就不痛了。"

从那以后,柳树芽、白鹭、王贵兵等小伙伴们常在一起玩儿。在河滩的沙地上,他们放飞用纸叠好的飞机。

在打谷场上,他们推铁圈比赛,三人一组,看谁推着铁圈跑得快。

在村口平整的大石头边上,他们把胶泥(也称黏土)捏成空壳,两人一组,把捏好的胶泥壳快速、使劲儿地摔向那平整的大石头上,看谁的泥壳声音响亮,然后再看泥壳背面破的洞口,比比看谁摔的洞口大。

在街巷里,他们一起用纸折纸三角,比赛摔三角。

在村北老松树下,他们把面团儿粘在竹竿顶端,把树枝上的唧鸟儿粘下来。唧鸟儿是昵称,其实就是"蝉",也叫"知了",东郊的大人和孩子们习惯地称此为"唧鸟儿",也许是特定季节鸣叫特殊声音的原因吧。

盛夏,京郊的午后非常炎热,在河水流过的地方有个僻静的角落,河水在那里形成了一个九十度的直角弯,由于是直角,河水在直角转了一圈儿后又向东流去。那里的岸边树林茂密隐蔽,传说嫦娥曾经在那里洗过澡,不知什么时候,人们把那个传说嫦娥洗澡的河湾之地称为"女人湾"。那里是男人们的禁地,每当太阳偏西,女娃娃、妙龄少女和中年妇女们在那里聚集洗澡,白鹭和妈妈也在其中,她们用被太阳晒得温暖的河水清洗自己冰肌玉骨般的身体,清洗自己乌黑的秀发。河水中央有一块巨大的乌龟形状的玉石,上面平整光滑,那石头被太阳晒了一中午后,上面热乎乎的,洗澡后的女人们一丝不挂地躺在石头上晒太阳,她们晒晒胸脯,晒晒后背……河水里,有的女人在泼水打闹,有的女人在嬉笑……有的女人一边清洗自己的肌肤一边哼唱:"树上的鸟儿成双对……"对于已婚妇女来说,这个地方是女人们自由说话的场所,她们一边清洗自己的肌肤和秀发,一边热烈地讨论着怎样和自己的丈夫生娃……她们说一阵,笑一阵……一些女人洗好后穿着衣服走了,另一些女人又来了,一直到天黑后才散尽。

京郊的夏夜,井台边是女人们的禁地,在那里,男人们把自己的衣服脱光,用一桶凉水从头顶浇下,他们一边冲洗,一边探讨着什么。赵二明问:"龙哥,女人一结婚怎么就变得更加漂亮了?"龙哥唰的一声将一桶凉水从头浇下后回答:"一看你小子就缺乏观察,你没看见那大自然的蜜蜂趴在将要开放的花朵上亲吻啊拥抱啊什么的……那花朵就会开得十分艳丽吗?"说完后,龙哥唱了起来:"蜜蜂生来就恋鲜花……"赵二明笑眯眯地竖起大拇指:"龙哥,你真有学问,难怪文学家把女人比作花朵,把男人比作蜜蜂……另外,什么是夫妻呢?"龙哥边擦洗身子边说:"有那张纸,纸上有章,男女两人在一起生儿育女,赡养老人,那就是夫妻;相反,没有那张纸,也没有那个章印儿,男女两人偷摸儿在一起,有了孩子,那是不正当男女关系,如果引发矛盾,情节严重,那就属于违法,还会坐牢……"说到这里,龙哥叹了口气,接着说:"男人也好,女人也罢,只要两人能有那张盖着公章的纸,那今生今世就有缘啦，但是有了盖着公章的纸，还不算真正的夫妻，什么时候两人有了自己的孩子，共同携手抚养孩子，孝顺老人，共同战胜生活中的困难，那才能算得上是真正的夫妻……"赵二明听后更加佩服地说："龙哥，言之有理，夫妻就应该相互尊重，共建爱巢，共同孝顺老人，共同抚养孩子，共同战胜困难，婚姻在战胜困难中迎来幸福……龙哥，那夫妻怎样才算和谐完美呢？"龙哥肯定地回答："其实老祖宗早就告诉我们了，夫妻就像《易经》图像中的那两条阴阳鱼，阴阳交合，形成一个整圆，组成了完美家庭；夫妻之间相互取长补短，妻子贤惠，儿女就孝顺；孩子的第一任老师是自己的妈妈，咱们庄户人家经常说，种不到好庄稼毁掉的是一季，而娶不到好媳妇，那毁掉的可是几代人哟，好媳妇可以扶三代，坏媳妇呢会毁掉三代。咱们平常人家是这样，古代宫廷里也是同样，古代贤惠的皇后母仪天下，而那些刁钻古怪、心胸狭隘的皇后呢，一掌权就把皇上的江山给断送了，从古至今这种例子还少吗？"赵二明听后更加佩服地说："龙哥，太有道理啦，你真是善于总结的高人！"

一天上午，艳阳高照，柳树芽和白鹭在河堤上提着草筐走着，一不小心，白鹭被绊倒了，她粉色的凉鞋不慎被甩到了河水里，凉鞋顺着河水向下漂流，眼看就要冲到河中央了，白鹭急得吱儿哇儿乱叫，柳树芽顾不上脱衣服，一个猛子扑到河水里抓住凉鞋扔到岸上。白鹭穿好鞋后，发现柳树芽身上的衣服全都湿透了。柳树芽把湿衣服脱下来，挂在树枝上。白鹭也脱掉衣服，在河水边，她和柳树芽打起了水仗，相互捧着水往对方脸上泼。白鹭逐渐体力不支，眼看要认输了，她闭着眼睛抬起脚要踹柳树芽,柳树芽见白鹭抬脚,他一转身,双手合并,一个潜水动作钻进了深水里。白鹭抹去脸上的水珠,发现柳树芽不见了,她正在那里发愣,还有些害怕……她正在想:"柳树芽呢,他怎么不见了?"忽然,她面前水面上哗的一声翻起一个水浪,柳树芽从她面前的河水里钻了出来……他们开心地玩儿着,半天时间要过去了,柳树芽的衣服晒干了,他们穿好衣服向远处走去。

在河下游,有几个男孩儿和女孩儿在那里游泳,他们看到白鹭和柳树芽来了,大老远招手喊:"嗨——白鹭——柳树芽——快过来,咱们一起比赛游泳呀!"柳树芽说:"好!"他拉着白鹭的手跑了过去。

孩子们集合齐了,他们把衣服全部脱光,一位大个子男孩儿说:"看到了吗?河中央有块黑石头,那石头边上可都是漩涡,如果掉进去就出不来了,咱们分成男女一对儿的四个组,从四个方向分别游向黑石头,哪一对儿先登上黑石头,哪一对儿就是冠军,听明白了吗?"大家异口同声:"明白了!"大个子男孩儿手里拿着一根柳树枝,学着体育裁判的样子,他举手高喊:"预备——开始!"紧接着四对儿小伙伴儿像离弦的箭一样,他们向着黑石头迅猛进发。白鹭和柳树芽是其中的一对儿赛手,快到黑石头时,随着浪头的增大,白鹭有些力不从心,她躲过一个大浪后,大声喊叫:"树芽哥!"柳树芽在一旁喊道:"别喊叫,小心呛水!"柳树芽知道白鹭力不从心了,赶紧靠近她,伸手抓住她的一只胳膊,此时他俩合并用力,就像两架并排飞行的飞机一样,向着黑石头快速前进,眼看就要到了,柳树芽一个侧身,一条胳膊搭在石头上,另一只手把浪头上的白鹭使劲儿抓着，他搭在石头上的手抚摸着石头，正在寻找抓手，在抚摸过程中，他摸到了可以扒的石头缝隙，他的胳膊一使劲儿，带着白鹭爬上了黑石头，他们高兴地举起了双手，其他三对儿，由于体力不足，最终都被强劲的河水冲到河下游去了，白鹭和柳树芽成功了，他们成了孩子们心中的联手游泳冠军。

　　白鹭和柳树芽向着广阔的河滩走去，白鹭说："好久没有吃过糖了。"柳树芽说："商店里的糖三分钱两块，太贵了，在这个季节我们可以吃野蜂蜜，既省钱又解馋，多好！"白鹭听后惊讶地问："哪里有野蜂蜜？"柳树芽说："有的，河对岸的石头滩那里有，我带你去！"说着两人从浅水处过河到了石头滩。柳树芽指着那大石头下面的野蜂窝说："看到了吗？那蜂窝里就有野蜂蜜。"他们看着上面那蜜蜂密密麻麻地爬着，有的还在窝边飞来飞去，好像是在巡逻……白鹭害怕地说："啊？听我妈妈说那野蜂生气后是要蜇人的！"柳树芽说："别害怕，你躲在那边的麦田地里，我去去就来！"说着柳树芽脱下上衣，双手撑开上衣向着那硕大的野蜂窝猛扑过去……那些野蜂可不是好惹的，它们顺着柳树芽的衣服缝隙钻了出来，在柳树芽的鼻子上、脸上和脖子上使劲儿蜇，柳树芽见情况不好，赶紧跑，他一边跑一边把手里拿着的上衣乱挥舞，他跑到麦田地边上着急地喊："野蜂追来了，快趴下！"说着他把白鹭扑倒在地，用手里的褂子遮住白鹭的头部，一秒，两秒，三秒……野蜂在他们头顶盘旋着，十分钟过去了，野蜂没有找到破坏自己家园的"坏人"，分散飞去了。此时，白鹭回过头来看柳树芽的脸时，发现柳树芽的脸肿得像个大桃子。柳树芽捂着脸丧气地说:"这里的野蜂太厉害啦!"白鹭着急地问:"啊,那该怎么办?"柳树芽龇牙咧嘴地说:"听大哥哥们说童男或者童女的尿水搅拌黄土成泥后涂抹伤处能消炎、消肿、止痛和解毒,快!麻烦你……"白鹭更加着急地问:"啊?可我上哪儿给你弄尿泥去呀?"柳树芽说:"我现在没有尿水,只能拜托你!"白鹭惊讶地问:"我?"柳树芽着急地说:"是!"于是柳树芽转过身去……不一会儿,白鹭给柳树芽涂抹了满脸的尿泥,白鹭问:"还痛吗?"

柳树芽说:"痛!"

白鹭问:"以后还掏野蜂窝吗?"

柳树芽说:"再也不掏了!"

其实说到野蜂蜇人,对柳树芽来说,没有什么害怕的,很小的时候他就被野蜂蜇过。那年春天,柳树芽四岁,父亲在河滩边上的果园地里干活儿,他在果树下玩耍。他抬头看到树上那一串果树花中间有一只大大的圆圆的野蜂在采蜜,野蜂的身上一道黄一道黑,那对大翅膀亮晶晶的,真好看,那时他想:"如果能把它捧在手里玩玩儿多好。"于是他悄悄地爬上树,快速伸出双手,把花间采蜜的野蜂捂在双手间,那蜜蜂在他的手心嗡嗡乱叫,他把双手捧到耳边,侧耳倾听那蜜蜂在自己的手心嗡嗡乱叫,他感觉自己的手心痒痒的。当他正玩儿得开心时,猛地感觉有什么针蜇了一下自己的右手心,他赶紧松开手。此时他一看自己的右手心有一个小红点儿,随后就是钻心的疼痛,他马上下树,抱着右手站起来,蹲下,又站起来,又蹲下……当站着和蹲下都无法忍受疼痛时,干脆他就躺在地上抱着受伤的手打滚儿。在远处干活儿的父亲看到他在果树下打滚儿，赶紧跑过来问："怎么啦？"柳树芽龇牙咧嘴地告诉父亲："我被野蜂蜇手了。"父亲安慰："别害怕，让我看看。"父亲看后说："嗯！真是被蜇了……"说着父亲从衣服兜里掏出烟锅，把烟锅的头拧开，用烟管儿对着伤处噗地吹了一下，伤处被豆粒大的金黄色的尼古丁覆盖了，父亲接着说："不要动那个地方，一会儿就没事儿了。"果然不到半个小时，伤处就不疼痛了。

可这次父亲不在身边，没有父亲为自己用烟锅吹尼古丁，而是用了白鹭的尿泥，在萧太后河畔，人们都认为尿泥和尼古丁有同样的解毒疗效。半个小时后，柳树芽的脸消肿了，不知是毒性自己散了，还是尿泥解毒了，那时候孩子们被野蜂蜇伤后，在没有尼古丁的情况下，他们都会选择涂抹尿泥解毒，因此京城东郊大地上的人们都相信：被野蜂蜇伤后，用童男童女的尿水搅拌黄土成泥后涂抹伤处可以消炎、消肿、止痛和解毒。

也许是天热的原因，萧太后河里的鱼都顺水游到田地边的小渠里，人们从那里捡到了好多鱼。那天柳树芽和白鹭在小渠也抓了两条大鱼，他们拿回家，白鹭妈妈给两个孩子做了一道韭菜炖鲜鱼，两个小孩子就着鲜鱼，吃着玉米饼，喝着小米粥，吃了个满饱。

两天后，白鹭惦记起那鲜美的鱼，他俩来到了小渠边的水坑边上，白鹭看到水里有漂浮物在游动，她正要下水抓鱼，柳树芽飞快地把她拉住说："别急，那不像是鱼，稍等！"说着他拿起一根树枝，将白色的漂浮物挑起，结果那是一条长长的灰白色的蛇，它正在玩儿水……顿时两人吓得出了身冷汗，他们俩相互对视着,异口同声:"好险呢!"白鹭问:"你怎么知道那是蛇?"柳树芽说:"因为它露出水面部分是白色的,并且是扁平的,而鱼的背部是褐色的,并且背部有鳍,仔细看,它们游泳的动作也不一样。"

秋天里,一行行鸿雁鸣叫着从人们的头顶飞过,一排排杨柳在凉爽的秋风里轻轻地歌唱。

田地里的萝卜、土豆和玉米都成熟了,社员和知青们正忙着收割。

在萧太后河畔的知青林里,白鹭和柳树芽把枯黄的豆秧连根儿拔起,豆秧上的豆荚鼓鼓囊囊的。他们摘两片枯黄的玉米叶子,选择离树根儿和玉米地较远一点儿的一块平扁的大石头,把玉米叶子和豆秧一起放在大石头上点燃,圆圆的黄豆在旺火中噼里啪啦乱响,不一会儿火苗熄灭了,留在大石头上的是烧熟的黄豆和灰烬,柳树芽和白鹭把嘴唇噘成圆形:"啊噗——啊噗——"他们把灰吹走,大石头上只剩下烧熟的黄豆,用大拇指和食指轻轻地捏起一粒放到嘴里,品尝着新鲜黄豆的美味。吃得口渴了,在树林里的小溪边上,用双手捧一些清水送进口中,那透心儿的凉爽顿时散遍全身。

冬天到来,河畔的雪花像鹅毛一样落下,孩子们在冰面上奔跑着,打闹着……柳树芽把自己家的两个小板凳钉在一起,制作成了一辆冰车。白鹭坐在冰车上,柳树芽推着,柳树芽推累了,就换柳树芽坐在冰车上,白鹭来推……虽然天气寒冷,但是再冷的冬天也不可能把河面全部封冻,在河的中央几乎每隔十多米,就有个或大或小的冰窟窿在向外散发热气,在那神秘的冰窟下面,河水咕咕地响着。

干净的冰面上落了雪花会显得更加光滑，白鹭轻轻一推，那载着柳树芽的冰车嗖一下钻进了冰窟窿。此时，白鹭吓傻了。片刻后，她才从呆傻中醒过来，她赶紧大喊："快来人哪——柳树芽掉进冰窟窿里啦！"王贵兵和小伙伴们听到喊声，纷纷围了过来，王贵兵镇定地说："别着急，跟着我到下面去等。"很快，小伙伴们一起向下一个冰窟窿口跑去。他们刚到，只见冰窟的流水中伸出一只手，接着柳树芽光秃秃的像条鲤鱼一样唰一声跃出了水面，一下子蹦到冰面上，几个小伙伴激动地高呼："噢！出来啦！"接着王贵兵说："很棒，你赶快穿着我的衣服，先暖暖身子，我也试一把。"说着，几下把衣服脱给柳树芽，他光着身子飞快地跑到刚才柳树芽掉进去的那个冰窟窿，嗖一下钻到冰窟窿里，他也像柳树芽那样向下游游动……一秒……两秒……三秒……四秒……唰一声跃出了水面，一下子蹦到了冰面上，小伙伴们高呼："噢，成功啦！"

柳树芽只穿了两件王贵兵和小伙伴们从身上剥下来的外罩单衣，他光着脚跑回了家，柳树芽妈生气地问："大冬天的，衣服和鞋子呢？"柳树芽怯怯地站在那里说："在……在河里弄丢了。"

白鹭回到家后，她对妈妈说："妈妈，后来我才知道柳树芽推我时，他抓着我的衣服，我推他时，我没抓他的衣服，我轻轻一推，柳树芽嗖一下钻到冰窟窿里去了。"林芳听后，她大惊失色，赶紧问："后来呢？"白鹭吞吞吐吐，林芳着急地说："哎呀，你快说呀，你急死我了！"白鹭慢腾腾地说："他……他自己从河下游的另一个冰窟窿里跳上来了，可……可是衣服全没有了。"林芳听后终于松了口气说："那可是另一个世界呀，能出来是非常幸运的。"

林芳来到柳树芽家，柳树芽妈正忙着为柳树芽缝衣服，林芳说："嫂子，孩子们下河滑冰很危险，刚才听白鹭说……"柳树芽妈一边缝衣服一边若无其事地说："没事儿，孩子们掉进冰窟窿再上来就行啦，没那么娇气，是我们家的娃走不了，不是我们家的娃即便是抱着也留不住！"接着转过身对柳树芽说："以后别再下河滑冰了啊！万一没上来那不就没命了吗？"林芳听后更加惊讶，她心想："天呢！这事儿多严重呀，柳树芽妈怎么就像什么事儿也没有发生似的……"

次日下午，白鹭和柳树芽一起玩耍时，白鹭问："树芽哥，你掉进冰窟窿不害怕吗？"柳树芽笑笑说："我听大孩子们说过，如果不慎掉进冰窟窿，首先是别害怕；其次是屏着呼吸，低下头，把自己身上的衣服和鞋子全部脱掉，因为棉衣和鞋子浸水后很重，会影响自己上浮，所以第一件事儿就是脱掉自己脚上的鞋子，然后把自己身上的所有衣服脱掉，下一步就是低着头把一只手向上轻轻举起去摸，如果感觉手发凉，感觉空空的，那肯定就是冰窟窿的洞口，此时用尽浑身力气双脚一蹬，双手一拍，就蹦到冰面上了。再说你刚伸手推我时，我就已经开始观察地形，那时我已经非常准确地目测到两个冰窟窿之间的距离了，万一不慎掉进冰窟，我该怎么办，心里早有准备了……"白鹭听后羡慕地说："树芽哥，你真棒！"

四

又一年春天了，在春风里，去年栽种的白杨树、柳树、松树、柏树、杉树和梧桐树，又发新芽了，长势很旺。

在萧太后河畔，今年知青和社员们还是分成植树组和耕种组。植树组的同志们今年有了更大的愿望，他们设想要把萧太后河两岸的十里长堤全部栽上树，这就叫"前人栽树，后人乘凉"。他们把栽种的大片树林取名为"知青林"。女人们一边干活儿一边唱："人民公社真正好哪，呦来呵喂！我们妇女干劲儿实在高哪，呦哇来！哎咳咳，哎咳哎咳呦来呦来呵喂！我们妇女干劲儿实在高哪，呦哇来……"耕种组的男同志一边干活儿一边唱："登山攀高峰，行船争上游，社员斗志比天高，加快步伐朝前走，能挑千斤担，不挑九百九，迎着困难上，顶着风雨走，学习大寨要大干，粮棉年年夺丰收……"在田边的石头上，歇息的人群中有人在拉京胡，有人在唱："穿林海，跨雪原……"在一阵歌声和一阵戏曲唱腔中，林芳的干劲儿更大，她扛着一大捆树苗行走如飞……要说这林芳真是一位了不起的文化人，她能上得了讲堂，也能下得了田地，更厉害的是她来到金牛坊生产队刚一年时间，竟然把社员们经常爱唱的京剧段子全记在心里了；并且在村口的老松树下与柳春生搭戏，那叫天生一对儿，地设一双儿。在看戏过程中，李婵和柳春生的媳妇王爱梅开玩笑地说："嫂子呀，你可得把你们家春生看紧点儿，可不要让那位城里的文化人把你家春生给'俘虏'了呀！"

说者无心，听者有意。转眼盛夏到来，深夜里，忙了一天的柳春生早打呼噜了,而柳春生的媳妇王爱梅却辗转反侧,她想:"天生的一对儿,地设的一双儿,那是我和柳春生,我和柳春生是对着墙上的毛主席像发过誓的,柳春生永远是我的,她一位外乡女人,怎么能抢走我们家春生。"接着她一个翻身后又想:"可是这城里的文化人真是太不像话了,她除了在众人面前叫我们家柳春生是柳书记,私下里总是一口一个春生,好像还叫得很亲切,不行,我得比她叫得更亲切,因为柳春生是我的,不对呀!我为什么要跟她抢?柳春生本身就是我的,我是柳春生明媒正娶的,再说我俩是人民公社高书记保的媒,高书记现在还在职呢……"她又一个翻身,还是睡不着,她干脆坐了起来,看着熟睡的柳春生,又在想:"要是我的柳春生有一天真的变心了,那我也是第一夫人,因此我要有第一夫人的姿态和涵养,不能和林芳闹翻,否则会丢我们家春生的脸。他可是整个生产队社员群众心中的党支部书记,是整个生产队的主心骨,我要当好生产队书记的第一夫人,以宽宏大量的姿态和通情达理的涵养一如既往地照顾好林芳母女的生活,当好林芳的嫂子,这才是高明之策……"

此时室外,一道闪电划破漆黑的夜空,一个大闷雷响过后,紧接着大雨倾盆。就在这时,好像有人在敲窗户,王爱梅心想:"谁呀,下这么的大雨,这大半夜的……"院子里还能有谁?敲窗户的人正是林芳,她急切地边敲窗户边喊:"春生——春生!"听到有人呼喊,柳春生"嗖"的一下坐了起来,忙问:"嗯?发生什么事了?"妻子王爱梅说:"是……是林芳,快起来看看!"柳春生坐起来,他披着衣服,开门后看到林芳头发湿淋淋的,她着急地说:"白鹭发烧了。"柳春生一愣,他反应敏捷地说:"赶快送公社医院,咱们这里缺医少药的,别把孩子耽误了!"说着,他背着白鹭,林芳扶着随后,他们匆忙出门了。

柳春生妻子王爱梅在屋里站着发愣,她忽然想到了什么,急忙从瓷罐子里取了一大把钱,拿起一把雨伞,在后面边追边喊叫:"林芳——春生——伞——你们要小心,萧太后河涨水了,你们要注意——安——全……"

一道闪电,又是一声响雷,萧太后河真的涨水了,平时桥上只有木板,也许是为了节省木料,木桥两边从来没有安装过护栏,只用两条粗壮的麻绳护着,脚下的木板用粗壮的麻绳绑着,因此摩擦力要大一些,即便木板被水浸泡人也不容易滑倒。柳春生和林芳背着白鹭到河边时,河水已经把木板桥全淹没了。柳春生喊了一声:"糟糕,抓紧我!"此时王爱梅也追赶上来了,两个女人抓紧柳春生,柳春生背着白鹭在河水中大步前行……天空中一道闪电接着一个响雷,大雨像瀑布一样从天而降……河水虽然把木板桥全淹没了,但是柳春生凭借自己经常走木板桥的经验,他一步步稳稳地踏在木板上。平时木板桥离河面有两米多高,现在木板桥被河水淹没了,桥下的水深足有五六米,如果踏不住木桥,四个人就全没命了。河水虽然漫过了三人的膝盖,但是他们凭着不怕牺牲、勇往直前的精神,硬是成功地过河了。

在医院里,医生和护士们忙了半夜。清晨,曙光透过窗户照进了病房,病房里是那样干净整洁。白鹭脱离危险了,她在病床上安静地熟睡着,吊瓶里的药液在缓慢有序地滴着……

一位女护士走到走廊,她看到柳春生闭着眼睛直挺挺地坐在长椅上,像一棵粗壮的大树,两个女人则像带着雨水的花朵倚靠在大树两侧,他们三人的裤子和鞋子都湿了,三人都双目紧闭,沉稳地睡着。护士上前故意"嗯哼"咳嗽了一声,柳春生快速睁眼后"嗖"的一下站起来,忙问:"嗯!孩子怎么样了?"两个女人被柳春生的快速起身吓了一跳,护士说:"烧退了,没事儿啦,今天上午你们就可以办理出院手续回家了,这是费用单,在这里签字去结账吧,您是孩子的爸爸吗?在这里签字吧!"柳春生一愣,结结巴巴地说:"我……我,我不是孩子爸爸,我是金牛坊生产队党支部书记,我签字也行!"护士说:"不行,必须是直系亲属!"林芳赶紧说:"我是孩子的妈妈,我签字吧!"签字后,林芳摸摸口袋,此时她才想起当时走得急,忘记带钱了,王爱梅在边上说:"林妹子,别着急,我……我这里带着呢!"

五

也就是昨天的大雨之夜，金牛坊生产队的萧太后河下游南岸驻军的通信连接到北岸驻军电话说："河北岸指挥所电话目前只剩下一部能用，其余电话都不通了，初步判断为北岸河沟的电缆冲断了。"在紧急时刻，萧太后河南岸通信连徐大钢排长考虑，如果从河上游金牛坊西北方向的木板桥过河，那里太远，时间来不及，再说那里的木板桥平时就离河面没有多高，雨水这么大，估计已经浸泡在水里了，与其从木板桥上蹚水过河，还不如从这里游泳过去。为了节省时间，尽快抢修电缆，徐大钢排长背着一捆电缆线，带着电缆班的两名战士决定游泳过河。夜黑得伸手不见五指，他们只能靠着闪电的光亮确定登陆点位。他们三人游到河中央时，发现河水太大，水流速度过快，不像他们估计的那样简单，于是徐大钢排长下令让两名战士往回游，两名战士返回南岸后，正准备穿衣服，一名战士随口喊："徐排长，徐……啊！人呢？"此时他俩发现徐大钢排长没有上岸。他们借着闪电的光亮观察了好久，河中央除了大水以外，什么也看不见，于是一名战士赶紧回连队报告；另一名战士再次下水，他冒着生命危险，在河中央的波浪里边游边呼喊："徐排长，徐排长……"此时闪电、风声、雨声、呼喊声和雷声混杂在一起，他拼命游，上岸后继续呼喊："徐排长，徐排长……"他到河的北边上岸后，到处呼喊，也不见徐排长的踪影。在闪电中，河里除了浩浩荡荡的大水以外，什么也看不到。他判断徐大钢排长背着沉重的电缆游泳过河，可能游到河中央力不从心沉到河底了，他又冒着生命危险向南岸游去。

刚上岸，他看到连长和指导员带着战士已经在南岸了，连长着急地问："徐排长在对岸吗？"刚上岸的战士摇摇头说："我在河水里、北岸到处呼喊，一点儿回音也没有，更没有见到徐排长的影子，徐排长出事儿啦！"

那天上午，柳春生刚从医院回到家，正想休息一会儿，忽然接到公社人民武装部的紧急通知："到河岸帮助寻找徐大钢排长……"他顾不得休息，带着几名社员和民兵配合连队战士顺着河堤寻找，可连续找了两个昼夜也没找到。三天后洪水渐渐退了，柳春生在河滩倾倒的一棵大杨树下发现了徐大钢排长，电缆线紧紧地把他和被冲倒的那棵大杨树缠在一起。连队官兵把徐大钢排长抬到岸上，忍不住抱着徐大钢排长放声大哭："徐排长……"生产队社员、民兵和连队官兵向失去生命的徐大钢排长默哀。

两天后，连队官兵和生产队社员、民兵在河滩上的大杨树边，举行了追悼会，在那里立了一块石牌，上面写着："英勇的革命战士徐大钢同志永垂不朽"。大会上，连长介绍："徐大钢排长是连队的骨干，是我们党组织多年来培养的优秀干部……"和徐大钢排长一起执行任务的一名战士哽咽道："徐排长出生于安徽蒙城，他是从小在河里练出来的游泳高手，他到连队后，为了完成上级交给的任务，经常带着战士在萧太后河游泳，培养了许多游泳高手，同时也带出了许多维修电缆的专业能手。如果不是那捆电缆线和那棵冲倒在河底的大杨树缠住他，他怎么会……"说到这里，那位战士已经泣不成声。另一位和徐大钢排长执行任务的战士边落泪边似喊似唱："啊！亲爱的战友，我再不能看到你雄伟的身影、和蔼的脸庞，啊！亲爱的战友，你也再不能听我弹琴、听我歌唱……"歌声就像海浪声一样回荡在京郊大地的萧太后河滩上，金牛坊生产队的社员和民兵同志们也掉下了伤心的眼泪。在追悼会快要结束时，徐大钢排长的坟墓前出现了一位秀发飘飘的女子，她不是传说中的女河神，也不是萧太后生养的公主，她是徐大钢排长的未婚妻。她趴在徐大钢排长的坟墓前哭成了一个泪人……从那以后，每到雨夜，人们总会听到河滩上有女子哭泣的声音，有人说，徐大钢排长的未婚妻没有走，她在河滩上化作了一只爱情鸟。

从那以后，在军营连队里流传出一首《你的秀发是我心中的歌》，官兵们经常弹着吉他这样唱：

> 你多情的眼睛总是看着我，
> 我在远方看着你的照片不寂寞，
> 你的笑容伴我去巡逻，
> 你的秀发是我心中的歌。
> 啊！有你陪着我，
> 生活多快乐，
> 有你陪着我，
> 所有的美好围绕我。

一批官兵走了，又一批官兵来了，但是连队里仍然保留着徐大钢排长的床铺、衣物和洗漱用具，每天晚上点名时，连长点名"徐大钢"时，全连官兵齐声回答："到！"随后，官兵在连队指导员的指挥下高唱：

> 战友，战友亲如兄弟，

革命把我们召唤在一起,

你来自边疆,

他来自内地,

我们都是人民的子弟。

战友,战友,

这亲切的称呼,

这崇高的友谊,

把我们结成一个钢铁集体,

钢铁集体……

多少年后,每当连队官兵巡线路过河滩,走到徐大钢排长牺牲的地方时,依然会停下脚步,情不自禁地放声高唱:

啊!

亲爱的战友,

我再不能看到你雄伟的身影、和蔼的脸庞,

当我永别了战友的时候,

好像那雪崩飞滚万丈,

啊!

亲爱的战友,

我再不能看到你雄伟的身影、和蔼的脸庞,

啊!

亲爱的战友,

你也再不能听我弹琴、听我歌唱……

六

那年冬天，天气总是阴沉沉的，看似要下雪，但雪总是不下。有消息传来，人民公社的高书记被撤职查办，去向不明，公社的墙上贴满了批斗高书记的大字报，各村也出现了红卫兵，他们要将"无产阶级文化大革命"进行到底。

公社新来的书记姓牛，他高高的个子，五十多岁，头顶没有头发，并且他是上牙齿长，下牙齿短，上面两颗黄黄的大门牙一年四季露在嘴唇外面。他做事儿特别认真，工作力度好像比高书记要大，第一天上班就召集各生产队的党员干部在公社里开了个大会。会上，他主要讲的是"以阶级斗争为纲"。

晚上10点钟，柳春生踏着夜色刚进家门，生产队值班员小秦跟进屋，他说："刚接到电话，公社新来的牛书记要你马上去他办公室谈话，越快越好。"于是柳春生又踏着夜色过河了。

在公社办公室里，牛书记露着他那两颗黄黄的大门牙严肃地说："春生啊，这阶级斗争可不是闹着玩儿的，要真抓实干……另外，你家里住的那位名叫林芳的女人可不寻常呀！你知道她是什么来头吗？"柳春生迷惑不解地回答："不知道啊！"此时牛书记把说话声音调到最小，神秘地说："她的丈夫名叫胡世博，他们的女儿严格地说名叫胡白鹭。胡世博是安徽绩溪人，是胡适家族的后人，曾在北京大学历史系上学，毕业后留校任教，这个人从小熟读《论语》，并且擅长书法。他是一位地地道道的孔子崇拜者，他去年教的两名学生因发表反动文章，宣传'孔子不能打倒……'，公开和党中央唱反调,被关押起来了,今年这个胡世博又对党中央的'批林批孔'决议不满,表面上他没表现出来,但是他利用去越南考察学习的名义,到越南后,买机票到日本,然后从日本转机飞往美国,听说如今这个胡世博在美国担任了什么人类文化研究所所长,专门推行孔子文化,在美国到处演讲说什么半部《论语》治天下,大肆鼓吹孔子是世界人类的文化领袖,我看他纯粹是在放屁!两千多年前的那一套早就过时了,党中央'批林批孔'的决策是正确的、是英明的,我们就是要在这次'批林批孔'运动中彻底改造人们的思想,把那些和党中央作对、与人民为敌的,还有那些封建思想,从我们的人民公社和生产队的群众中彻底清除出去!"讲到这里,牛书记喝了口水,他那黄黄的大门牙虽然有些漏风,但讲起话来很有激情,他接着讲:"因此,你家住的那位林芳,一定要把她盯住了,千万不能让她进城,万一被美国的丈夫派的内应给秘密接走了,你我就出大事儿了,从目前来看,她们母女偷着去首都机场的可能性不大,但是一定不要让她们母女进城,不能离开金牛坊生产队半步!今天,你我的谈话,只能天知、地知、你知、我知,不能再让第三人知道,现在我们一定要以阶级斗争为纲,坚决不能让那些人翻案,坚决不能让那些人站稳,只要我们抓住'阶级斗争'这条主线,其他事情都好办!"

已经深夜3点多钟了,柳春生踏着夜色在萧太后河的木板桥上往回走,他边走边想:"现在社员同志们穷得没有裤子、没有袄、没有吃的,新来的牛书记,没有一点儿解决社员同志们贫穷问题的意思,反而把抓'阶级斗争'放在首位,真是想不通！"

次日上午，忽然传来最新指示，来老爷子、老金头和陈老爷子也是村里的重点人，他们受封建思想毒害太深，一定要让他们加强改造。柳春生感到情况很不好，他反复思考：他们可是生产队的文化宝贝呀！他想劝这三位老人跑，可那么大岁数了往哪儿跑，所以他只好睁一只眼闭一只眼，只有这样才是对三位文化老人的最好保护。

一天早上，柳春生刚出院子大门，忽然看到远处有一辆绿色大卡车停在老松树下，他正在纳闷儿时，走近发现有四位外地生产队的民兵把来老爷子、老金头和陈老爷子连拉带拽弄上了车，然后把卡车的后槽板关上。柳春生站在那里正想上前问其原因，车却开走了，三位老人举手向柳春生道别，柳春生想举手，可他手停在半空中又放下了，他用目光向三位老人送行，心里说："保重啊！我的文化宝贝，我等你们回来，咱们一起探讨萧太后河的历史文化！"事后，柳春生才知道他们把三位老人运往了劳改农场，据说后来都在劳动改造中去世了。

一天上午，又传来最新指示："柳春生对贯彻上级指示不深刻，不细致，不深入，不扎实，针对性不强，袒护思想过于严重，另外他和林芳有'搞破鞋'的嫌疑。公社革委会研究决定将其撤职，至于林芳，在'搞破鞋'问题没有彻底搞清楚之前，暂时不考虑搬出柳春生家。"

金牛坊生产队有一位社员名叫何大渡，他比柳树芽和白鹭的年龄要大几岁，他出生不久，父亲就死了，多少年来和母亲相依为命。何大渡的爷爷是位民间兽医，他从小跟着爷爷东奔西跑，到处给牛、马、羊、猪等动物看病，并且还承担骟牛、骟马、劁猪和给马钉掌等任务。在那个人民公社生产队年代，一切家畜都是属于人民公社和生产队的，只有动物两腿间的蛋儿是何大渡爷爷说了算，爷爷特别喜欢自己的孙子，他不仅向何大渡传授兽医知识，甚至还把骟牛、骟马、劁猪、骟羊和给马钉掌等绝技传授给他，同时还经常把骟下来的动物蛋儿烤熟了给孙子何大渡吃。也许和那些动物蛋儿有关，何大渡个子长得特别快。另外也许是和妈妈遗传有关，何大渡他妈一米八的大个儿，可是她的身体好像总有病，去公社医院多次看医生，医生都说无大碍，注意加强营养，这明显是长期吃不饱的原因，她出门走路不远就栽跟头，只能长年在家养病。

何大渡特别听爷爷的话，他跟着爷爷外出干活儿，是爷爷的好帮手，他深深记得爷爷的话："马的眼睛是生长在脑袋两侧的，它们看人是立体的，是放大多倍的，人千万不要在马的面前张开双臂，那样马是很害怕的；同时马是很有灵性的动物，人一定要和马交朋友……给马钉掌时，马害怕或者生气时是要踢人的，所以人一定要到马腿前，在和马说话交流的同时，顺着马腿向下抚摸，然后抓住马的蹄子，把它放在木头凳子上，细心为马蹄切割硬茧后再钉马掌。"

那天下午，在高各庄生产队院子里，人们把那匹膘肥体壮的公马用绳索套倒，然后用大木杠把四个蹄子压实，何大渡爷爷非常利索地把那肥大的马蛋取了下来，然后用烧红的烙铁把马的伤口烙干。

多少人都想要那新鲜的肥大的马蛋开荤，可何大渡爷爷始终没有松手，他带着何大渡来到萧太后河畔的河滩上，用三块石头架起树枝把那肥大的马蛋烤熟了,爷爷让何大渡吃,何大渡舍不得吃,他拿一张牛皮纸包着烤马蛋跑回家给母亲吃,让母亲补身子,何大渡母亲看着紫红色的烤马蛋说:"儿啊!妈一个妇道人家,你让妈吃这个,妈就是饿死也不吃,还是俺孩儿自己吃了吧!"

那些年,生产队骟马的机会也不是很多,烤马蛋确实是上等补品,何大渡让母亲吃,母亲不吃。此时,何大渡想到:"王美丽爸爸身体不好,还是给他吃了吧!"出门后,他感觉牛皮纸里还有一股热乎气儿,然后轻轻弄开牛皮纸看了一眼,口水差点儿流出来,他真想尝一小口儿,可是又怕收不住嘴,最后决定还是算了,他强迫自己把口水吞咽回去,抱着包在纸里的烤马蛋向王美丽家跑去。王美丽的爸爸由于长年营养不良,浑身瘦骨嶙峋,两眼深深凹陷,当他吃了何大渡送来的"补品"后,真是久旱逢甘露,走路都带着风声,白天干起农活儿来浑身有使不完的力气,特别是晚上,他的精力更加旺盛,仿佛变成新婚之夜的小伙子了,为此王美丽妈妈感叹:"那烤马蛋果然是大补啊!"

何大渡不仅心眼儿好,他对动物的性格也很了解,并且还会赶马车。一年夏天,四匹马拉的救济粮车在萧太后河畔陷入泥水中,前后不能动,四匹马浑身是泥花子和汗水。它们的鼻孔都张得圆圆的,喘着粗气……赶车的师傅脸上和身上全是泥花子,他咬牙切齿地骂着:"四个废物,养你们干什么,养你们干什么……"他一边骂一边用鞭头使劲儿捅辕马的肋骨,用鞭子使劲儿抽打着前面的三匹骖马,前面的一匹骖马滑倒后又奋力地站了起来,另一匹骖马扬起蹄子生气地尥蹶子……围观和帮忙的人们说:"不要再打它们了,一点儿用也没见有,要想把车赶出泥滩,只能卸货啦!"可负责押运粮食的生产队长说:"泥水里卸货,谈何容易,粮食被泥水泡了,怎么吃呀,这可是大家伙儿的救命粮啊!"王美丽爸爸说:"不卸货就得去找何大渡,他可以把马车赶出这泥水坑。"不一会儿,何大渡来了,他脱掉鞋子,挽起裤腿,围着马车转了一圈,仔细看过后,他说:"不用卸货,来,你拉着右边那匹套马的笼头,你拉左边那匹套马的笼头,你们挽起裤腿下水,分别站在辕马的左右,负责帮助辕马使劲儿。"

此时有人不解地问:"你呢?"何大渡说:"我坐在车上压辕赶车呀,你没看到货物后面过重,辕马四只蹄子快要离地了吗?这样辕马就是有劲儿也使不上啊!"众人听了感觉他说得有道理,何大渡周密部署:"大家听着啊,只要我的鞭子一响,大伙儿就跟着我吆喝起来!"说来也怪,何大渡一讲话,四匹马的耳朵立刻竖了起来,它们好像在认真地听着……完全部署好后,何大渡坐在车辕中间,辕马背上的马鞍立刻向下稳稳地踏在了马背上,此时何大渡手里的大鞭子在空中"啪——啪"两声响,然后他放开嗓子吆喝:"噢噢——"拉车的人一起使劲儿吆喝着,装着重货的马车稳稳地走出了泥水坑,上了一百多米长的坡道后,上面是一块平整的打谷场,人们欢呼着,他们把何大渡抬了起来,大家佩服地喊道:"能人啊,何大渡!"社员们在打谷场上分着上级配发的粮食,大家高兴地往家里背着、扛着和挑着,那幸福的笑容洋溢在脸上。

事后,有人问何大渡:"你一到,怎么那些马就那么听你的?"何大渡说:"首先不要把马看得那么傻,更不要狠劲儿地抽打它们，鞭子要甩在空中，而不是抽打在马背上，马使劲儿拉车时，人一定要靠近马，这样正在使劲儿拉车的马就感觉心里很踏实……"听后，人们纷纷竖起了大拇指。那年何大渡才十二岁半，刚上四年级，而他长得却像个大人一样。论智商何大渡肯定没问题，可没想到他自从入学后，学习成绩却一直很一般，由于他个子高，坐在前面会遮挡后面同学看不见黑板，所以他只能坐在教室最后一排的墙角处。老师上课时他经常不注意听讲，而是在翻看书里的插图，他在看书里是否有动物，可是书里的动物图片很少，几乎全是"四类分子、孔子不让学生种地、地主老太婆很坏什么的……"在小学阶段，何大渡凑合着上完了五年级就毕业了。那时候小学教育阶段是五年制，这也算何大渡人生中完成了初级学历教育了，这个学历也不算太低，许多人都是这样的初级学历教育，也有个别的二三年级就辍学了。对于那些没有上过学的，人们称他们为"文盲"，每年都要进行文盲登记，是要开展扫文盲活动的。而何大渡不算文盲，他在村里属于有初级学历的人。

在农村，一般小伙子娶媳妇比较早，许多小伙子十八岁出头就先订婚，等符合结婚年龄后就结婚。转眼何大渡十八岁了，他到订婚的年龄了。王美丽还没有嫁人，她能嫁给何大渡吗？其实王美丽的父亲很喜欢何大渡，他认为何大渡为人忠厚老实，还有正义感，可王美丽的妈总是认为，何大渡只是小学毕业，王美丽怎么说也是初二毕业呀。一想到这些，王美丽的父亲也就有些犹豫不定了。其实，何大渡很喜欢王美丽，王美丽也喜欢何大渡，但是他们的订婚之事由于上学多少的问题一拖再拖。

一天，何大渡正在街上无聊地闲逛，被公社工作组人员盯上了，那几个人把他叫到了公社办公室。

在办公室里，何大渡心想："这可是人民公社领导开会的地方，自己怎么能来？"他看着墙上那大大的毛主席挂像，更感觉有些紧张。他正在想着什么，忽然有人从他背后走来，他回头一看，原来是一位和自己年龄差不多的小伙子，那位小伙子打扮得很精神，右臂佩戴红袖标，左胸前佩戴着毛主席纪念章……他看了看何大渡说："请到那间屋子！"小屋里有一张圆圆的紫红色的餐桌，桌子上摆好了鸡、鱼、花生、酒和白花花的大米饭。何大渡看着桌子上的饭菜，心想："这是给谁吃的？生产队的社员吃玉米窝窝、喝高粱米粥每天都限量，这里却有这么多好吃的？这大米可是南方的，运到北京郊区得走多远，北京除了高层领导干部和城里的市民们才能吃到白花花的大米饭，京郊大地生产队的社员全靠吃玉米和红高粱过日子；京郊大地属于典型的北方气候，春季种下的玉米和高粱秋季产量非常高，郊区社员多，为了填饱肚子，大伙儿全靠玉米和高粱过日子；这几年萧太后河畔两岸的村庄一直在播种玉米和高粱，几乎家家户户每天三顿吃玉米窝窝、玉米糊糊和高粱米粥，很少有人吃到这白花花的大米饭；公社离金牛坊生产队虽然只有五六里地远，公社领导竟然吃的是白花花的大米饭，并且还有鸡、鱼、花生。村上的农户家里的鸡一只只都是下蛋功臣，上级不让多养，每家不超过六只，每只鸡三天才能下一个蛋，家家户户把鸡蛋攒起来，月底拿到供销社把鸡蛋卖掉，用卖鸡蛋的钱购买针、线、布、麻、油、盐、酱、醋等生活用品，家里有学生的，还用来交学费和买纸笔等，因此每个家庭的开销全靠家里养的那几只鸡。社员群众哪能舍得把鸡吃掉，这人民公社的领导竟然把鸡炖熟后摆到饭桌上了，这到底是怎么回事儿？"何大渡正在纳闷儿，此时从屋里出来一位挺有派头的人，他那黄黄的大门牙外露着。他用高高在上的声音叫道："何——大——渡！"何大渡一惊，疑惑不解地问："你是谁？你怎么知道我的名字？"那位小伙子上前一步说："这是咱们公社的牛书记！"何大渡一听，原来是大官。他吃惊得双手不知往哪里放，两只手在裤子外侧的缝隙上来回揉搓。牛书记坐下后，招手示意："请坐，坐！"此时，何大渡感觉新来的公社牛书记挺随和的，吃饭时，他还亲自给何大渡夹菜，于是何大渡大吃起来。他大口吃鱼，然后想吃鸡，想了想还是把筷子收了回去，此时牛书记把一个鸡腿放在何大渡的碗里，何大渡一想到这可能是下蛋最多的鸡，他怎么也舍不得吃。牛书记误认为何大渡不喜欢吃鸡，他露着那黄黄的大门牙说："不喜欢吃鸡，就喝酒……"于是何大渡喝起酒来，一杯酒下肚，他感觉肚子里和脸上热乎乎的，不禁心里感叹，看来这酒真是好东西……在家里平时哪能吃到这些，今天可算是开荤了，还第一次喝了酒。牛书记问："现在还没有对象吧？"何大渡"哦"打了个饱嗝儿，然后羞答答地提了提嘴角说："还……还没！"吃饭时，那位小伙子不上桌吃饭，他一直在边上给领导和何大渡倒酒……酒过三巡，菜过五味，牛书记看了一眼小伙子，那位小伙子立马把餐具收起，然后把纸笔放在何大渡面前，何大渡不解地问："这是干什么？"那小伙子说："请你写一份揭发材料。"何大渡听后惊讶地问："啊？揭发谁？"小伙子说："你看，牛书记对你多好，只要你简单地在这张纸上写几句话，说柳春生和林芳在玉米地里'搞破鞋',你亲眼所见就行了!"别看何大渡文化程度不高,但他可不傻,他立刻明白,原来请自己吃鱼、吃鸡、喝酒和吃白花花的大米饭是个圈套,于是他说:"我……记性不好,名字怎么写好像也不记得了,哪会写什么揭发材料,我的特长是骗马、骗牛、骗羊、赶车和养猪,你给我弄一匹公马,我把那匹公马骗了,或者是让我给你们讲一讲猪什么时候交配,什么时候生小崽儿,怎么样喂养,这些还差不多,你们可真不会用人,竟然让我这位民间骗匠和养猪高手来给你们写什么材料!"说完,他哈哈大笑,笑声是那样洪亮,笑过后他假装喝多,就趴在桌子上假装睡着了。牛书记皱着眉头训斥那位小伙子:"看看你办的好事儿!"

　　转天上午,牛书记亲自带人来到金牛坊生产队,这也是他到任后第一次深入基层,但这次他不是来搞调研的,也不是来开会的,而是带着工作组来抓人的,他们手里有了关于柳春生和林芳的揭发材料。新上任的金牛坊生产队党支部书记孙戴玉跟着跑前跑后,生产队里的社员心想:"是谁捏造事实,做伪证?"人群中有位老头,和身边的人小声嘀咕:"我昨天下午去公社医院看病,路过公社大院时,看到何大渡正从公社大院出来,他的脸红扑扑,嘴唇油光光,好像吃过什么好东西似的,我问他去公社干什么,他支支吾吾地说不出话,我估计是他……"人群中的何大渡他妈听说是自己的儿子何大渡在公社吃饭,还在公社领导面前捏造事实、写假材料、做伪证……她感到一阵阵头晕,摇摇晃晃地一会儿扶着树,一会儿扶着墙,跟跟跄跄地走回家。人群中有人疑惑:"那写揭发材料可不是咱们生产队社员能干的活儿,再说了,何大渡只是小学毕业，他的特长是研究动物和赶车，他什么时候学会写揭发材料了？"

当工作组正要把柳春生带走时，忽然从小巷里蹿出了王美丽，她手里拿了一把铁锹，冲着工作组人员大声喊："看你们谁敢把柳春生大叔带走，我就用这把铁锹劈了谁！"顿时，工作组人员被整蒙了，他们万万没想到金牛坊生产队还有这样烈性女子。工作组中有一个人大声喊："哪里来的女子，你敢抗法吗？"此时，柳春生被几个工作人员压着胳膊，弯着腰，柳春生低着头心想："别因为自己连累了这个丫头……"想到此，他扭过头，用尽浑身力气向王美丽大声喊："王美丽，不要胡来！"工作组人员打算也要把王美丽一起带走，可这时王美丽说："我哥哥在部队当兵，他每天都要给伟大领袖毛主席站岗，我要去部队通过哥哥找到伟大领袖毛主席，我要问问他老人家，捏造事实、弄虚作假的人是否应该法办！"此刻，站在边上指挥的牛书记见事情弄大了，他露着那黄黄的大门牙赶紧说："啊！这个……这个柳春生今天先不带走，这位女子因为是妇道人家，暂时也不考虑带走，但以后可不能再这样挥舞铁锹，否则法律可是不讲情面的！"宣布完后，他和那些工作组人员悻悻地走了。

王美丽舍生忘死营救柳春生的英雄事迹在金牛坊生产队传开了，有的人说王美丽有刘胡兰的革命精神，有的人说王美丽有杨三姐告状不怕死的勇气。而王美丽父母却吓得面色苍白，因为他们知道王美丽根本就没有哥哥，更没有哥哥在部队当兵，如果被查出没有哥哥，弄个欺骗人民公社领导的罪，那就不得了了。事后王美丽也意识到事情的严重性，当时她只是想保护柳春生大叔，灵机一动就随口说了，没想到却很管用。王美丽认为："生产队的社员都知道，林芳阿姨是十分纯洁高雅的文化人，她和柳春生大叔关系再好，也是十分纯洁的同志关系，作为高雅文化人的林芳阿姨，带着女儿在生产队参加劳动多不容易，如果再让林芳阿姨背上无中生有的'破鞋'恶名，她往后的日子可怎么过。至于柳春生大叔，他有领导能力，有大局意识，他能带领社员植树、耕田和收获粮食，他为人忠诚老实，待人热情，喜欢帮助人，他对谁都好，难道他和谁都有'破鞋'关系吗？我看现在的公社领导是在拿着鸡毛当令箭，是在以伟大领袖毛主席的名义栽赃陷害柳春生大叔和林芳阿姨。这个特殊时期什么时候过去我不知道，但是我知道在这个特殊时期，坚决不能再让公社领导把柳春生大叔带走，坚决不能让柳春生大叔像来爷爷、陈爷爷和金爷爷那样冤死他乡。"

在何大渡家里，大渡妈一个耳光打在何大渡的脸上，然后放声大哭，她边哭边责备何大渡："你……你你……你……你连个丫头都不如啊！你这个没良心的东西，妈长年不能下地参加劳动，如今是工分制度，按劳分配，多劳多得，要不是你柳春生大叔几年来给咱们家送吃的，咱娘俩早就饿死了。你给他们写材料说你柳春生大叔和林芳阿姨'搞破鞋'，他们是那种人吗？啊？孩子呀！你什么时候学会说假话啦，咱们庄户人家世代以诚信为本，做老实人，说老实话，办老实事儿，是就是，不是就不是，那事情有就是有，没有就是没有，你怎么能忘记咱们庄户人的家训家教和根本呀！啊？你气死妈啦，真是家门不幸啊……"何大渡跪在他妈面前边抹眼泪边说："妈，我确实在那里吃肉了，酒也喝了，那白花花的大米饭我也吃了,可我没有写任何什么材……什么料,您知道我没读过几天书,哪里会写那么高级的材料呀!"说完,何大渡抹了一把鼻涕,擦了一把怒火焚烧的眼睛,咬牙切齿地说:"这帮狗娘养的,为给他的上级有个圆满交代,他们弄虚作假,诬陷好人,祸害百姓。他们一个个都吃得好,穿得好,可是他们干的不是人事儿,看我把他们一个个都骗了,然后宰了,看他们今后还敢祸害百姓!"说完,何大渡大步走出家门。大渡妈知道要出大事儿,赶紧追到院子,可这时何大渡已经不见人影儿了。何大渡妈急火攻心,感觉一阵头晕,接着双腿一软,倒在院子里,完全失去了知觉。院子里的寒风一阵阵地吹动着她的头发,她醒了,也许是冬天的寒风把她吹醒,她想站起来,想到大门外去喊人,却发现自己的两条腿好像没有了似的,于是她赶紧爬到院子大门框边高喊:"来——人——哪……"正巧王美丽从门口路过,她听到喊声,赶紧跑过去,她发现大渡妈在地上趴着。王美丽赶紧上前边搀扶边问:"大婶,发生什么事了,您怎么在院子里的地上爬?"王美丽扶着大渡妈起身后,她看到何大渡他妈胸前和腿上全是土,身后有一条长长的爬行的印迹。大渡妈着急地说:"孩子,我自己能进屋,你快去找你柳春生大叔,何大渡要出事儿啦……"听后,王美丽快速向柳春生家跑去。

  牛书记回到人民公社后,夜间做了个梦,他梦到伟大领袖毛主席批评他:"我说你这个同志,作为共产党员,一定要实事求是,怎么能诬陷好人……"牛书记梦醒后出了一身冷汗……次日早上他心想:"梦归梦,自己和领袖的距离还隔着好多层呢,上级让干,这工作当然得干,并且还得干好,如果能找个合适的借口把柳春生和林芳关押起来,也好给上边一个满意的答复,可是通过这次深入基层,自己感觉现在生产队的那些社员好像从心里都向着柳春生和林芳,这到底是什么原因,难道是自己脱离群众了?难道……"他看着墙上的毛主席挂像,看着眼前的办公桌椅,在那里呆呆地站着。

王美丽找到柳春生,及时向柳春生报告何大渡要出事儿的情况,柳春生听后十分镇定地做了详细分析,他让王美丽先回去照顾何大渡他妈。柳春生心想:"何大渡肯定是去马家湾供销社买菜刀去了,别看何大渡只是小学毕业,他可不傻,他知道自己如果在金牛坊供销社买菜刀会被人发现,因此他悄悄地选择了邻村马家湾供销社,他买刀后肯定要经过村北的木板桥……"于是柳春生来到木板桥上等候。

在马家湾供销社里,何大渡问:"多少钱?"供销社售货员说:"八毛钱一把。"何大渡说:"行,就要这两把!"说着把破烂的两块钱放在柜台上,供销社售货员正要找钱,何大渡说:"不用找了!"然后何大渡在柜台棱角上试了试,那柜台的棱角立马翘起了两条木屑,何大渡自言:"狗娘养的,明年的今天就是你们的祭日!"见何大渡一脸凶相,供销社售货员双手颤抖着,找给何大渡的钱都拿错了,售货员惊慌地自言:"我的娘哎!要出大事儿啦!"

果然不出柳春生预料,在寒风中,何大渡穿着那件只有两颗纽扣的黑棉袄,穿着那双破旧的大棉鞋,大步流星地向木板桥走来。因为他那件黑棉袄能用的纽扣只有两颗,所以他早已习惯抱着胸前的衣服走路了,再说腰间还有菜刀,抱着胸前的衣服走路不容易让刀掉出。何大渡大老远看到木板桥上站着一个人,他心想:"是谁呀?"走近一看,原来是柳春生,他又想:"柳叔怎么会在这里?"接着他又想:"不管他,先混过去再说。"何大渡走到桥上,他往右走,柳春生向右跨一步;他往左走,柳春生又往左跨一步挡住他的去路。何大渡无奈地问:"哎呀!柳叔,您挡我的道干什么?"柳春生镇定地问:"你要去哪里?"何大渡灵机一动说:"我,我妈肚子痛,我去公社医院给她买点儿药。"柳春生问:"你的肚子也痛吗?"何大渡一愣,他想把手从肚子那里拿开,可又怕棉袄张开后柳春生看到刀,他赶紧嘴角上提假装微笑说:"柳叔,您,您就让我过去吧!"柳春生说:"别装啦,我说何大渡啊,你也不想想,你能杀得了一个,你能杀得了两个、四个,甚至是十个吗?常言道,臂大能胜一人,智多能胜千人,当下我们最好的办法是向林芳学习,她真不愧是文化高人,看看人家多有耐性,我相信时间会帮我们验证真假的……再说了,你没有了,你妈怎么办?现在王美丽还在你们家帮助你照顾你妈呢,听柳叔的,把刀给柳叔。"何大渡犹豫了一下后,把锃亮的两把菜刀递了过去,柳春生接过菜刀转身一挥手嗖一声把那两把菜刀扔进了桥下的冰窟里,随后转身对何大渡说:"过几天,柳叔把买菜刀的费用还给你,赶紧回家吧,你妈在家里等着你呢!"此时,何大渡想到妈身体一直不好,又想到这么多年柳春生大叔处处在照顾自己和妈,可如今柳春生就像一匹被绑住四蹄的骏马,前后不能动,他有的是劲儿,可就是使不上,为什么现实生活会是这样。想到这些,他不由得伤感起来,他抹了一把眼泪,向柳春生深深地鞠了一躬,然后抬头看了柳春生一眼,柳春生抬手向他做了一个回家的手势。柳春生深情地看着何大渡,他用眼神和手势劝告何大渡，别去公社了，赶紧回家吧！何大渡想：

  我在您的关爱中成长，
  我在您的呵护下成人，
  我不知道这样的选择是否正确，
  但是我知道您是我值得信赖的人。
  柳叔啊柳叔，
  您像黑夜里的明灯，
  为我和妈妈照明，
  您像天上的星星，
  把光亮洒在我的头顶，
  人生的道路上有您相伴，
  那是我今生今世的荣幸。

  萧太后河畔冬天的风总是有些刺骨，快过春节了，天阴沉沉的，好像要下雪，可是雪总是不下。人民公社又来了新指示，金牛坊生产队党支部书记孙戴玉在老松树下的高土台上宣布："林芳要在春节后开工第一天前把生产队猪圈边上那些猪粪送到河滩的玉米地里……"柳春生一听就明白，公社领导肯定是担心春节期间林芳带着孩子"出逃"。王美丽听后站起身来愤怒地骂："啊呸！畜生都不如，欺负一个妇道人家，你们算什么本事！"民兵队长王大贵在侧台提示："台下保持安静，保持安静！"王美丽妈妈拉住王美丽的手着急地说："闺女呀，你坐下！你……"

  晚上，社员赵大刚躺在炕上辗转反侧，他想："那么大一堆猪粪别说林芳一个人用筐挑，就是用五辆大马车，六天也拉不完呀，如果完成不了任务，人家不就有话可说了吗？"想着，想着，他忽然坐了起来。

同样的时间，王美丽在家画脸谱，她用马尾制作成假发，她要装扮成鬼的模样，今晚午夜时分要去帮助林芳阿姨完成送粪任务。

同样的时间，何大渡躺在炕上辗转反侧，他想："林芳阿姨就是累死也完成不了任务啊……"他一个翻身，又想："假如那两把菜刀还在，今天在会场上就让那王大贵和孙戴玉见血，见血后，事情弄大了，林芳阿姨就解脱了。特别是那个孙戴玉，真不是东西，他的两只眼睛只知道向上看，他一心想着当官，为了当官，他像一条摇尾巴的狗，而他自己却一点儿也不知道。话说白了，这种人就像电影里的汉奸一样，也像墙头上的草一样，每天都在随风摇摆……其实上级也不见得就喜欢这种人，只是利用他跑腿办事儿罢了……"想着他又一个翻身，他又在想："强攻的机会没有了，只能想个万全之策……"

何大渡用扁担挑了两只粪筐来到了粪堆旁边，发现有个黑影正在那里往筐里铲粪，他纳闷儿，这大半夜的是谁呀？何大渡走近看时，把他吓出一身冷汗，他心想："难道这世界上真的有鬼？"

王美丽正在往筐里铲粪，感觉好像身后有人，她心想："肯定是金牛坊生产队的孙戴玉和民兵王大贵等人陪着公社工作组人员来了……"她赶紧放下铁锹，转身学着鬼叫："呜呜……嗯……哇呀呀……"紧接着，她张牙舞爪地向来者猛扑过去。何大渡心想："从小都没有见过鬼，今夜在这里撞上鬼了……"吓得他禁不住大喊："啊呀……鬼呀……"王美丽一听声音原来是何大渡,她一想:"不好,要坏事儿,如果何大渡边跑边大声喊叫,容易暴露目标……"她赶紧上前抓住正要转身逃跑的何大渡,摘下面具,小声说:"嘘,何大渡,别喊,是我!"何大渡一愣神问:"王美丽,怎么是你,你到底是人还是鬼?"王美丽着急地说:"哎呀!关键时期不得已呀,你来这里干什么?"何大渡回答:"我是来帮助林芳阿姨完成送粪任务的呀!"王美丽听后激动地说:"都想到一起了,来,咱们赶快干吧!"说着他们一锹一锹地往筐里铲粪,用扁担往地里挑。此时生产队社员赵大刚、赵二明、龙哥,知青李晓娜、李大军和王大柱等也都参与其中,挑粪的人越来越多,就像蚂蚁搬家一样。凌晨鸡叫第三遍时,东方微亮,帮助挑粪的人们悄悄散去。

早晨,林芳正要出门,白鹭说:"妈妈,不知为什么,柳树芽不来找我玩儿了,你又要让我一个人在家,今天不是大年三十不用出工了吗?"林芳说:"妈妈听说柳树芽去他姥姥家过春节了,你就在咱们家吧,妈妈今天早点回来,带你一起扎红灯笼……"白鹭听后说:"好的,妈妈,我在家等你早点回来。"其实,林芳心里十分清楚柳树芽不来的原因,在这个特殊时期,保持距离也好,免得惹麻烦。

早晨起来,柳树芽正要去找白鹭玩儿,树芽他妈严肃地问:"你要上哪里去?"柳树芽吞吞吐吐地回答:"快……快要过年了,我想去看看白鹭在干什么,我想和她一起去供销社买鞭炮,买红头绳儿……"树芽妈一听说儿子要去找白鹭,她心里一惊,想解释,可又想孩子太小,没法解释,只好半管半哄地说:"芽子乖,帮妈一起糊火柴盒,一会儿火柴厂的工作人员要来取货，糊一百个能挣两元钱，到时候你和白鹭妹妹每人一元，拿到钱后你们一起去供销社买鞭炮，买红头绳儿……"在小屋里，柳树芽一边帮着他妈糊火柴盒一边落泪，他虽然年龄小，但是也听到大人们在窃窃私语，目前生产队的社员们要与"反革命分子"划清界限……一想到这些，柳树芽怎么也不明白，柳春生大叔、白鹭和林芳阿姨怎么一夜之间变成"反革命分子"了，他们好像不是坏人呀，这到底是怎么回事儿？

当林芳来到猪圈边上，她被眼前的一幕惊呆了，那么大一堆猪粪，一夜之间怎么就剩下三五担了？林芳是一位善于观察和分析的文化人，她蹲下身子仔细观察，认真分析……她看着地上密密麻麻的脚印儿，心里彻底明白了，她感动得眼泪夺眶而出。

在河滩玉米地里，那些粪堆排列得是那样整齐，林芳挑着猪粪缓慢地走着，由于营养不良，她觉得双腿总是使不上劲儿，寒风像刀子一样刺在她的脸上和她的手上。上天再也憋不住了，那鹅毛般的大雪从天空中纷纷落下，顿时天地间变成白茫茫的一片，漫天飞舞的雪花让人难以分清天地。

树枝上那两只乌鸦一声也不发，也许它们是怕被寒风刺破嗓子，它们紧紧地倚靠在一起，用自己的翅膀严严实实地包裹住身体。

在那寒冷的小树上，一群麻雀静静地站在那里，它们在大雪中保持着身体仅有的温度，它们担心天气太冷，在夜间把自己冻僵，更担心雪下得太大，近期会找不到吃的。

　　天阴沉，

　　　　雪纷纷，

> 京郊大地冷,
> 雪落鸟惊心。
> 饥饿寒冷在今日,
> 暖日东升待何时。
> 生在书香门,
> 志在书海中,
> 欲做学问不能成,
> 人生短啊力耗尽,
> 早知虚度此一生,
> 何必化人入世尘。

世博啊!你在哪里?孤独的雪地上只有一双脚印。林芳在孤独和寂寞中等待,她在等待风停雪化,等待暖日升起,等待一家人团聚。

雪是来年丰收的希望,可在这个重开会、轻耕种的年代,哪有丰收希望。作为知识分子,林芳来到京郊的金牛坊生产大队,对她来说是由教师向学生的转变,同时也是把课堂阵地向农村生产队转移。来到郊区,通过实践、观察和分析,她深深地懂得了锄禾就得日当午,只有顶着烈日锄地,草才能被太阳晒死,然后变成庄稼的肥料。生产队的社员都懂得,种地来不得半点儿虚假,社员们经常说:"你欺骗地皮,地皮就要欺骗人的肚皮!"他们的话语多么朴实,多么有道理啊!谁说那些朴实的社员没有文化,他们深深懂得:"春雨惊春清谷天,夏满芒夏暑相连。秋处露秋寒霜降,冬雪雪冬小大寒……"他们更加懂得尊重土地、尊重自然,人与自然、人与动物和谐相处,他们可是我国两千多年农耕文化的传承人,他们一点儿也不傻,他们有自己的理想,有自己的追求。

林芳在雪地里静静地站着,她在深刻地思考着一个又一个为什么。"饥饿啊!你什么时候才能离开这里?庄稼的丰收啊!你什么时候才能到来。太阳跳出了东海,大地一片光彩,河流停止了咆哮,山岳敞开了胸怀……江南丰收有稻米,江北满仓是小麦,高粱红啊棉花白,密麻麻牛羊盖地天山外……"这歌曲唱得多好啊!为什么不按照艺术家设想的那样去努力。

在纷纷下落的雪花中,林芳好像看到远处有个人影担着粪筐快速地行走,从远处看,那个人好像是柳春生,她想过去,趁着没人,上前和柳春生说说话,可又想万一有人盯梢,说什么"搞破鞋"的恶语,牵连了柳春生就更麻烦了,经过再三考虑还是算了。柳春生虽然不是生产队党支部书记了,但是人们有什么事儿还是喜欢和他商量,他做的每一件事情仍然是为了改善生产队社员的生活,他在当下的"组织"面前一言不发,也不反抗。但是他在广大社员的心中仍然是党支部书记,人们同情他、敬重他、关心他,也愿意保护他。他有爱心,他爱社员们,社员们也爱他。他有亲和力,他能带领社员群众发展生产,也能带领大伙儿唱京剧,在这样的岁月里,社员们虽然吃不饱,但他们在一起唱起京剧来,甭提多高兴。自从公社牛书记到任后,村里的京剧班就彻底停了。公社牛书记的到来,没有给公社和金牛坊生产队的社员们带来温饱和文化,相反的是,他的到来是社员们的灾难,金牛坊生产队党支部书记孙戴玉,是他亲自选定提拔的,根本就没有经过社员们同意。孙戴玉和牛书记是同样的思路,孙戴玉也对上级阿谀奉承,他从来不管社员，社员也不理他，他早晚会像天上飘落的雪花那样，消失在人群中和大地上。

地上白茫茫一片，冷风呼呼地吹着，雪仍然在下，萧太后河畔的唢呐吹得是那样亢奋，吹唢呐的不是别人，正是二妮。自从金爷爷、来爷爷和陈爷爷被带走后，她整天沉默寡言，不梳头，也不洗脸，一天除了三顿饭，其余时间她就是吹唢呐，她吹着唢呐，在思念三位爷爷。来爷爷和金爷爷是皇室后裔，特别是金爷爷，二妮听长辈说，那是1924年11月的一个上午，冯玉祥派出的国民革命军包围了紫禁城，当时末代皇帝溥仪正在宫内同他的皇后、皇妃们吃水果，一位内务府大臣慌慌张张地跑入宫内向他报告说，起义军部队兵临城下……说完他呈上冯玉祥的关于废止对清王室优待条件的函文，并且限溥仪三个小时内搬出皇宫。溥仪看完函告后，惊慌失措，赶紧召开了最后一次御前会议，交出了皇帝玉玺，收拾私物，遣散了太监和宫女们。当天下午，被监护离开皇宫紫禁城，搬到后海甘水桥的醇亲王府。也就是那天下午，金爷爷的父亲，带着全家搬家到了城外的东岳庙附近的四合院暂住，一周后全家又搬到了远郊的金牛坊村。

金爷爷出身于清朝末期的文化家庭，他的奶奶被称为清代文学界才貌双全的第一女词人。"金爷爷与我国当代著名文化学者金启孮是堂兄弟，他的家传文化底蕴十分深厚……"他经常对二妮说，满族是咱们国家少数民族的一部分，满族人留下的史料在将来的中国，没有人能看得懂，要想学好满语，首先要学习锡伯族语言、女真族语言和蒙古族语言，在学好这几个民族语言的基础上才能学好满语……至于他经常讲"听我爷爷的爷爷……"确实是萧太后河资料太少的原因所致。在那个改朝换代的特殊时期,来爷爷和金爷爷的父辈携带妻儿老小先后来到了金牛坊村,金牛坊以宽容的胸怀接纳了他们,金牛坊是个柳、赵、高、李、王、金、来、何、邱、任和杨等姓氏混杂的村庄,对于一个多姓氏居住的村庄来说,姓氏越杂,对繁衍后代越有好处。在风雪中,二妮思念陈爷爷教她拉京胡、吹唢呐、唱京戏,金爷爷为她讲满族故事,陈爷爷跟李晓娜学习了当代音乐理论基础知识,懂得了五线谱和简谱后,他用简谱翻录了祖上留下的工尺谱史料,用简谱教会了二妮《山鬼》《国殇》《陌上桑》《孔雀东南飞》《苏武牧羊》《胡笳十八拍》《琵琶行》和《春江花月夜》等古典名曲。在这基础上,二妮每天向萧太后河水学习,她听着河水哗哗流动的声音,自己创作了《萧太后河畅想曲》……甚至还听着萧太后河畔树林里的鸟叫声音,把《百鸟朝凤》乐曲吹出了自己的特色,如今二妮吹的是哪一曲,只有她自己知道。

雪还在下,那唢呐的声音还在响。

在萧太后河畔,季节悄悄地变换,岁月悄悄地流逝。

夏天到来,今年夏天天气总是细雨蒙蒙,天气闷热得让人们透不过气来,人们近两周没有见到太阳了。一天的后半夜4点多钟,京郊大地忽然抖动了一把,人们从睡梦中惊醒……金牛坊生产队的牛、骡子和马等都跑了。次日大早,柳树芽跟在父亲和柳春生等大人们身后到处为生产队找牛、骡子和马,那可是金牛坊生产队的宝贵财富呀!

牛、骡子和马等都找回圈拴好了,在回家的路上,柳树芽的肚子空空的,他边走边想:"白鹭不能来往了,自己既孤独又饥饿,上哪里去找点儿吃的……"他一边走一边思考着,自己在不知不觉中又回到了马圈边上,他看到那些马对着食槽吃得正香,他好羡慕那些马,假如自己能变成一匹马就不用挨饿了。当他正要走时,听到外面有人哼唱京剧曲调:"这些兵……"那声音越走越近,他赶紧转身躲进墙角的一个破扇车后面,从缝隙里,他看到向这里走来的正是连长爷爷,他穿着那套一年四季都不离身的补丁累累的灰衣服,端着料盆走了进来,他一边哼唱一边把黑色的料豆倒在草料槽里铡好的草上,然后又哼唱着京剧曲调"这些兵……"走了。柳树芽从扇车后悄悄走出来,心里暗喜:"哈哈,怪不得这些马一匹匹膘肥体壮,原来它们吃得比人都好,马儿啊!对不住啦,我现在饿得不行了,把你们的料豆分给我一点儿尝尝啊!"他一边自语一边伸手从料槽里抓了一把料豆就往嘴里送,他一边嚼料豆一边想:"嗯,味道真好……"就在这时候,他感觉有人在看他,他转头看,原来是连长爷爷,他惊讶地看着连长爷爷,心里说:"连长爷爷,您怎么没有走远呀……"此时,连长爷爷说:"芽仔儿,我进来时就看到有人躲到扇车后面去了,果然是你,你是饿了吗?你怎么和马抢吃的?那料豆可是半生的,人吃多了是要中毒的,你如果饿就跟着我走吧!"此时柳树芽被连长爷爷"俘虏"了,他只能跟在连长爷爷身后走。连长爷爷的真名很少有人知道,全生产队的大人们都称呼他"大连长",小孩子们称呼他"连长爷爷"。大孩子们背地里经常说他曾经是"坏人部队"的连长,他和北平和平交接过来的连长和士兵们不一样,他是在新保安战役中被俘的,他的弟弟跟着"坏人部队"去台湾了……在这里,他不能和家人通信,更不能离开生产队半步，只能老老实实地为生产队养马，他为生产队养马二十多年了。

在马圈边上，连长爷爷有一间五六平方米的小屋。屋子里的炕上有一卷铺盖，铺盖边有一件大棉袄，墙上挂了一盏黝黑的保险灯（马灯），靠近窗户的地方有一个小小的灶台，灶台边上有一个大碗和一个小碗，碗边上有一个小小的水缸和咸菜缸，水缸里浮着半个葫芦水瓢，咸菜缸是用高粱秆编织成的盖子盖着的，盖子上面有半碗咸菜……那就是连长爷爷所有的家当。柳树芽跟着连长爷爷进屋后，连长爷爷掀开锅盖儿，小锅里冒出了一股热气儿，那热气儿刚离开锅口就散尽了，锅里有一个紫黑色的小木头架子，架子上放着一只小碗，碗里有两个蒸熟的土豆，锅底有一点儿黄黄的小米粥……不一会儿，连长爷爷把两个土豆、一小碗小米粥和半碗咸菜端到他的面前，慈爱地说："小孩子饿得快，赶紧吃吧！"柳树芽心想："此饭是连长爷爷的一片心意，那还客气什么，先吃了再说。"于是他狼吞虎咽起来。不一会儿碗里就空了，他一边抹嘴一边说："连长爷爷，那些大孩儿都说您曾经是'坏人部队'的连长，说您也是坏人，可是我觉得您不坏呀！这到底是为什么？"此时连长爷爷一声不吭，他颤抖的右手从上衣兜里摸出了一个烟斗，左手把一点烟丝放在烟斗里，然后把烟斗衔在嘴里，他那一双手又粗又黑，上面还布满蚯蚓状的血管儿，他左手颤抖着拿火石，右手颤抖着拿着火镰刀片，双手用力一碰，"啪"，响了一下，一个火星儿正好冲进火镰刀片边的棉丝上，棉丝很快燃烧了。他快速把燃烧的棉丝摁在烟斗里的烟丝上，然后使劲儿吮吸烟管的头部。此时他那黝黑消瘦的脸上深深地现出了两个小酒窝，片刻那缭绕着的青烟弥漫了他的面部。

　　柳树芽在回家的路上忽然想到："呀！刚才我把连长爷爷的饭吃了，他吃什么？"柳树芽回到家里，他妈着急地说："你上哪里去了？我正要出去找你，赶快吃饭吧！"说着树芽妈把热饭从热锅里端到儿子面前。柳树芽低着头说："我吃过饭了，我把连长爷爷的饭吃了。"树芽妈听后愣了一下，说："你跑到人家那里吃饭了？"柳树芽点头说："我实在饿得不行了，他让我吃我就吃了。"树芽妈说："嗨！他那小锅小铺儿的，你把他的饭吃了，他吃什么，这样吧，既然你已经吃过饭了，你就把这份儿饭给人家送过去吧！"树芽妈一边说一边用笼布把装着玉米饼和放着土豆炖白菜的碗包好，叮嘱说："路上小心点儿，别洒了，快去吧！"当柳树芽抱着饭跑到马圈边上的小屋敲门时，里面传出懒洋洋的声音："谁呀？进来吧！"柳树芽进屋后，他看到连长爷爷正在铺盖边躺着落泪。当连长爷爷看到柳树芽进屋后赶紧偷偷擦眼泪，他好像怕柳树芽看到自己在流泪似的。柳树芽说："连长爷爷，我妈让我给您送饭。"连长爷爷快速起身，说："谢谢你妈，她想得很周到，芽仔儿你放那里吧，太阳下落时来取碗。"柳树芽回到家对妈妈说："刚才去给连长爷爷送饭时，我看到连长爷爷自己在落泪。"树芽妈听罢思考片刻，叹气后说："唉！人年龄大了，可能是想家了……"

　　几天后，人们才知道是河北唐山地震把北京东郊带了一把，为了安全起见，人们在自家院子里搭起了帐篷，夜间不能进屋休息。在锣鼓声中，金牛坊生产队的人们纷纷为灾区捐款捐物。所谓的"物"，也就是暖瓶、脸盆和旧衣服什么的，柳树芽把自己攒的八毛钱、六两粮票和二市尺布票也捐出去了。"地震"这个词好像离人们很远，没想到就发生在自己身边了，水井里的水为什么会冒泡儿，大地为什么会抖动，牛、马、羊为什么会乱跑，人们在老松树下纷纷地议论着。

秋天到了，当人们正和往年一样在萧太后河畔玉米地里收玉米时，忽然刮了一阵奇怪的旋风，那旋风把玉米秆都卷到天上去了。风停后，人们从高音喇叭里听到了一则悲伤的消息："伟大领袖毛主席与世长辞……"

大街上，学校在举办追悼大会，老师和学生们排着长长的队伍向前走着，柳树芽那时候还没有上学，他站在路边看时，一位素不相识的戴着红领巾的大姐姐含着眼泪给他在胸前戴了一朵小白花，那位大姐姐给他戴好花后，抹着眼泪，跟着游行队伍走了。

一天傍晚，柳树芽又想到了连长爷爷是否又在想家落泪。于是，他敲门后进入小屋，他看到连长爷爷有些心神不定，好像有什么心事，连长爷爷神秘地告诉他："你来得正好，我正要走了。"柳树芽惊讶地问："啊！您要上哪儿去？"他说："太阳每天都在升起，每天都在落下，时光不会多留任何一个人，我的妈妈肯定不在世了，我要回老家去看看我妈妈的坟，看看小时候的山，看看小时候的水。我们那里也有一条河，河边有一片大大的树林，树林里有许许多多的鸟，那年我和弟弟在河边玩水时，从西边来了一支队伍，把我们俩夹在中间，我们就跟队伍离开家乡了，从那以后再也没有回去过，后来听说弟弟跟着队伍去台湾了。这些年我已经想明白了，台湾也好，大陆也罢，都是咱们中国的地盘，只是军队的名称不同而已。我估计在不久的将来,弟弟就可以回老家了,所以我要回老家等他……"说着连长爷爷就往外走,他没有什么家当,他用一根麻绳将被子捆着背在背上。柳树芽心里琢磨:"连长爷爷今天是怎么啦,他平时很少说话,今天怎么把什么话都说给自己了。"柳树芽边想边着急地说:"天太黑了,看不清方向,您明天早上走也不迟……"连长爷爷在马圈边上刚走几步,忽然从马圈里传出马的嘶鸣声,他停下了脚步,叹了一口气说:"唉!我走了以后,那些马可怎么办呀,它们已经跟了我二十多年了……"

次日大早,柳树芽想着去为连长爷爷送行,他在小屋外敲门,里面没有声音,他心想:"难道连长爷爷已经上路了,真不够意思,也不打个招呼就走了。"当他推开门进去看时,发现连长爷爷还在睡觉,他上前想去推醒,走近时发现连长爷爷已经停止了呼吸、身体僵直,那些马在圈里"咴儿……咴儿……"一阵接一阵地嘶鸣着。

连长爷爷走了,谁也不知道他的老家在哪里,甚至更不知道他姓甚名谁。

七

又是一年春天到来了。暖暖的春风吹动着树梢,大雁北回,白鹭翱翔,萧太后河的冰面开始融化,树上的高音喇叭播放李光羲的歌声:"美酒啊飘香啊歌声飞……"人民公社来了最新指示:原来的高书记从五七干部学校回来了,并且官复原职,那位牙齿外露的牛书记被看管起来了,他在职期间没有干什么正经事儿,特别是在开展"阶级斗争"过程中,他伪造假材料,迫害基层干部,因此组织要对他进行立案审查。金牛坊生产队党支部书记孙戴玉也被革职查办。从此,柳春生和林芳可以自由来往了,再也没有人诬蔑他们"搞破鞋"了,白鹭和柳树芽也可以在一起玩儿了。几天后,柳春生官复原职,高书记在公社的办公室里和柳春生交谈:"春生啊,这些年咱们村民的生活太苦了,我们再也不能让村民们过穷苦日子了,抓紧脱贫,争取早日让村民们吃饱饭,能有衣服穿,这是摆在咱们面前的大事啊!"

一个接着一个的好消息正像《祝酒歌》中唱的那样:"征途上战鼓擂,条条战线捷报飞……"在老松树下,李晓娜拉着手风琴,李大军等知青们高兴地唱着:"美酒啊飘香……"人们欢快地跳着。近期,二妮的唢呐声音也不再亢奋了,全国恢复高考,她正在抓紧学习音乐基础知识,并且每天拿着书本去向林芳请教文化课,林芳帮她破解知识难点,她想报考音乐专业院校。

村民们再也不用唱上级"规定"的八个样板戏了,人们对唱民间传统戏曲的兴趣越来越浓,平时在田间地头随时可以听到那高亢的戏曲唱腔。特别是进入冬季后的农闲时节，人们把传统京剧戏曲剧本找出来，村民们自发地制作了戏曲服装、道具等，正月初六一过，戏曲骨干们把老松树下的土戏台用混凝土加固了一下，临时搭建上了顶棚，台口左面的柱子上写着"台上人台下人台上台下人看人"，右面的柱子上写着"扮今人扮古人扮今扮古人扮人"，横批是"中华戏曲博大精深"。

"咣——才咣才咣才咣才"，锣鼓阵阵，唢呐嘹亮，好戏开演了。台下区域基本上可分为两块，一块是观众们从自己家带的小板凳和小马扎区域，他们专心坐在台下看戏；另一块是人们自发形成的小生意区域，随着农村市场的逐渐开放，人们开始学着做小生意了，有卖花生的、卖瓜子的、卖烟卷的、卖各种衣服的、卖小孩儿玩具和墨镜的，民间戏曲艺术与农民小生意自由地结合，给人们的生活增添了无限乐趣。

人们的生活越来越好，此时白鹭和柳树芽于九月要到萧太后河北岸上小学了，他们每天要过河去上学。他们早出晚归，学校里没有早餐和晚餐，白鹭妈妈怕他们饿着，早上给白鹭书包里揣上两个生土豆，她和柳树芽过河后，在河滩小土沟里把玉米叶和树叶点燃，然后把生土豆扔进火堆里，晚上回来时从灰里扒出土豆，虽然没有热气儿了，但是也可以充饥，两人坐在石头上吃着烤土豆，很有滋味儿。

春天的柳树又发新芽了，绿叶随风摆动，小草要争春，不是小草恋春风，就是春风爱草动。

那年电器产品大量上市，有的村民家中有了一个十二英寸的黑白电视，白鹭和柳树芽省吃俭用，当然，他们也向各自的家长软磨硬泡了好久,才合伙买了一台电子琴,每天放学后他俩弹唱着:"妹妹找哥泪花流……世上有朵美丽的花……"和"春天来了,春天来了,暖暖的风啊吹绿了树梢,清清的水啊吟唱着歌谣……"

除了文艺以外,白鹭的文笔也非常好,她的作文不但经常被老师作为范文在课堂上朗读,还在学校的比赛中经常获奖。

八

那年春节刚过,萧太后河畔又多了些军车和帐篷,人们惊讶地议论:"河畔又增兵了!"

一个月后,村里又来了放映队,村民和知青们一起观看电影《铁甲008》,电影里讲述:"列车飞驰在祖国的南疆,从医学院毕业的田静回到家乡,自卫反击战打响了,田静的未婚夫虎南放弃了读大学机会,入伍参军随部队开往前线,他担任008号坦克的驾驶员,田静也向部队首长要求上前线……"

萧太后河畔,在春天的阳光里,军车和帐篷数量还在增加,天空中的飞机活动也十分频繁,河畔的沙地上战士们有的在训练匍匐前进,有的在练习手雷投掷,有的在练习瞄准,有的在进行冲锋枪射击,有的在试穿刚研制出来的防弹衣。他们三人成行、五人成队,有序地进行着……就在这时,村口的大喇叭里播放着歌曲:

再见吧妈妈,

再见吧妈妈,

军号已吹响,

钢枪已擦亮,

行装已背好,

部队要出发。

你不要悄悄地落泪,

你不要把儿牵挂,

当我从战场上凯旋归来,

再来看望亲爱的妈妈,

当我从战场上凯旋归来，

再来看望幸福的妈妈。

啊……啊……

我为妈妈擦去泪花……

每当村民们听到这首歌，感觉战争仿佛离自己越来越近了，那时候虽然南疆战事吃紧，但政治宽松多了，村民可以学唱《再见吧，妈妈》，也可以学着唱通俗歌曲《乡恋》：

你的身影，

你的歌声，

永远印在，

我的心中。

昨天虽已消逝，

分别难相逢，

怎能忘记，

你的一片深情……

一天，老山前线报告团来了，在村口老松下，前线英雄模范为大家讲述在战争中的亲身经历，村民和知青们听着感动得眼泪情不自禁地流下……此时，村口的大喇叭里播放着《血染的风采》：

也许我告别，

将不再回来，

你是否理解，

你是否明白。

也许我倒下，

将不再起来，

你是否还要永久地期待。

如果是这样，

你不要悲哀。

共和国的旗帜上有我们血染的风采……

李晓娜借到了一部描写前线战争的小说《高山下的花环》，在老松树下，她为村民和知青们念着："……二月十七日凌晨，骤然，一声炮响，牵来万声惊雷，千百门大炮昂首齐吼！顿时，天在摇，地在颤，如同八级地震一般！长空赤丸如流星，远处烈焰在升腾，整个暗夜变成了一片深红色。瑰丽的夜幕下，数不清的橡皮舟载着千军万马，穿梭往返，飞越红河……此时，一种中华民族神圣不可侮的情感在我心中油然而生……"

傍晚，老松树下村民们议论着什么，参加议论的都是些年龄偏大的村民。部分知青和何大渡、王美丽被柳春生招去当民兵了，柳春生是民兵连长，何大渡虽然只有小学文化程度，但是他的枪法非常精准，射击成绩总是名列前茅。王美丽那干练的性格更适合当民兵，他们都是柳春生的好帮手。有的村民去向何大渡和王美丽打听军情，两人闭口不言，因为民兵有纪律，组织对民兵们要求：不能说的秘密不说，不该问的秘密不问，不得在公众场合中谈论秘密，不得在探亲访友中携带秘密。

一天，河滩上增加了一部分高炮部队，他们在军事演习时，有一架无人机托着被射物体，从河滩上空飞过，隐蔽在知青林中的高炮群，一次火力将被射物体打掉。参谋长命令："为了更加精准，下午再来一次演习。"然而糟糕的是那无人机怎么也飞不起来了。当时柳春生带人在维持现场秩序,他见机械维修组的刘技师拿着图纸在那里一边看一边修,忙得满头大汗,参谋长多次打电话来问维修进展情况,并指示下午两点前必须修好,否则下午演习就无法正常进行。刘技师着急地说:"无人机是空军H基地教研室韩研究员、董研究员和王研究员三人组成的科研小组研制的,只能给他们打电话,让他们其中一人来修。在河滩的帐篷里,电话打通了,可电话那边说,他们仨已经被派往河北张家口参加演习去了,从张家口赶回来需要三个多小时……"正在为难之际,柳春生忽然想到了林芳,于是他向刘技师建议:"我们村里有位文化高人,可否请她来看看?"刘技师心想:"自己经过部队多年培养都修不好,一个村里人能有多大本事。"此时,何大渡已经迅速地把林芳请到了现场,刘技师一看是一位戴眼镜的妇女,面相还黑乎乎的,更加失望地边摇头边说:"不用了,我自己能行,让她回去吧!"说完,他又接着在那里忙碌着查看图纸。见此,林芳说:"既然来了,就让我看看你手里的图纸吧!"刘技师不屑一顾地把图纸递了过去,林芳接过图纸仔细看着,不到三分钟,她说:"请把万能表递给我。"面对林芳的不容置疑,刘技师以行家的耳力判断此女人是一位理工高手,赶紧把万能表递了过去。林芳接过万能表后左手和右手"咔咔"熟练调档,然后仔细测试,前后不到两分钟,她肯定地说:"毛病在回旋电路这里,请把这里打开。"刘技师心里一亮,忽然醒悟:"明白了,自己怎么没想到这里呢?肯定是里面的三级管受震动后出了问题。"打开一看果然是,他赶紧换上新的三级管,重新启动开关,灯亮了,无人机飞起来了,战士和民兵们高兴得欢呼雀跃。当刘技师的目光寻找林芳时，林芳已经回村里了。刘技师佩服地说："不会就学，能者为师，我想请刚才那位女士为我们机械组的同志讲一课。"林芳接到邀请后爽快地答应了。演习结束后，林芳在部队帐篷的教室里为机械维修组同志们讲述图纸的快速识别，正级电路、副级电路、回旋电路的快速查看，万能表的精确调试和巧妙应用等知识。参谋长在一旁静静地听着，然后小声问柳春生："这位女教师理工知识不一般呀，她是干什么的？"柳春生回答："听说，她曾经就读于哈尔滨工业大学，主要学习反向力学，在北京工业学院（北京理工大学前身）时主要研究机械动力学，研究生毕业后在北京工业学院任教，正准备带研究生做新的课题时，她被下放到我们村儿了……"参谋长听后深叹一口气说："可惜啊！这样的人才，我们未能充分利用，我们的科技最少迟缓了十年，不能再等了。"从那以后，林芳经常被邀请到部队和地方大学讲课，林芳不在家时，白鹭就去找柳树芽，他们一起吃饭、一起写作业，和柳树芽一起上学、一起回家。

晚上，柳树芽的父亲看着柳树芽的成绩单，笑眯眯地说："城里人会学习，咱们家芽子经常和白鹭在一起，肯定是沾她的光了。"也许是和遗传有关，也许是和白鹭妈妈晚上给白鹭补课有关，白鹭每次考试几乎门门是100分，而树芽每门功课都是96分或者98分，学习不懂的地方由白鹭妈妈讲解后，就轻松破解了。

在班上，白鹭和柳树芽的学习成绩始终名列前茅。一次，白鹭回家问妈妈："妈妈，什么是搞对象？"妈妈听后问："你们班谁和谁搞对象啦？"白鹭说："体育课上，柳树芽出汗了，我用手绢给柳树芽擦汗，我们班上的大个子说我俩在搞对象，体育老师站在那里看着我俩发呆，结果他没有批评我俩，反而训斥那个大个子同学，'小孩子，你懂什么，瞎说什么？'"白鹭绘声绘色地学着体育老师的训话，白鹭妈妈听着抿嘴笑了。

  一天，白鹭和柳树芽听说知青林指挥所里有一台电脑。白鹭说："听说那玩意儿很先进，可没有见过。"柳树芽说："那玩意儿很神，我们去看看。"话音刚落，两人拉着手一溜烟儿跑进了知青林。树林里一个秃脑袋和一个扎着小辫儿的小脑袋挤在指挥所绿色帐篷的小窗户前，白鹭轻声说："天哪！那位阿姨简直是太漂亮了！"柳树芽说："是啊！她手里弹的那玩意儿是什么，难道是电脑吗？"白鹭说："不！看起来好像有点儿弹电子琴的架势，手里弹的可能是键盘。"柳树芽又轻声说："不，咱们不是有电子琴嘛，电子琴有黑键和白键，可她手里的那玩意儿全是黑色的按钮，上面好像还有白色的小字母，你说的能对吗……"两人正在小声嘀咕，忽然身后传来山东口音："起开，起开！离远一点儿，小孩子要注意安全，染上病毒怎么办？"两人回头一看，原来是部队的警卫班长，白鹭惊讶地问："鲁班长，您说什么？那位漂亮的女军官身上有病毒？"此时，帐篷里传来男子洪亮的声音："谁在外面？"听到里面传来声音，白鹭和柳树芽惊慌地跑了。

九

又是一年春天到来了，柳春生从乡政府开会回来，带回一份文件和一份中国音乐学院的录取通知书。文件中说，金牛坊村的知青们可以返城了，李晓娜被安置分配到市里的西城区文化馆，李大军被分配安置到国企单位担任销售科员……村里的二妮由于勤奋好学，并且有吹唢呐特长，她考上了中国音乐学院民乐系。

在春风里，河畔的知青林又发新芽了，鲜嫩的树叶在风中缓缓舞动。知青们要返城了，他们来到了河滩玉米地的小道上，也就是在这片土地上，他们在劳动锻炼的过程中变得更加成熟。回想刚来那年，也是春天，那是他们下地里劳动的第一天，一头小毛驴向他们跑来，他们几人上前使劲儿喊："站住，站住！"可是那毛驴仍然不要命地奔跑，他们在后面猛追，追到河边，一位老大爷正在那里翻地，老大爷上前对那毛驴说："吁——"那毛驴就再也不跑了，他们惊讶地发现老大爷竟然会和驴对话，他们好奇地上前问："老大爷，让驴站住怎么说呀？"老大爷笑着回答："吁——"他们几人惊讶地相互对视后又问："那……让驴向前走怎么说呀？"老大爷仍然笑着回答："驾——"他们几人更加惊讶地相互对视后又问："让驴向前跑怎么说呀？"老大爷说："连续喊'驾'呀！"他们又问："让驴向左转怎么说呀？"老大爷回答："嘚儿——"他们又问："让驴向右转怎么说呀？"老大爷仍然笑着回答："哦哦——"他们又问："让驴倒退怎么说呀？"老大爷仍然笑着回答："稍稍——"听到这里他们几个彻底明白了，在这个世界上不仅有英语、日语、德语、法语和西班牙语等语言，还有驴语，面前的这位老大爷竟然会说驴语，难怪小毛驴那么听他的。此时李大军感慨地竖起大拇指佩服地说："老大爷，您的驴语说得真好啊！"可老大爷收起笑容，他十分生气地反驳："你才会说驴语！"从那以后，他们每当想起这件事儿，乐得鼻涕和眼泪都能出来。

他们来到知青林，李晓娜用手风琴拉了一曲《河畔往事》，这是她昨天夜里接到返城通知后含着眼泪创作的。昨天夜里，她含泪边写边唱：

> 在萧太后河畔的土地上，
> 留下了我们过去的时光，
> 忘不了啊，
> 忘不了父老乡亲的关爱，
> 忘不了父老乡亲温暖的脸庞。
> 人生的旅途和青春的梦想，
> 随着萧太后河水轻轻地流淌。
> 啊！人生的旅途和青春的梦想，
> 化作汗水播撒在萧太后河畔的土地上……

下乡的时光很长，长得让人害怕。记得那年盛夏，他们几位知青饥饿难耐，那时候他们第一次听说生玉米也能吃。深夜里，几位知青姐妹到玉米地里偷玉米，正巧被王美丽父亲撞上，王美丽父亲用保险灯照着她们手里捧着的生玉米，满嘴流着玉米棒子冒出来的黄水水……王美丽父亲心痛地说："孩子们，回去睡觉吧，生玉米吃多了，肚子里会长虫子的……"金牛坊有句老话："城墙三丈六也能透风……"一天，王美丽父亲被生产队的巡查员带走了，巡查员在玉米地边上发现地里的玉米秆上只剩下空皮子，玉米棒不见了，巧合的是巡查员那天夜里在玉米地边上看到了王美丽父亲，他们认为是王美丽父亲偷了生产队的玉米放在草筐里，回家煮熟后吃了，这种多吃多占的行为严重违反了"社会主义按劳分配"制度。

在公社大院里，王美丽父亲被戴上了用报纸糊制的高帽子，脖子上挂了个"盗窃公共财产"的大牌子，主持大会的公社领导带头喊着："打倒王天才！"参会的人们附和着："打倒王天才！"李晓娜知道后带着姐妹们去找柳春生，她们含着眼泪祈求："春生大叔，求求您，救救王天才大叔，是我们害了他……"柳春生那时已经被免职了，但是村民和知青们有事儿仍然还去找他想办法。柳春生思索片刻说："如果那些巡查队员知道是你们干的，那就更麻烦了，就让王天才顶着吧，我知道他能顶得住。"王天才被挂着牌子游街，被关押在牛圈里。在牛圈里的一天夜里，王天才心想："这样也好，反正一根儿玉米秧上结有两个玉米棒棒，目前玉米秧上的棒棒不见了，总得有人去承认，让她们去承认不合适，一方面她们是城里来的，另一方面她们还是未成家的妙龄少女，这种事儿只能我老汉自己顶着，他们说是我，那就算是我吧，我老汉能顶得住，即便是'暴风雨'来得更加猛烈，我老汉也能顶得住！"

下乡的时光说短又是那样短暂，一眨眼他们就要返城了。在知青林的小路上，柳春生和村民挥手相送，知青们依依不舍，这眼泪到底是高兴还是悲伤，村民和知青们谁也说不清楚。

天上的白云啊，

你为何放慢了送行的脚步，

萧太后河畔的垂柳啊，

你为何总是牵着知青们的衣袖，

是天上白云留恋这里，

还是萧太后河畔的垂柳不愿意让你们走。

岁月悠悠，

时光悠悠，

青春的岁月在这里汇入古老的河流。

啊！

岁月悠悠，

时光悠悠，

似走似留化作忧伤的乐曲一首，

啊……

  此时，林芳更像个泪人一样，她的心情更加沉重，她心中在呼唤："世博啊！你在哪里？如今国内的政治形势和以前不一样了，为什么还是没有你的音信！"

十

时光随着萧太后河水一起流淌，转眼间，柳树芽和白鹭高中毕业了，白鹭以优秀的成绩被德国柏林建筑设计学院录取，她将要在那里硕博连读。

柳树芽考上了上海复旦大学医学院本科部，柳树芽的父亲拿着录取通知书眯着眼说："我说咱们家祖坟上冒青烟了，看看，果然咱们家芽子被名校录取了啦！"此时，柳树芽却高兴不起来，他听着喇叭里的歌曲《十五的月亮》《望星空》《血染的风采》《妈妈的心战士的情》等就像一堂堂鲜活的政治课，入伍参军的梦想深深地感召着他，张各庄、张家湾、马家湾等的青年纷纷报名参军，此时柳树芽的心情十分复杂。

在河滩的知青林里，白鹭将一支精美的钢笔赠送给柳树芽，意思是让柳树芽到上海后好好读书，当然还有一层意思，那就是"不要忘记自己"。柳树芽从上衣兜里掏出了一枚用红布包着的五角星，那是曾经在河滩驻军的一位解放军叔叔送给他的，那时候白鹭和妈妈还没来到这里。那位解放军叔叔经常到他们村井上打水，那天黄昏，解放军叔叔笑呵呵地问："小朋友，你长大后想干什么呀？"柳树芽回答："长大后像叔叔一样当一名解放军战士。"说完，他将手举过头顶，那位解放军叔叔边笑边纠正："小朋友，手低一点，你那是少先队员敬礼……"接着，那位解放军叔叔把一枚红色五角星送给了他……多少年的梦想一直深埋在他的心底，如今终于要去实现了。白鹭听后，双眼露出了惊讶的目光，她两眼圆睁着对柳树芽说："原来是这样，难怪这几天你总是闷闷不乐，柳树芽，好样的,我支持你,你要像电影和小说里的梁三喜那样,当一名好兵!"说着她把拳头在自己胸前攥得紧紧的。

离出国留学的时间越来越近,白鹭紧张地准备着。一天,林芳收到了远在加拿大丈夫的来信,十几年了,丈夫胡世博先是在美国工作,后来又被加拿大邀请……他在美国一有空就打听林芳和女儿的下落。到加拿大后,一天他在接待一位华侨朋友时,向那位华侨朋友打听爱妻和女儿的下落,那位华侨说:"您放心,我在北京熟人多,争取一周内帮您打听到她们母女!"当胡世博知道林芳和女儿在北京的东郊金牛坊村时,他赶紧写信。在国内政治形势逐渐宽松的环境下,林芳第一次收到爱人胡世博的来信,那信写得就像一张白面饼那样厚。晚上,白鹭睡着了,林芳手捧书信,眼泪就像断了线的珠子一样,她读着丈夫的来信:"林芳,你好吗?咱们的女儿白鹭她好吗?我现在在加拿大,正在筹备组建中国传统文化基地,如今年事已高,精力有限,希望你能来协助我……"

  月牙弯弯星星眨眼,

  秋风诉说朝朝暮暮的期盼,

  提笔欲书不知怎语言,

  往日的海誓山盟重现眼前。

  啊!劳燕分飞常相恋,

  花开花落常思恋,

  万水千山隔不断,

  相亲相爱总是缘……

在小小的书桌边,林芳边落泪边写着回信:"我亲爱的世博,我和白鹭都很好,咱们的女儿像你一样优秀。她长大了,已经考上了德国柏林建筑设计学院,我带她先去见你,然后让她再去德国读书。"

一个天气晴朗的早晨,林芳带着白鹭乘机飞往加拿大。

离开学的时间越来越近,柳树芽父母着急地问:"哎!我说芽子,大学快要开学了,你怎么什么也不准备?"此时,柳树芽说:"我已经报名参军了,这是我的体检合格单和入伍通知书,部队接兵领导和乡政府武装部领导近期要进行家访……"柳树芽父母听后大吃一惊:"啊!原来是这样。"

对于柳树芽要当兵的事儿,柳春生知道后说:"去吧,好男要当兵,好铁要打钉,就像歌曲唱的那样,'你不站岗,他不站岗,谁保卫咱祖国,谁来保卫家!'"

深秋季节,河滩的玉米秆都放倒了。那是个晨雾弥漫的早晨,马家湾、张各庄、萧太后河、豆各庄等地的小学和中学的学生们在乡政府门前列队。

"哒——哒——哒哒,哒——哒——哒哒,咚——咚,哒啦啦啦,咚——咚,哒啦啦啦,嚓——嚓,噫嚓噫嚓,嚓——嚓,噫嚓噫嚓……"学生们举着彩旗,吹着小号,敲打着锣鼓……柳树芽和其他八名青年戴上了光荣的大红花,登上了绿色的卡车,卡车两侧的槽板上贴着标语:"当兵光荣,保家卫国"。在鼓号声中,卡车缓缓开动,亲人们挥手相送。

> 秋水清,
> 晨雾浓,
> 亲人送儿去当兵,
> 此去不知何日见,
> 山高水长盼书信。

啊！
背影远，
泪眼朦，
亲亲骨肉两离分。

在路旁的人群中，有一棵大柳树，树下站着一位美丽的姑娘，她名叫张春花，是张各庄人。在乡中她曾和柳树芽在一个班里读书，她是校花，一直在暗恋柳树芽。这事儿柳树芽却一点儿也不知道，她听说柳树芽要去部队当兵，并且是几个青年中唯一被选入进藏的兵，她还听说那里天寒地冻，就用几天时间给柳树芽亲手缝制了一双棉鞋。本来计划好的要早一点儿到乡政府门口，找个合适的机会把棉鞋亲手送给柳树芽，如果有机会再向他表白——等他回来要和他结婚。

那天夜里，张春花做了一个梦，她梦到自己和柳树芽牵着手在萧太后河畔奔跑，他们边跑边欢笑。

一梦醒来，一看时间，糟糕，晚了，当她急匆匆赶到乡政府门前时，送兵的卡车已经缓缓开动了，她双手抱着鞋，站在大柳树下翘首踮足，望着卡车渐渐远去，鞋子没有送出去，话也没有机会说，她垂头丧气地回到了家。

在灶台前，树芽妈望着灶台里的火发呆、落泪。锅里的玉米粥早烧干了，她一点儿也没发觉，她仍然在那里发呆、落泪，她想着什么，又自我劝说："儿子大了不由娘，就让他去吧……儿子现在到哪里了，他饿吗，他冷吗……"

思悠悠，
情悠悠，

儿行千里母担忧。

高山青，

水长流，

儿是妈妈心上的肉。

啊！

白云寄相思，

雁鸣传问候，

梦中抚摸俺儿的脸，

盼儿回还在心头。

柳树芽的父亲在井台旁，早已忘记自己要挑水，他静静地听着喇叭里的歌声：

十五的月亮，

照在家乡，照在边关，

宁静的夜晚，

你也思念，我也思念。

我守在婴儿的摇篮边，

你巡逻在祖国的边防线，

我在家乡耕耘着农田，

你在边疆站岗值班。

啊！

丰收果里，

有你的甘甜，

也有我的甘甜，

军功章啊，

有我的一半，

也有你的一半……

以前柳树芽的父亲只是认为那些军营歌曲好听，干活时也不忘记听，今天听那些军营歌曲和以前听感觉不一样了，今天他发现那些军营歌曲不仅好听，还如此贴切，他在那里静静地站着，在那里静静地听着。

树芽妈含泪把柳树芽的衣服洗干净后，一边抚摸，一边叨咕："回来时再穿就小了。"

十一

每年运兵时节,几乎每一列火车上都挂有两三节没有玻璃的车厢,里面无法看到外面,外面也无法看到里面,人们习惯地称此车厢为"闷罐火车"。在那个年代,每个战士几乎都是坐着那样的列车到达部队的。部队有一首歌谣:"当兵的那一天就注销了户口,我的一切从此都归祖国所有……"在登上闷罐火车的那一刻,军人的特殊身份就开始了。自从当兵那天起,每位士兵在自己的家乡就没有任何登记资料了,战士退伍和干部转业时,重新在入伍所在地办理落户登记手续。

火车一直向西南方向行驶,在闷罐车厢里,白天和黑夜是一样的,他们不知走了多长时间,到了四川成都后转飞机进藏,飞机在空中攀升,大约两个小时后飞机降落在日喀则机场,随后换乘绿色大卡车行驶四个多小时才到达连队。

在雪山脚下的连队里,老兵带着新兵学习整理生活用品和打背包等。部队把整理生活用品、叠被子统称为"整理内务"。刚整理好,哨声就响了。全体集合,统一理发,在一间大教室里,一位老兵班长拿着理发推子,挨个儿给新兵理发,三分钟理一个光头,理发后的柳树芽满头满脸是头发楂儿,洗头时他心想:"那时候如果带一袋洗发膏或者带一瓶洗发水什么的多好……"部队的第二年兵,新兵们都称他们为"班长",老兵班长对新兵就像亲兄弟一样,帮助新兵学习军事、学习政治、学习洗衣服和缝被子等,因此老兵班长被誉为"军中之母",称呼很亲切。正当柳树芽为满头满脸的头发楂儿发愁时,一位老兵班长笑眯眯地把一点儿洗衣粉倒在他的手心里,柳树芽心想："就是它吧，反正有比没有要好。"他随口说了一声谢谢班长，然后把头低到水管口唰的一声用凉水冲了一把……从那以后，他和新战友们养成了用凉水和洗衣粉洗头的习惯。刚洗好，哨声响了，这次是开饭的哨声，在部队里吃饭从来都是狼吞虎咽的，因为吃饭只有三分钟时间。饭后，要开始抗高原反应体能训练，一位老兵带着他们背着背包跑步。在训练场边上，小湖北、小河南、小福建、山东大汉、河北张家口大个子、河北沧州大汉，因高原缺氧一个接一个地倒下……在训练场上，老兵班长要求十分严格，倒下的新兵不能进屋，只能在训练场边上临时输氧。钢不炼不硬，兵不练不精，在寒冷少氧的训练场上，柳树芽使劲儿地坚持着，他跟着老兵班长咬牙向前奔跑……坚持……坚持……再坚持，一秒、两秒、三秒……最后他还是晕倒了，老兵班长把他抬到训练场边上，把吸氧器给他戴上。他是最后一个晕倒的，也许是与小时候经常在萧太后河里游泳有关，也许是与小时候经常在萧太后河畔练习吹笛子有关，无论是在萧太后河里游泳，还是在萧太后河畔练习吹笛子，他用的都是祖传绝技"腹式循环换气法"。他童年练习水下换气时，拜民间潜水换气大师王雪芹为师，王雪芹是萧太后河畔著名的水下换气大师，他下河游泳时经常把一根塑料管叼在嘴里，在水下靠塑料管换气，可以潜伏于水下达两个小时。王雪芹教他和白鹭把一根细长的塑料管插在水盆里，鼻子吸气，嘴向外吹气，往复循环，盆里的水泡永久保持……为了练好此项绝技，他和白鹭经常一起手捧水盆，把管子插在水盆里比赛吹气。今天在关键时刻，柳树芽把"祖传绝技"用上了，他在高寒缺氧的环境里坚持跑了30分32秒，这样的换气方法和特殊的身体内力已经破新兵强化训练纪录了。消息传到团里，团长和政委惊讶了，自从在这里建团以来，最高纪录是28分21秒，柳树芽的成绩达到30分32秒，这是什么样的意志和身体内力。

次日上午，他和新兵战友们被绿色大卡车拉到了团部医院，又做了一次全面的身体检查。一周后，体检结果出来了，他和战友们再次去医院，统一献血，每人抽取200毫升。上午刚抽完血，下午又开始高强度训练了，此时柳树芽才知道部队征兵年龄为什么要规定在十八至二十二周岁，十八岁至二十二周岁是人一生中的精力最旺盛的年龄，这个年龄段也正是实现军营梦想的最佳时期，只有这个年龄段的人，在那高寒缺氧的特殊环境中参加高强度训练，才能挑战人生极限。

一个月后，柳树芽和战友们的身体都瘦了十多斤，但他们的身体更加结实了，他们基本上适应了高原上的环境和气候，他们每天都在高原综合训练场上练习匍匐前进、军体拳、瞄准、射击、投弹、跳木马、过高墙、过独木桥、单杠和双杠……晚饭后，还有夜训，主要训练在黑夜里匍匐前进、军体拳、瞄准、射击、投弹、跳木马、过高墙、过独木桥等。夜训后，他们开始唱歌和拉歌："加强战备准备打仗，加强战备准备打仗，加强战备准备打仗，加强战备准备打仗……"利用起承转合的手法，用一句歌词写成了一首歌曲，官兵们既好记又好唱，每个新兵都要学唱，学习的歌曲还有：

  我们的连队好，

  连队好，

  "八一"红旗迎风飘，

南征又北战,
为国立功劳,
我们多荣耀,多荣耀……

过得硬的连队,
过得硬的兵,
过得硬的战士心最红,
过是硬的子弹长着眼,
过得硬的刺刀血染红。
冲击像狂风,
坚守着铁长城,
过得硬的连队英雄多,
过得硬的战士样样红……

十八岁,十八岁,
我参军到部队,
红红的领章印着我开花的年岁,
虽然没戴上呀大学校徽,
我为我的选择高呼万岁。
啊!
生命里有了当兵的历史,
一辈子也不会感到懊悔,
生命里有了当兵的历史,
一辈子也不会懊悔……

战士们开始拉歌了:"二连的,来一个,来一个二连的,叫你唱,你就唱,扭扭捏捏不像样,不像样……"接着战士们鼓掌:"呱呱呱,呱呱呱,呱——呱——呱——"二连官兵高唱:"当兵不怕苦……"

大概半年的新兵连训练结束了,因为柳树芽训练科目成绩突出,他被推荐参加军区比武,在军区比武中,他夺得了五公里越野、射击、单杠和双杠、百米冲刺和投弹等五项全能冠军。消息传到团里,团首长接见了他,为他颁发三等功一次,他被团里授予"雪山雄鹰"荣誉称号,团里专门为他召开了庆功表彰大会。

十二

春节快要到了，当村里的人正在忙忙碌碌准备过新年时，柳树芽在部队立功的喜讯传到了乡人民政府武装部，武装部部长杨国民带着民政科科长姜爱玲、工作人员和民间锣鼓队来到金牛坊村的柳家贺喜。区书法家协会秘书长程度专门为柳家撰写春联："卫国戍边意深远，爬冰卧雪保国安。"横批"光荣之家"，横批是一块大大的匾。在锣鼓和鞭炮声中，工作人员忙着给柳家贴春联、挂匾。柳树芽父母在喜悦中招呼政府领导和工作人员进屋，他们忙碌着为客人端茶倒水。

柳树芽在部队立功受奖的消息传到了张各庄，张春花走上屋顶，她大声哭喊："我爱……柳树芽，我要和他结婚，你们如果不给我去说成，我就要从这里跳下去！"

张春花母亲在院子里着急地向着屋顶上的闺女高声喊："闺女呀，有什么话好说啊，可千万别轻生，你快下来呀！"张春花父亲也着急地喊："闺女呀，这大冷天的，你别这样，此事儿包在老父身上，明天我就差媒人去说，保证成功，你快下来！"事后张春花父亲心想："俗话说，天上无云不下雨，地上无媒不成婚，找谁去说呢？"此时，他忽然想到了一个人，于是让春花妈去了北街。

次日上午，张家差媒人来了，媒人名叫张巧巧，她从来不下地干活，她是当地十里八乡的专业媒人，她不仅能说会道，还经常大冬天的穿旗袍，穿丝袜，穿红色皮鞋，头发梳得油亮，发髻上经常插一朵银子制作成的花。她走进柳家大门后，花言巧语："我说柳哥、老嫂子，你们可真是有福之人啊，这可是送上门儿的大好事儿啊！我当然知道，柳树芽和白鹭一起长大，两人曾经很好，可是白鹭一去不复返了，这飞走的鸟儿，不可能再飞回来了啦！人家在国外肯定是说洋话、住洋楼，将来当洋太太。你们趁早甭想啦，张家那可是送上门儿的黄花大闺女，人家一分钱彩礼也不要。以我看先把订婚仪式办了，等柳树芽退伍返乡，就让他们正式举办婚礼，圆房后给你们老两口生个大胖孙子，那幸福日子可就甭提多美，我说你们就甭犹豫啦！过了这村儿，可没这店儿啦！"柳树芽父母一想："这张巧巧说得有道理，就这么办了吧！"柳树芽母亲高兴地说："哎，我说妹子，这俗话说，天上无云不下雨，地上无媒不成婚，麻烦你去和张家说一下。"说着，树芽妈把一大把跑腿钱放到了张巧巧的包里，张巧巧客气地说道："哟，老嫂子，多心啦，多心啦，那我就不客气啊！"说着，她把装钱的包收好，扭着细柳腰走了。

张巧巧又来到了张家，张春花父母一听柳家愿意了，他们高兴得不知所措，赶紧把一大把跑腿钱放到张巧巧的包里，张巧巧客气地说："哟，春花妈，多心啦，多心啦，那我就不客气啊！"

张春花听说柳家同意，她既高兴又激动，在自己的屋里，一次又一次地照着镜子，照照胸部，照照后背，一件又一件地换衣服。

在堂屋里，张春花父亲高兴得双手不知道往哪里放，张父想："柳家可别变卦，得整个大场面的订婚仪式做好宣传工作，另外叫几个能喝酒的、能猜拳的、能闹腾的，总之越热闹越好。"

张巧巧又来到柳家，她一进门就高兴地说："我说柳哥、老嫂子，这事我都给说好啦啊，张家一分钱彩礼都不要，但是张家说，嫁闺女也是面子上的事儿，需要柳家把订婚仪式办热闹。"柳树芽父母高兴地说："那是当然，那是当然！"

那天是个黄道吉日，柳家大院里披红挂彩，张各庄民乐队吹打着欢快的乐曲。在院子大门口，柳母微笑着给孩子们发喜糖，孩子们争先恐后地举着手喊："二奶奶，我要吃喜糖！"柳母边发喜糖边高兴地说："甭着急，都有，都有！"

在后院，忙碌的厨工和厨师们洗芹菜、洗白菜、洗萝卜、洗鱼、洗鸡、洗牛肉，切白菜、切肉、切萝卜。在临时架起的八口大锅里水咕嘟咕嘟地开着，冒着热气……大锅炖鸡、大锅炖鱼、大锅炖粉条、大锅炖牛肉等是京城郊区婚礼宴席的特色，是城里酒店无法相比的。无论是订婚，还是结婚，男女双方的七大姑八大姨等亲戚和邻居好友们要大吃大喝三天，在萧太后河畔，自古以来就是这种习俗，如今吃喝困难的日子已经过去了，现在又恢复了这些古老的北京习俗。堂屋里，男女双方的爷爷、奶奶、姥姥、姥爷、姑姑、姑父、舅舅、舅妈、姨姨、姨夫等长辈们坐正席。

张春花打扮得像天仙一样，她一会儿给客人们斟酒，一会儿给长辈敬烟，当她给柳家小伙子柳青青点烟时，柳家爱热闹的年轻男人们和柳青青站在一起，张家姑娘们和张春花站在一起，小伙子们故意把火吹灭，再次让张春花点火，大家乐着、吆喝着。

东屋里，喜酒味儿、喜烟味儿、饭菜味儿和人们的说笑声交织在一起，在酒桌边，柳天明和张二虎两人正在猜酒拳。猜拳是我国传统酒席间助兴的一种游戏,两人各出拳伸指,同时各喊数字,符合双方指数之和者胜,负者饮酒,这种游戏在我国古代称"酒令",与《兰亭序》中的流觞曲水同为一辙。柳天明和张二虎每人手里夹着一支喜烟,脸红扑扑的,眼睛睁得圆圆的,谁都怕自己输了多喝一杯,他们嘴里喊着,手里比画着:"两好啊、六、六、五、五、七、七……"柳天明手势出错了,张二虎高兴地喊:"哎!你输了,你输了,喝喝,把这一杯喝下去……"柳天明端起酒杯,把满满一杯酒喝了下去,接着两人又开始新的一轮:"两好啊……"

院子的客桌边,张三小和柳三小也在猜酒拳,他们的套路比较低俗,虽然套路低俗,但是在这大喜的日子里也没有人说什么,他们手里比画着,嘴里大声喊:"黑夜刮风又下雨呀,姐夫小姨子躲庙里,五魁首呀,躲庙里,六六六,躲庙里,两好呀,躲庙里,躲庙里,躲庙里……"

西屋客桌边,张春爱胖得像头奶牛似的,柳美丽瘦得像根儿麻秆儿,她们各自手里拿着一根筷子,一边敲打餐桌,一边大声喊着:"老虎……鸡……杠子……"柳美丽出错了,张春爱大声叫喊:"哎!你输了,你输了,喝喝……"柳美丽端起满满的酒杯,刚喝一半怕醉,开始耍滑,两只眼睛开始四处扫射,乘大家不注意时剩了一点,这个举动却被眼尖的张春爱看到了,张春爱咧着大嘴,露着大白牙,高兴地喊:"哎!还有一点福根儿,喝了喝了,喝了这点儿福根儿,来年生个男娃。"柳美丽眼珠骨碌碌一转,赶紧接话茬儿:"喝了这点儿福根儿能生男娃吗?"张春爱乐呵呵地点头说:"嗯,是的!"柳美丽笑着说:"哎呀!能生男娃,这么好的事儿,我怎么能独享,咱姐俩平分,来年咱姐俩一人生一个男娃。"张春爱愣了一下,心想别让柳美丽喝醉了,喝醉就不好玩儿了,于是她说:"那好吧,给我倒点儿。"倒完后,两人碰杯,一干而尽。此时,柳美丽说:"姐们儿,下一轮咱们换大碗怎样?"张春爱说:"好,你说得对,咱们换大碗!"说完,张春爱把一个大碗放在自己面前,拿起一瓶酒把半瓶白酒倒在碗里。此时,柳美丽兴奋地大声叫喊:"姐们儿,来吧!这下可要玩儿真的啦啊!"于是两人声音一个比一大——"老虎……鸡……杠子……"她们各自眼睛睁得像灯泡一样,柳美丽用尽了平生所有智慧,张春爱把嗓门儿提到最高,大声叫喊:"老虎……鸡……杠子……"结果,张春爱输了,柳美丽高兴得跳了起来,她把双手举过头顶,嘴里大声喊:"噢,张春爱,输啦!"张春爱看了一眼同屋同桌看热闹的人们,端起那碗酒,闭住眼睛"咕咚咕咚……"像饮牛一样,一饮而尽,同屋同桌看热闹的人们高声齐喊:"噢!张春爱,海量,张春爱,海量!"

觥筹交错的宴席中,张家姑娘们和柳家小伙子们开始对歌了,柳家小伙子们放声高唱:"哎……萧太后河畔风光好,农家的歌儿唱起来哎,若是那歌声你听得见哎,明年我就抱着妹妹上花轿哎……"张家姑娘们应声附和:"你的歌儿我听得见哎,你的花轿我来坐哎,柳家的哥哥先把歌儿唱起来哎,歌儿唱得好,才能醉妹心哎……"一阵男声歌唱,一阵女声歌唱,歌声像萧太后河畔的春风一样,一阵接着一阵。

热闹非凡的宴席中,即兴赋诗也是北京郊区婚礼习俗的一项重要内容,为了显示张家有文采,张富贵站起身来大声即兴赋诗："张家姑娘长得好，柳家小伙来迎娶……"此时，柳乐乐大声打断喊："哎，不行，不行，你这诗不押韵，前后也搭不上，连顺口溜都算不上，更称不上诗……"张富贵听后生气地反驳："我的朗诵怎么不算诗，我的不算诗，你你……你来一首！"柳乐乐听后自豪地说："来就来，怕什么，稍等，我得借酒发挥一下，李白借酒诗百篇，我这一借酒……我……一百零……一……篇……我比李白多一篇。"旁边张家人大声起哄："好！柳乐乐，来一首，来一首，柳乐乐……"柳乐乐说着把上衣扣解开，接着把一杯酒端起一饮而尽，然后伸了一下舌头，抹抹嘴，大声朗诵："柳家小伙真……好看。"旁边的柳家人帮衬："好诗！"柳乐乐接着朗诵："卫国当兵守……边关。"旁边的柳家人帮衬："好诗！"柳乐乐接着朗诵："张家姑娘初……长成。"旁边的柳家人帮衬："好诗！"柳乐乐接着朗诵："柳张联姻天……地欢！"旁边的张家和柳家人一起赞美："好诗……"

文场在室内展开，院子里开始展示武场，几百年来京城东郊的民间一直把婚礼场合看作展示技能和相互比试的好机会。在那里，民间乐队已经十分热闹，唢呐："贺喜啦，贺喜啦，贺喜贺喜贺喜啦……"大鼓："红火红火，红红火火，红火红火，红红火火……"小铙钹："当庆当庆，当当庆庆，当庆当庆，当当庆庆……"大镲："舞欢舞欢，舞舞欢欢，舞欢舞欢，舞舞欢欢……"在欢庆的乐鼓声中，张家爷们儿展示一段民间花会十三档中的耍钢叉，柳家小伙儿来一段民间花会十三档中的五虎棍；张家爷们儿来一段民间花会十三档中的踩高跷，柳家小伙儿来一段民间花会十三档中的舞中幡；张家爷们儿展示一段民间花会十三档中的舞太师，柳家小伙儿来一段民间花会十三档中的耍石担；张家爷们儿展示一段民间花会十三档中的耍石锁，柳家小伙儿来一段民间花会十三档中的盘杠子；张家爷们儿展示一段民间花会十三档中的耍坛子，柳家小伙儿来一段民间花会十三档中的打吵子；张家爷们儿展示一段民间花会十三档中的抬杠箱，柳家小伙儿来一段民间花会十三档中的十不闲；张家爷们儿展示一段民间花会十三档中的擂挎鼓……民间绝活一个接着一个地在院子里亮相，吃饱喝足的客人们层层围观，欢呼着，场面很是热闹。

　　萧太后河畔农家院里热闹的订婚仪式正在举办，可远在天边的柳树芽却丝毫不知。参加订婚仪式的客人们都认为，特殊事情特殊办，军人嘛，保卫祖国，不在现场，举办这样的订婚仪式是可以理解的。

　　亲朋好友们祝贺着，夸奖着。来贺喜的姑娘们羡慕张春花捡了大便宜，找了一位优秀的兵哥哥；村儿里的小伙子们羡慕当兵真好，这年头买张年画还得花个块儿八毛，这当兵的娶媳妇竟然一分钱也不花，于是小伙子们争着抢着去部队当兵，他们心里想着，从大的方面说是为了保卫祖国，从小的方面说，也要像柳树芽那样，即便是吃几年苦，也能白捞一个美若天仙的黄花大闺女。

十三

张春花有两个妹妹，二妹妹张春美，和柳树芽的二弟、正在中学读初中二年级的柳树旺是同班同学；三妹妹张春燕，和柳树芽的三弟、正在读初中一年级的柳树成是同班同学。自从张春花和柳树芽订婚后，张春美就称呼柳树旺为哥哥，因为柳树旺比张春美大三个月；张春燕称呼柳树成为哥哥，因为柳树成比张春燕大两个月。

在那个年代，中学的男生和女生在学校一般很少说话，不说话为正常，如果说话，会被其他同学错认为是在搞对象。为此，同桌的男生女生经常在桌子上用铅笔画条线，那条线一般是女生画的，女生不允许男生的胳膊过线，而男生也特别守规矩。

课下，有时张春美找柳树旺说话，老师和同学们都不会认为他们搞对象，因为他们两家有亲戚关系了。

那年京城东郊"农村土地承包责任制"正在有条不紊地推进，萧太后河畔的土地焕发了新的生机，家家户户粮食满仓，粮食不用发愁了，但是农民们也很忙，人们在忙碌中看到了丰收的希望。为了让学生们参与农耕和秋收，在农忙时节，小学和中学适当放几天农忙假。

柳树芽在西藏当兵，常年不回家。每逢假期，柳母总要安排柳树旺和柳树成代表哥哥去看望张春花父母，有时还让柳树旺和柳树成去帮助张春花家干一些家务和农活儿。张母对待柳树旺和柳树成就像自己的亲儿子一样，张母一生最喜欢男孩儿，可偏偏命中无子，一年又一年地生下了三个丫头。京城东郊的人们经常把女孩子贬意地称为薄片儿，在生活中经常唏嘘"丫头片子"，而柳家是柳树芽、柳树芳、柳树旺和柳树成一共三个儿子、一个女儿，在农村来说，这可算儿女双全的完美家庭了。

柳树旺和柳树成兄弟每次去张春花家，张母总要给他们兄弟做好吃的，他们兄弟最喜欢吃张母做的土豆炖鸡块和贴饼子。每当帮助张春花家干完农活儿后，张母就安排张春美和张春燕到柳家做些力所能及的活儿，这样安排主要是为了表达对亲家的感谢和回报，而张春美和张春燕到柳家却是为了散心和玩儿。

临行前，张母再三叮嘱："你们姐妹去了柳家以后，一是要守规矩；二是要向柳树旺和柳树成好好学习，听说柳树旺的京胡拉得好、柳树成字写得好。"

如今的农村政策对农民来说越来越好，特别是家里劳动力多的，那就更能显示家庭兴旺的优势。自从柳树芽当兵后，柳树芽的父亲就开始给儿子们盖房子，三年盖了两处新院子，基本上达到了三个儿子每人一套院子的生活需求。在萧太后河畔的金牛坊村，柳家有三套四合院，并且还买了一辆小四轮拖拉机，就是在整个京城东郊来说，这也算是上等生活的人家了。柳树芽父母和柳树芳住旧院，另一套装修最好的，是给柳树芽和张春花准备的新房。由于柳树芽常年不在家，有时张春花住娘家，有时住在她和柳树芽的新房里。柳树旺和柳树成住半新不旧的院子，此院儿有四间正房和东西两间耳房，正房东面的两间套屋是柳树旺和柳树成住的，张春美和张春燕去后住西边两间套屋。东面的套屋里，柳树旺正在练习京胡，张春美坐在柳树旺对面的小板凳上双手托着腮认真地听着，一曲《夜深沉》过后，柳树旺问她："好听吗？"

张春美说："太好听了！"

柳树旺说："等卖了苹果，我给你买一把最好的京胡，咱们一起练习怎么样？"

张春美说："好京胡太贵了，暂时我就用你这把，等练好了，钱也攒多了，到时买把最好的！"

柳树旺高兴地说："好的！"

张春美问："我可以试试吗？"

柳树旺说："当然可以！"说着，柳树旺把手中的京胡递了过去。起初张春美双手配合得不是很好，用力也过猛，拉出来的声音"吱吱嘎嘎"像鸭子刚下水一样。柳树旺在边上指导说："轻点儿……轻点儿……"女孩子心细，手也柔和，不一会儿张春美拉出来的声音就有些乐曲的味道了。

外屋，柳树成正在临摹欧阳询的《九成宫醴泉铭》，张春燕在旁边也用毛笔画来画去，但是张春燕的手不稳，一笔一画很难写好，柳树成说："《九成宫醴泉铭》练久了才能写好，唐代是中国书法史上的重要时期，其代表字体是楷书，经过魏晋南北朝的蜕变渐趋成熟，在这个时期楷书达到了鼎盛……"张春燕边练边说："练上瘾了，每个假期我都要来这里一起临摹《九成宫醴泉铭》。"

夜深了，柳树旺和柳树成要休息，可张春美和张春燕还在西屋嬉笑，吵闹得他们兄弟睡不着。柳树旺过去轻轻敲窗户，然后对着屋里说："别闹啦，早点儿睡吧，明天还要去果园干活儿呢！"

张春燕在屋子里喊:"是,姐夫!"

柳树旺站在窗户外纳闷儿:"姐夫?哥哥在西藏当兵,这里哪来的姐夫?"这时窗户里又传出了嘻嘻哈哈的声音:"死丫头!你再说,再说我打你……"

"哎!姐,姐,君子动口不动手,昨天你不是梦到嫁给柳树旺了吗?我看这美梦呀早晚会成真的,呵呵……呵呵……"

这时,柳树旺才知道,原来张春燕是在拿自己和张春美找乐儿。

月亮下,柳树旺抬头向夜空望去,他看到羞答答的月亮把半边脸藏进了云层里。

那年,柳树芽父母除了耕种六亩责任田外,他们还在萧太后河畔承包了六亩果树园。

春天,果园里的小草从土里偷偷地钻出来,嫩嫩的、绿绿的,那时果园的杏花、梨花和桃花在暖风中绽放比美。

夏天,果园里的蔬菜长起来,绿油油的,在阳光下显得特别漂亮。在炎热的夏季,杏子成熟了,黄黄的、圆圆的,摘一个掰开,甜水儿就顺着杏肉流出来。

秋天,果园里的柿子、苹果、梨和枣,大大的、甜甜的。

冬天,萧太后河结冰了,河畔的果园被白雪覆盖着,显得那样安静……

盛夏,天亮得很早,郊区的农民没有看表习惯,人们以太阳升落为准,这就是人们常说的"日出而作,日落而息"。天刚蒙蒙亮,柳树旺和柳树成就到果园里摘杏子去了。不一会儿,张春美和张春燕也来了,她们手里提着保温桶、暖瓶、碗和筷子等,张春燕站在地头上喊:"吃——饭——啦!"柳家父母、柳树芳、柳树旺和柳树成去吃早饭了,张春燕说:"我和姐姐已经吃过了……"说着就去往竹筐里装杏子。柳家父母、柳树芳、柳树旺和柳树成在田头树下吃着热乎乎的早餐,柳父高兴地说:"这俩孩子真行,一会儿就把早饭做好送来了。"柳母微笑着说:"和她妈一样心灵手巧。"

张春美和张春燕经常出没柳家,邻居赵大婶儿羡慕地对柳母说:"哎,我说老嫂子,你看孩子们在一起多好呀,姐妹三个嫁给兄弟三个,这可是亲上加亲,好上加好的美事儿啊!"柳母听后笑呵呵地说:"孩子们还小,正在上学,不能耽误学业。"

十四

雪山脚下的连队里,柳树芽和战友们在上计算机理论课,高技师为柳树芽和战友们讲述规划程序综述、规划应用程序、程序设计过程、数据环境、数据库的设计、程序应用、编程与调试技术、改善程序应用效率……在雷达专业课上,刘技师为柳树芽等新兵们讲述雷达的基本工作原理、雷达频段划分、雷达的分类、发射机、显示器、主波、回波、接收机……由于柳树芽高中物理和数学基础知识扎实,所以他学得很快,每次业务考试他的分数总是名列前茅。

训练间隙,指导员为柳树芽等新兵讲述:"为什么当兵、为什么打仗,祖国在我心中,当兵不练武,不算尽义务……"

在教室里,赵政委为柳树芽和新兵战友们讲述:"优秀士兵、三等功、二等功、一等功和荣誉称号……"

半年后,柳树芽不仅在专业方面得到了提升,同时在思想觉悟方面也有了很大进步。经过班排推荐、党小组讨论、连队党支部研究、连队党员大会通过等步骤,柳树芽和其他三名战友被光荣地列为党员发展对象。

一年后,柳树芽以优异的成绩考上了某空军雷达指挥学院。在军队院校里,他不仅学到了雷达指挥专业基础知识,同时还学习了战争心理学、当代信息科技研究、战备学等五十多门军事理论课程知识。在院校图书馆里,他利用课余时间认真研读了《一战全史》《第二次世界大战大参考》《海湾战争研究资料汇编》《科索沃战争研究》《现代军事运筹》等,他在理论和思想觉悟上很好地完成了战士向干部的转变。

在院校里,他不仅被发展为预备党员,一年后,他转为了正式党员,并且被评选为优秀党员。

一天,学员队谭政委约柳树芽到他家吃饭,柳树芽去后,同桌用餐的还有一位美丽的姑娘,她体态不仅儒雅,而且气度非凡,虽然不能说是倾国倾城,但是说沉鱼落雁、闭月羞花一点儿也不为过。

吃饭时,她和柳树芽挨着坐,谭政委介绍:"这位是颜小倩。"女子很礼貌地点头示意,她总是不说话,别人说话时,她听后总是腼腆地微笑。吃饭过程中,她还用公筷为柳树芽夹菜,动作里透着优雅,柳树芽仿佛感觉到了什么。

次日晚自习后,谭政委把柳树芽叫到了办公室,认真地说:"柳树芽同学,有件事儿。"柳树芽说:"政委,您有什么事儿就尽管吩咐吧!"

谭政委说:"那好吧,我就直说了,昨天吃饭时挨着你坐的那位女子是咱们总院颜政委的女儿,颜政委就这么一个女儿,她读过好多书,现在咱们院校党史馆工作,她年龄比你小两岁,家庭条件、长相和现在的工作条件都是无可挑剔,可就是有一点,在'批林批孔'的年代里,颜政委和妻子被下放到农场劳动,他们带着五岁多的女儿颜小倩前往。一天夜里,颜小倩发烧四十多度,农场附近没有医院,他们夫妻只能靠给孩子喂水和用毛巾擦身子降温,可是一点儿效果也没有,孩子发烧一周后,生命虽然保住了,但是她的语言神经系统被烧坏了,现在你和她说什么,她都能听懂,可就是无法用声音向对方传递言语信息。她的书法功底非常扎实,当代著名书法家张继来咱们学院讲授书法课时,曾对她的书法作品作出评价:

'笔法自然，墨韵统一，功夫非凡，内秀可佳……'她是当代难得的才女，可就是有那么一点儿遗憾啊。一提到这点儿遗憾，颜政委就后悔自己当时没有条件及时医治颜小倩的发烧，如果当时能有几包退烧药或者能有条件给孩子打一针退烧针，也不至于弄成现在这个样子。我作为颜政委的老部下，跟随他多年，对老领导十分同情。我看过你的档案，你家中有一个妹妹和两个弟弟，家庭条件在农村来说还算可以，但是和城市相比就太一般了，只要你表示愿意入赘于颜家，我就帮你办理留院校工作手续。"

柳树芽听后心想："颜小倩和白鹭是同样的长相、同样的经历、同样的命运，但不同的是，白鹭幸运地遇到了柳春生大叔，柳春生大叔深夜冒雨背着白鹭蹚水过河，把发高烧的白鹭送往医院，得到了及时救治。人啊！就差么一点儿，命运完全就不一样了，但是各有各的不幸，白鹭是在妈妈身边长大的，她根本没有得到过一点儿父爱。"

谭政委见柳树芽犹豫不定，就说："你回去好好考虑后答复我，这事儿不着急。"然而，柳树芽毫不犹豫诚恳地回答："谢谢政委关心，我已经有女朋友了，她在国外读书，我们是青梅竹马。"

谭政委听后说："那好吧，婚姻大事，不能轻率，强扭的瓜果不甜，既然颜政委把孩子托给我了，我绝对不能糊弄颜政委，一定要脚踏实地办好这件事儿。颜政委人生太坎坷，他前半生带兵打仗，后半生被迫接受劳动改造，太不容易啦。我一定要让他有个幸福的晚年，这晚年的幸福当然和颜小倩有着直接关系。你既然有女朋友了，就不考虑了，我再物色其他学员。"

一个周末，谭政委路过院校书法活动室时，看到里面有人在练书法，他走进去看，原来是柳树芽的同学孔爱军正在挥毫抒情，他眼前一亮，心想："踏破铁鞋无觅处，得来全不费工夫。"

谭政委把孔爱军和颜小倩的手通过书法艺术搭在了一起。半年后，柳树芽得知颜小倩和自己的同队学员孔爱军订婚了。孔爱军出生于山西省洪洞县的农村书香家庭，从小临习《九成宫醴泉铭》《圣教序》《兰亭序》等书法字帖。当然，孔爱军并非为了将来的荣华富贵和在部队提升，他主要是酷爱书法，在军队院校上学期间能够遇到颜小倩这样的书法才女，他认为是幸运的。颜小倩虽然有语言障碍，但是他认为这算不了什么，他对自己的选择很满意。颜小倩也很喜欢自己的书法郎君，她利用三个月时间为自己的书法郎君绣制了具有书法味道的荷包袋，袋上还装了一个音乐小程序，一按键钮，袋上的小喇叭里就播放一首当地的爱情歌曲："初一到十五，十五的月儿高，那春风摆动，杨呀杨柳梢……"

对于颜政委来说，家里来了一位书法爱婿，又与伟大的思想家孔子同姓，真是天赐良缘，老部下谭政委真为自己办了一件大好事儿。

四年军校生活转眼要过去了，一天柳树芽在院校图书馆里读一本《德国军事院校大全》时，他不由得想起了白鹭，他想起了和白鹭一起去知青林帐篷看电脑的情景，想起了在知青林里，白鹭赠送他钢笔时双眼出神地望着自己，柳树芽望着窗外自言："白鹭啊，你在德国还好吗？如果能飞你就飞得高高的，如果不如意就还回到萧太后河畔的金牛坊村，那里有疼你、爱你的亲人们，还有我！"

柳树芽所在的军队院校和地方院校一样,也有寒假和暑假,但是柳树芽他们所在的军队院校和地方院校不一样的是,寒假和暑假期间所有学员不能自由活动。每到假期,都由学员队长和学员队政委统一组织学员们到某雷达研制基地或部队基层雷达哨所进行实习调研,充分使院校所学的理论和部队基层实际相结合。假期实习结束后,每位学员要撰写五千字的实习调研报告,开学前一周他们返回院校,要进行实习调研研讨,然后把调研报告打印成册交给院校训练部进行存档,以便日后院校科研人员进行查阅。由于他们每个假期的行踪不定,并且所去的部队单位是严加保密的,所以每位学员都无法回家,更无法和家里取得联系。有一次,他们去某边防部队雷达哨所进行实习调研时,柳树芽所乘坐的军用飞机从北京长城上空飞过时,他站起身来,正好向下望到萧太后河畔,此时此刻,他也不知道家里的人们正在干什么。

柳树芽毕业离校的前一天,孔爱军和颜小倩领取了结婚证,柳树芽也参加了他们的婚礼。在婚礼上,柳树芽更加明白孔爱军和颜小倩才是天生的一对儿、地设的一双儿。

在颜政委家的书房里,颜政委用颜体写了一个大大的"忠"字,他让自己的老部下谭政委点评,谭政委说:"此字笔饱墨酣,且具有笔力扛鼎之气势,可为佳作!"

颜政委语重心长地说:"小谭啊!要想写好字,关键在于心,古人讲意在笔先,我想就是这个道理,心中没有,怎么能写出好字?另外你知道我当初为什么提拔你担任学员队政委吗?你的长处就在于'忠',但是,小谭啊!在我女婿的工作安排方面,咱们可不能搞特殊啊,人的一生适合干什么,这是他生长过程中逐渐形成的：有的人形象思维好，对色彩和构图敏感，他就适合从事绘画专业；有的人听觉器官好，对声音敏感，他就适合从事音乐专业；有的人身体协调能力好，肌肉发达，他就适合从事体育专业，每个人都是不一样的，即便是出生在同一个家庭的兄弟，他们的性格、爱好和将来所从事的职业也是大不相同的。比如三国时期的嵇康和他的哥哥嵇喜性格和爱好就不同，嵇康喜欢音乐和文学，他不喜欢做官，而嵇康的哥哥嵇喜是只喜欢做官，讲究排场，让人尊重他……所以就像德国哲学家戈特弗里德·威廉·莱布尼茨所说的那样，世界上找不到两片完全相同的树叶……"说到这里，颜政委喝了口水，看了看自己的老部下谭政委，然后接着说："子曰：'为政以德，譬如北辰，居其所而众星共之。'孔爱军如果适合当领导，他早晚会成为领导；相反，我们如果硬是留下他、重用他、提拔他，不仅害了他自己，还害了组织，现在我们帮他一时，可帮不了他一世，在职务提升方面，越是经常接受帮助的人，他的工作能力和组织能力就会越弱，等靠思想就会越严重，所以说官位的提升可不能照顾，更不能同情，你我都有退休那一天，算算在这个位置上咱们能帮他几次。爱军是个好孩子，他勤奋好学，不怕吃苦，不怕累，并且还酷爱书法，他真不愧是孔氏后人，不仅小倩喜欢他，我也喜欢，就让他回原单位去慢慢锻炼吧，以后他和小倩按照部队探亲规定相互来往就是了。"

在离校的那天，孔爱军真的没有搞特殊，他要回自己的原单位雷达六旅去，去那里担任雷达技师。颜小倩十分支持自己的丈夫去六旅戍边，火车开动时，颜小倩含泪给自己的书法郎君佩戴上了荷包袋。火车开远了，颜小倩望着远去的列车久久不愿离去，她的双眼模糊了，她想呼喊自己的孔爱军，可她怎么也喊不出来……在火车开过的道轨上空仿佛响起了一首爱情歌曲：

    初一到十五，
    十五的月儿高，
    那春风摆动，
    杨呀杨柳梢。
    三月桃花开，
    情人捎书来，
    捎书书带信信，
    要一个荷包袋。

  按照院校规定，所有学员都要从哪里考进院校就回到哪里去，特别是驻藏部队，更不能重新分配和调动。从适应环境方面来说，柳树芽来自驻藏部队，已经习惯了那里的气候，组织当然要让他回到原单位。于是树芽院校毕业后，他又回到了自己的老部队，但与入学前不同的是，他被分配到雪域高原雷达执勤站，那里比山下更艰苦。

十五

美好的日子在和谐的气氛中度过了四年，柳树旺和张春美升学到了高中三年级，他们仍然在一个班；柳树成和张春燕升学到了高中二年级，他们也仍然在一个班。

就在这时，美好的日子出现了裂痕。暑假期间，柳树旺和弟弟柳树成去集市卖苹果，张春美和张春燕当然要相随。

有一种苹果是在暑期成熟，颜色不红，个头也不怎么大，此苹果虽然看起来绿绿的，但是吃起来却很甜。当地人把此类苹果称为"六月先"，可是集市上的人们认为还不是吃苹果的季节，因此很少有人上前问价钱。

中午到了，生意不好也得填饱肚子，柳树旺要去北街买包子，张春美陪着柳树旺一起去，于是他们向大街北边的包子店走去。

包子买好了，柳树旺和张春美转身正要离开时，忽然被眼前的一幕惊呆了，他们看到打扮得貌似天仙的张春花竟然与河上游化工厂男老板钱速成在手拉着手逛街，两人还表现得十分暧昧。化工厂老板钱速成近些年赚的是违反环保规定的黑心钱，他是京郊有名的富户，比张春花要大十多岁，有过好几个老婆，每个老婆都和他有孩子。因为张春花是当地有名的一枝花，所以他早对貌似天仙的张春花垂涎三尺，给张春花在萧太后河畔的富豪湾小区买了一套别墅，包养了张春花，并且张春花还怀上了他的孩子，此事儿张家和柳家却一点儿也不知道，今天竟无意被柳树旺和张春美撞上了。张春花看到柳树旺和张春美后有些慌神儿："妹……妹……弟……弟……你们怎么会在这里？"此时，柳树旺看了一眼张春美，张春美白嫩的脸霎时变得通红，柳树旺和张春美低着头一句话也没说，他们走开了。

在回去的路上，他们也没有说一句话。守摊儿的柳树成和张春燕看到他们回来后不高兴，张春燕劝说："哥哥姐姐别难过，苹果不容易坏，这里的人们不买，咱们下午转到市里东直门水果店试试，如果可行咱们就在那里批发了。"

柳树旺耷拉着脸说："不去了，回家吧！"

纸里包不住火，几天后柳母知道张春花红杏出墙，她去找亲家母论理。张母为此事儿正在怄气，柳母一到，张母正好把气撒在柳母身上，张母生气地说："你家儿子就知道爱国奉献，保家卫国，订婚四年都不着家，把如花似玉的新媳妇放在家里独守空房，出问题是正常，不出问题那才怪了！"

柳母听后生气地反驳："你女儿不自尊自爱，败坏我们柳家名声，你还把责任推到我儿子身上？"

一对亲家母没论出什么名堂，柳母生了一肚子气回家了。在炕上的饭桌前，柳父正在喝闷酒，他噌的一口，正要用筷子夹菜，啪的一声把筷子拍在饭桌上，生气地自我唠叨："伤风败俗，丢尽了祖宗的脸，这样的儿媳妇，要她干什么？"

书桌前，柳树旺和柳树成感觉这事十分龌龊，柳树旺在那里说，弟弟柳树成执笔，他俩联名给乡政府民政科写信，他们要问，军婚是否受法律保护，那个钱速成老板有几个臭钱竟然欺负到柳家头上了！

一周后，乡政府民政科复函："来信收悉，根据你所反映的问题，组织经过研判，答复如下：没有正式结婚手续，不算合法夫妻，因此不受法律保护，这问题只能自行解决。"柳树旺看到乡政府民政科的复函后深叹一口气，他拿着公函对父亲说："嫂子和哥哥没有正式办理结婚手续，他们只是订婚，民间订婚是不受法律保护的，哥哥和嫂子属于未婚，所以嫂子有自由选择的权利，我们只能像歌曲中唱的那样，祝福她过得比我们好。"柳父听后迟疑了一会儿说："我总感觉这事挺窝囊的，这就要过门的媳妇让别人给领跑了，再说你认为钱老板和张春花将来能幸福吗？"此时，柳树旺含着眼泪说："钱老板不是正经人，他们不会幸福的，柳张两家曾经是多么和谐、多么美好、多么幸福，可偏偏出了这样的事情，事到如今，我确实很同情嫂子，我确实想帮助她，可她是成年人，她明知山有虎，偏要向虎山行，我怎么能帮得了她呀！"无奈的柳树旺转过身去，他背着父亲抹了一把眼泪，然后走开了。

次日下午，在学校的体育课上，又要跳木马了，学生跳木马时，学校有个不成文规定，当女生跳时，必须有一位男生去保护。从初中二年级到高中三年级的体育课上一直是柳树旺保护张春美，张春美曾经对柳树旺说："有哥哥保护，妹妹心里最安全，妹妹愿意让哥哥保护一辈子！"

可现在柳树旺和张春美不是亲戚关系了，虽然亲戚关系被张春花红杏出墙一事给搅散了，但是柳树旺还是要尽到同学的责任，决不能让张春美在跳木马时摔伤。轮到张春美跳了，柳树旺一如既往地跑到了保护位置上，对面指挥员的小旗举起，哨声响了，可张春美却迟迟未跳，同学和老师把目光集中到了柳树旺和张春美身上，张春美低着头用低沉缓慢的声调说："不……不用保护了，我自己能……能行。"张春美的话让站在保护位置上的柳树旺感觉十分尴尬,他先是感觉到脸热,随后有一股热流顺着脖子散发到全身,这时他的后背有一些汗珠流到了腰带上。

体育老师是柳树芽的同学,近日柳张两家出现的"裂痕",他已经知道了,反应很快,对着同学们认真地说:"不用保护不行,万一不小心摔伤怎么办?王明伟,你去把柳树旺替换下来!"

柳树旺的同桌王明伟接到老师的命令后快速跑了过去,柳树旺从保护位置上退了下来。张春美没精打采地跳了一下,动作虽然不符合要求,但还是跳过去了。张春美跳时王明伟没好意思出手保护,张春美转过身哭了,她哭得很伤心,柳树旺望着张春美那哭泣的背影,心里特别难过,老师和同学们在那里呆呆地站着,他们一个个就像木头桩子一样。

高考临近,同学们都在抓紧时间复习功课。部队接兵排长来到学校,接兵排长说:"今年改为春季征兵了,今年部队要从高中三年级选一些有特长的、学习成绩好的学生应征入伍……"柳树旺是学校音乐老师重点培养的音乐教师苗子,他的特长是拉京胡,音乐老师曾向校长汇报:"柳树旺,无论从性格上看,还是从专业的灵性上看,都是个非常好的音乐教师苗子,他的京胡拉得特别好,让他去报考师范类大学音乐系,将来添补我们京城东郊乡村中学音乐教师的空缺。"可这次接兵排长硬是看上了柳树旺,而且柳树旺各项体检指标都合格,为此校长专门找柳树旺谈话:"支持国防建设是我们每个公民应尽的义务,没有强大的祖国国防,哪有幸福的家……"

柳树旺当兵一年后,穿着军装回家探亲,柳母告诉柳树旺，前几天化工厂老板钱速成把张春花甩了，听说张春花第一次怀的孩子做人工流产了，这是第二次怀了钱老板的孩子，柳树旺听后深叹一口气，什么也没有说。

次日上午，张春花的母亲听说有穿军装的回来了，以为是柳树芽，就故意上门儿找碴儿。她一进门就泪流满面地大声哭喊着把柳树旺推到了墙角，她抓着柳树旺的衣服哭诉："你这个丧尽天良的，你把我女儿害得无法再嫁人了，你这么多年怎么才回来呀，你如果不要我们家春花，我就和你拼了……"

柳树旺虽然在部队经过了一年多的单杠、双杠和擒拿格斗等军事专业训练，练得浑身是劲儿，但是张母曾经对待自己和弟弟就像亲生儿子一样，柳树旺绝不能把在部队练就的硬功夫用在张母身上，他轻轻地抓着张母的手说："大妈，您别着急，您好好看看，我是柳树旺！"

张母仔细看后哭着说："啊！怎么是你呀？对不起孩子，大妈不能对你无理，你都回来了，可是你哥哥这么多年怎么一直都没露面呀！"柳树旺解释说："他们驻藏部队要求严，再说那里路途遥远，回来一趟确实不容易，我已经被选入新组建的驻澳部队，要开始集中训练了，这次趁着空闲回来看看，以后回来的机会就不多了，部队很忙……"张母似懂非懂地听着，不由得擦了一把眼泪，转身走了。柳树旺望着张母那跟跟跄跄远去的背影，他的鼻子一酸，双眼模糊了。

在萧太后河畔的知青林里，张春美把柳树旺抱得紧紧的，她认为姐姐虽然路子走歪了，但不会影响她和柳树旺的爱情，他们要永远在一起。

张春美回家后，把她和柳树旺结婚的想法告诉了母亲，张母抹着眼泪说:"你要和柳树旺结婚妈不反对,那孩子是妈看着长大的,他是个好孩子,但是他在部队,很少回家,你可千万别像你姐姐那样,你一定要恪守妇道,不能再给柳家丢脸,将来为柳家生儿育女,做一个地地道道的好女人。"一周后,柳树旺休假结束了,按照假期规定返回部队。

这一年,柳树芽的三弟柳树成以优异的成绩考取了中国人民大学新闻学院。虽然离家不太远,但是为了完成好学业,他很少回家。

转眼进入冬季,在靠近河滩的玉米地边上,有一片果园,果园中间有一间小小的屋子,夏秋之季看守果园的人在那里居住,冬季由于天气寒冷,再加上果园里没有什么水果可看守,那间小屋就没有人居住了。有的人在河滩干农活儿或者是路过憋不住时,去那里上厕所,那里究竟是男厕所还是女厕所也没有什么标志,男的去时就是男厕所,女的去时就是女厕所。因此那间屋子里白纸、白里透红的纸、粪尿、灰尘等实在难看无比,味道也十分难闻。

快要过春节了,张春花挺着大肚子要生小孩儿了,可是钱速成已经去找新女人了,他根本不承认那是自己的孩子,因此村里许多人说那是野种。面对流言蜚语,张春花一家人十分无奈,总之孩子一天天在肚子里长大。孩子是无辜的,生命一旦形成是要按时来到这个世界的,来到这个世界是孩子的权利,即便孩子活不成,也要来到这个世界,不管是谁的种,反正孩子要来了。

农村人生小孩一般不去医院,是在自己夫家生,但是丈夫不明确的女人,村里人统称为"偷野汉子",这种人生小孩儿的确实不多见，那种伤风败俗的勾当，对整个村庄都是极大的羞辱，因此这种人不能在村庄里生小孩儿。如果张春花那样"偷野汉子"的人敢在村庄里生小孩儿，全村人会指着鼻子骂她，甚至有人会在她家门前挂上破鞋。

为了不惹全村人愤怒，张春花的父母只能把小孩儿出生地选定在河滩玉米地边上果园的那间小屋里。张春花爸爸把那里打扫干净，把土炕烧热；张春花妈妈糊好窗户，把窗花贴上。大年初三的夜里，小孩儿在那间小屋里出生了，为张春花接生的正是她的妈妈。在京郊农村，年龄大的妇女们几乎都有接生孩子的技能，刚出生的孩子是个女娃。

一年后，张春花带着她和钱速成的这个女孩儿嫁给了当地一位比她大十多岁的男人，那男人名叫郑爱林。那年张春花二十五岁，郑爱林三十六岁。

在京郊农村，男人超过三十五岁就属于光棍汉行列的人了，村里人把光棍汉按照年龄大小编成顺口溜："一老弯，二老汉，三黑蛋，郑爱林，五慢慢……"顺口溜是谁编的，没人知道，但是如果被编入光棍汉顺口溜就很难找到对象了。

郑爱林的缺点是为人过于老实，平时他很少和别人说话，没有人给他介绍对象，成年后一晃十几年过去了，他进入了村里的光棍汉行列。张春花能把他从光棍汉行列中拉出来，他也算是很幸运的人了；否则光棍汉死后，按照村里的习俗，帮助处理后事儿的人们要在他的棺材里放一只当年长大、未下过蛋的母鸡，村里的人们把这种鸡称为雏鸡，把这种做法称为"陪干陵"，意思是到那边后好有个伴侣。

未成年的男孩儿和女孩儿，也就是十五岁以前死亡的称为

"夭折",他们夭折后在奶奶庙附近安葬,由传说中的鬼神老奶奶负责照看;满十五岁就属于成年人了,成年女子还未嫁人的亡者,人们就在她的棺材里放一只当年长大的大公鸡,人们这样做虽然是好心成双,避免亡者在那边孤独,但是谁也不愿意混到和鸡为伴的地步。

张春花经历"被甩"的伤痛后,才知道什么样的男人是好男人,来到郑爱林身边,她和孩子也算有了归宿,孩子也算是有爸爸了,这样完全可以过日子了。

对于郑爱林来说,张春花长相出众,虽然身边有个不是自己生养的女儿,但是这不是什么大问题,最重要的是将来不用往自己的棺材里放母鸡了。特别是张春花带来的这个小女儿,他更喜欢得不得了,整天抱着亲吻那圆圆的小脸。郑爱林好像和张春花的小女儿前世有缘似的,郑爱林从来不把这个带来的女孩儿当外人,郑爱林和张春花的日子过得很美满,女儿也在父爱中一天天地长大。

一年后,张春花为郑爱林生下了一个大胖小子,一家人过得更加幸福了,但是让郑爱林发愁的是在家种地根本养活不了他们娘仨。时下的物价一个劲儿上涨,特别是那不断上涨的药价更是让郑爱林捉襟见肘,给孩子治疗个小感冒就得花几百元,如果遇到父母生病等大一点儿的事儿,那就更麻烦了。

一天夜里,郑爱林和张春花合计,一年四季在家种地,这风里来雨里去的,到年底也就是一万元左右的收入,如果遇到风灾、涝灾、旱灾或是冰雹什么的,那一万元就不保了,所以种地是最没把握的买卖,还不如外出打工,打工最起码赚一分是一分。可是要想外出赚钱,对于农民来说,就得不怕苦、不怕累，反正自己有的是力气，下周村里有年轻人要去山西大同煤窑挖煤，自己虽然年龄有点儿大，但是身体和力气还是可以的，至于那两亩地，转包给村里的老光棍二老汉算了，说不定在外面混好了，将来还可以搬到城里居住，自己也过过城里人的生活。

两天后的早晨，郑爱林告别妻子和孩子，和两位工友一起踏上了去往山西大同的列车。

到了南大山煤矿后，他们放下行李，被带进一间大教室，每人发了一张A4纸大的考试卷，让他们参加考试。监考老师要求十分严格，绝对不能相互商量或相互看。

郑爱林看着考试卷，白纸画黑道，怎么也看不明白，自己初中就没好好学习，面前的考题估计全是高中的物理知识，他在考试卷上只写了自己的名字，交卷后他问监考老师："在这里打工怎么还要考高中物理知识？"监考老师回答说："我们这里是大型采矿企业，是用机器下窑挖煤，然后用机器传送上来，因为是机器操作，所以每位工人都要具备一定的机械操控能力，如果考试合格，我们就签订劳动合同，签合同后就属于这里的试用员工了，上岗前要进行岗位培训，培训合格后才能上岗，培训是免费的，培训期间工人是有工资的，工人住的是两人的标准间，伙食一日三餐全免费，但不准浪费。另外每位工人都有五险一金，工作期间统一穿制式服装，按照国家法定轮班休周末假，每年休半个月的带薪公假。带薪休假期间家属也可以来单位探亲，家属来时可以住单位的探亲家属房……"郑爱林听后感觉待遇真是不错，他想："自己如果能考上，让媳妇和孩子来这里看看玩玩，顺便住住单位的家属房，带着他们到大同去看看云冈石窟……"可是他又想："自己在考试卷上只写了名字，考题一道也没有做，能被录用吗？"

在旅店等了一天，次日早上他想出去看看，可一点儿心情也没有，一是身上没多少钱；二是这里人生地不熟的，感觉没什么好看的；三是自己来这里是赚钱的，哪有心情玩儿。

第三天，那位监考老师来了，他说："你们三人当中只有一位名叫陈宝库的考试合格，不好意思，你俩没有被录用。"说完，那位监考老师帮助陈宝库拿着行李上车走了。

正当郑爱林和他那位没有被录用的同乡二柱子不知所措时，有一位中年男子神神秘秘地走过来，给他俩做了个手势，意思是到那边去谈。到那边的墙角后，那位中年男子还没有开口说话，就塞给他俩每人一百元钱，面对这突如其来的好事儿，他俩傻了，这大白天的怎么有陌生人平白无故地给钱，这是啥意思。当他们正在发愣时，那位中年男子小声说："在山的那边，有个小煤矿，出煤多，能赚大钱，你俩是否愿意去？"他俩心想："干吗不去，自己干活儿有人给钱就行了，这还不简单？"然后他俩拿着行李上了那个人的面包车。

车在环山道上走了近一个半小时，到了大山后面，在大山脚下有一个小院，院子大门旁的牌子上写着"优良品种猪养殖场"。进院后，他俩看到院子里没有猪，在靠近院子大门的地方，有一间大房子和三间小房子，大房子住人，墙壁上写着"养猪致富"的字样，那些字已经不怎么能看清楚了。那三个小房间，一间是工长办公室，一间是饭堂，另一间为厕所。面对眼前这些，郑爱林心想："不是说好挖煤吗？怎么到农家养猪场了？"当他往东面山坡的树林子里仔细看时，发现那里有个两米多高的山洞，洞前的道轨上有四五辆斗车，在斗车行走的轨道尽头，有一台装载机停在一小堆煤的边上……此时他心里好像明白了什么。

开始工作了，他们每天不分昼夜推着斗车进山洞挖煤，他们把煤从山洞里用斗车推出来，倒在树林里的小广场上，小广场边上有两道深深的车轮胎印一直通向大铁门。第一天上班，郑爱林发现拉煤的卡车是深夜来的。

在这里，算上监工一共十一人，那几个工友听口音好像是从内蒙古来的，用车接他们过来的那人是工长，他不进山洞，只负责协调和管理，他整天忙着在屋里打电话。老板发工资时才来，老板开的是豪华型宝马牌轿车，他提着高档皮包，把工钱发给大家后就开着宝马牌轿车走了，他和员工一句话也不说。

这里干一天活儿算一天工资，没有合同，也没有保险，在这里多干活儿少说话，出煤多大家赚钱就多，他们五人一班不分昼夜轮流进山洞挖煤。宿舍里，因为十个人分成两班，所以每次在屋里睡觉的只有五个人。屋里的地面和大通铺的床板都是黑色的，屋子墙壁落满了灰尘，这房子是由猪圈改造成的。大通铺前有两个铁水桶，一个装干净水，主要用于刷牙和洗脸；另一个装废水，废水桶主要是装刷牙和洗脸后的水，废水桶也可以用来夜间撒尿，两个水桶靠得比较近，因为那废水桶很少有人去倒，所以屋里经常有股尿臊味儿。一次，一位内蒙古的工友夜间起来，在睡眼朦胧中，他错误地把尿撒在了净水桶里了，次日早上一位河北工友用水刷牙时，发现干净水里有股尿臊味儿，为此河北工友联合北京工友和内蒙古工友打了起来，他们在院子里动拳动脚，最后发展到了动棒子……工长生气地说："一帮素质低下的人，你们再动手动棒，我就找几个当地人，把你们活埋了，我再换一批工人来挖煤，看你们还敢打架。往干净水桶里撒尿只是误会，我已经批评他了，还要扣除他一个月的工钱，你们怎么还揪住这件事儿不放！"

从家里出发时，张春花给郑爱林带了干净的床单和被罩，到这里两天就全变黑了，郑爱林下工后倒头就睡，一点儿洗漱的力气都没有，一觉醒来就吃饭，饭后就和工友们又一起进山洞挖煤。

在吃的方面，他们早晨是一个大馒头和一大碗小米粥，几根咸菜；中午在洞口吃一个大馒头和一大碗炖菜；晚上一个馒头和一大碗小米粥，几根咸菜。他们用的碗筷很少刷洗，碗筷上面经常趴着苍蝇。给他们做饭的是一位三十多岁的女人，身材偏胖，是离这儿十三里远的村民，每次她都是骑车匆忙来，帮助工人们做好饭，简单刷锅后就匆忙走了。听说她有六个孩子，其中五个是超生的，她来这里完全是为了赚钱养家。她心眼儿挺好，有时还帮助工人们打扫屋子，倒废水，主动帮工人们洗衣服和刷碗，但是工长说："刷锅就可以啦，不要用水洗衣服和刷碗，那样太浪费，水是从八里外村庄里拉来的，村庄的水也是缴过费的，够吃够喝，够刷牙和洗脸就行啦！"

一个月后，郑爱林拿到了第一笔工资，五千元，他感觉拿在手里厚厚的，这可是有生以来第一次拿到这么多钱。拿到钱后，他第一件事就是想着一分不少地寄给家里。他问做饭的那位妇女哪里有邮局，那位妇女说她村里有，于是他下工后请了半天假和那位妇女一起骑车去了十三里外的村里。寄完钱后，那位妇女让他到家里看看,他说自己浑身太脏,不好意思去。那位妇女说:"山里人,没那么讲究,走吧!"他去后,看到院子里的孩子们正在地上玩儿土,他一下子想到了自己的媳妇和孩子,他上前抱了抱那个最小的,就像抱着自己的孩子一样,感觉特别舒心,随后他带着黑泥的眼泪禁不住顺着鼻梁两侧滚落下来。小孩子摸着他那乱如杂草的胡楂儿说:"大伯伯的胡子好扎手呀,妈妈,大伯伯他哭了!"站在边上的那位妇女说:"想家了吧?"接着把一脸盆水和一块毛巾端到他的面前说:"快擦擦吧!"他放下孩子,刚洗两把脸,脸盆里的水就变黑了,随后他又用了四脸盆水才把脸洗干净,他抱歉地说:"不好意思,浪费您家的水了,没想到您家里有这么多孩子,按照礼节,应该给孩子们买些糖果或者玩具什么的,可是……哎呀!"说完,他不好意思地摇摇头。那位妇女说:"山里人,没那么讲究,出门在外不容易,没事儿的,别多想啦!"那位妇女看看表说:"时间来得及,你先在我们家吃了饭,然后咱们一起去工地给你的工友们做饭。"说着,那位妇女就开始动手做饭,他仍然站在院子里看着孩子们玩儿土,不一会儿饭菜做好了,妇女的丈夫回来了,妇女的丈夫是山里的农民,他们边喝酒边吃饭边聊。农民在一起说起种地是很有共同语言的,当时正值山里的秋季,山坡上的树叶变得有些微黄,整个村庄被秋天的景色包围着,色彩十分迷人。

  一周后,张春花收到了一张五千元的汇款单,她高兴得自言:"还是外出打工好,一个月就把半年的钱赚回来了。"

  对于张春花来说,她看到的只是钱,却没有看到丈夫在山西大同的山洞里怎样卖苦力。在阴冷的山洞里,他们完全是人工作业人工打钻,用大铁锤砸,用大铁锹往斗车里装,然后用斗车往外推,他们工作起来灰尘飞扬,两步内难以看清楚对方,几天下来,他的全身除了眼睛和牙齿有点白以外,其他部位都是黑色的,这真是"近墨者黑"呀!自从到那里,郑爱林有时拉肚子,有时还发烧,他的身体渐渐消瘦,一个月下来,他的身体瘦得不到五十公斤了。给他们做饭的妇女,经常叮嘱郑爱林要多吃点儿,千万要保住身体,妇女还把自己家的柴鸡蛋煮熟后带过去给郑爱林和工友们吃。

意外发生得总是让人措不及防,一天,郑爱林和工友们进山洞挖煤时,忽然塌方了,那几个人年轻跑得快,只有他反应慢,从洞顶上塌下来的大煤块把他埋了,当工友们把他挖出时,他已经停止呼吸了。

按照我国劳动法规定,这属于工伤,煤矿应该给予赔偿,可倒霉的是,他刚被救出来时,就来了几辆警车把工长带走了,听说老板也被抓了。煤矿属于非法开采,煤矿被关闭了,等于是他们干了两个月的活儿,只拿到了一个月的工钱,和郑爱林一起的同乡二柱子身上只剩下一点儿微薄的路费。其他工友都走了,工地上只剩下郑爱林的尸体和同乡二柱子了,此时每天为他们做饭的妇女来了,她含着眼泪,一边帮助二柱子收拾东西一边问二柱子有什么打算,二柱子无奈地摇头说:"事到如今,只能回家了,我得把我的同乡老郑带回去,不能让他在这里做孤魂野鬼。"妇女说:"我这里有煮好的柴鸡蛋,你带着路上可以充饥。"说着把用塑料袋装好的柴鸡蛋递给二柱子,二柱子感激地说:"太谢谢您了,我一路上全靠这些充饥了。"二柱子把郑爱林装在一个编织袋里,乘火车通过安检时,工作人员手里拿的那些安检设备，只对易燃易爆物品敏感，安检人员误认为打工者二柱子背上背的是家乡土特产什么的，没有发现他背上的尸体……郑爱林的尸体被二柱子背回村后，张春花悲痛欲绝，她在失声痛哭后若有所思地好像明白了什么道理："千不该万不该，不该自己不守女人贞洁和钱速成厮混，还怀了他的孩子；千不该万不该，不该让郑爱林去山西挖煤，农民离开自己的土地和鱼儿离开水的命运是一样的，是悲惨的。假如郑爱林在家种地，她自己养些猪、鸭、鸡、鹅和兔子等，与丈夫种地形成家庭开销互补，过着男耕女织的田园生活多好，城里人生活不见得就完全好，农村人生活不见得就完全差，城里人穿得好，不见得身体就好，城里人靠运动锻炼身体，农村人靠干体力活锻炼身体，道理是一样的；城里人如果懒惰，身体照样不好，日子照样不好过，无论是城里人，还是农村人，关键是会生活。一个人来到这个世界，就那么七八十年，一个人如果从小有自己的专业爱好，就努力去钻研自己的专业；如果没有专业爱好，自己的文化程度也不高，就老老实实地当农民，把耕种农田作为自己的职业没什么不好。花木兰从军归来后皇上留她任尚书郎，可她不干，仍然选择回家种地；陶渊明'采菊东篱下，悠然见南山'的田园生活多好。自己为什么要让郑爱林外出打工，郑爱林年龄大、没文化，真不该让他外出打工，哪怕是老老实实地做个守村人。"在萧太后河畔的村庄里，几乎每个村庄都有一名学习不开窍的男娃，他们看起来傻乎乎的，身体从来不生病，整天在村里到处走，看起来比一般人都忙，他们到了谈婚的年龄也不娶妻，情愿光棍一人度过自己的一生。谁家办喜事儿他们不参加，因为他们知道自己衣衫褴褛不适合去那样的喜庆场合，如果谁家办白事，那可是不请自来，帮助主人打水、劈柴、看管棺木，出殡后帮助主人打扫卫生等。他们对吃喝从来不讲究，吃饭时也不上桌，主人给他弄口吃的，他们蹲在墙角吃饱就行，他们干活儿从来不讲究报酬，主人为了感谢他，给他们包好烟。用当地迷信说法，这种人的前世为土地爷，今世仍然守一方土地，他们一辈子也不离开自己出生的村庄，当地人称这种人为"守村人"。

张春花好后悔啊！可惜这世界上没有后悔药啊！

按照村里的丧葬习俗规定，村庄里的人在外地去世后，尸体不得进村，因此张春花只能让亲戚们在村庄的小路边上选一块平整的地方临时搭建一个帐篷，把郑爱林的尸体放在临时搭建的帐篷里，晚上由守村人看着。

时间过去五天了，有人提醒张春花，将来她肯定还要嫁人的，她不可能和郑爱林埋葬在一起，不能让郑爱林在那边孤独。为此张春花四处打听，她打听到有个远方亲戚的八岁女儿患绝症，在医院没有抢救过来，她想和远亲说说好话，把那女孩儿的尸体要过来给郑爱林陪葬，将来在那边也好让郑爱林有个伴儿，可是远方的亲戚听说要让自己的女儿为一个快四十的男人亡灵陪葬，那家亲戚就是不同意，最后人们还是给郑爱林棺木里放了一只当年长大未下过蛋的母鸡。

张春花父亲知道郑爱林的不幸后，整天闷闷不乐，没过多久，他病倒了，临终前他拉着张春花的手说："闺女呀！爸爸最放心不下的就是你呀！今后你的路自己走吧，无论生活多么艰难，你一定要恪守妇道！"

红颜女子多薄命，郑爱林离世，紧接着父亲也走了，家里没有了顶梁柱,她和两个年幼的孩子无法生活,她只好嫁给转包她家土地的二老汉。二老汉比她大二十多岁,对于二老汉来说可是一件美事儿,张春花虽然是寡妇,她怎么也是个大活人,反正将来自己的棺材里不用放母鸡了。

二老汉是位十分勤快的农民,每天天不亮就开始下地干活儿,春节期间也不休息。别人往地里送粪用车子推,或者是用驴车拉,而他习惯用扁担挑,因此他身体锻炼得特别好。

每个人来到这个世界的时候就给自己设了一个无法破解的密码,这个密码就是谁也不知道自己什么时候离开这个世界。黄泉路上无老少,正当二老汉为自己的小日子感到高兴时,一天早上,张春花催促二老汉下地干活儿,他很久没什么反应,当张春花把手伸到他的鼻子处时,她惊讶地发现二老汉没气儿了,她赶紧叫亲朋好友们来处理后事。在出殡的前一天,主管丧事的说:"我估计二老汉也不是张春花的最后一位丈夫,你们赶紧去找当年长大未下过蛋的母鸡去吧!"

次日上午,人们费了好大劲儿找来一只当年长大未下过蛋的母鸡。当时是村里威望最高的六爷负责往棺木里放,可他眼神不好,他小时候和同伴们玩儿弹弓时,同伴把一颗石子儿射到他的右眼上,从那以后他的右眼就凹进去了,只有左眼能凑合着看东西,往棺材里放母鸡时,他双手一哆嗦,再加上眼神儿不好,那只母鸡翅膀一扑腾,从他的双手间挣脱了。他想:"费了好大的劲儿才找到当年长大未下过蛋的母鸡,结果没抓牢跑了,这下可麻烦了。"他和帮忙的人赶紧追,此时母鸡从院子里的草垛跳到院墙上,那只鸡在院子的墙头上"咕咕咕,咕咕咕……"地一边叫一边迈着轻盈的步子……追在最前面的是六爷，他在院墙下斜着那只能看东西的左眼，伸出右手使劲儿一逮，不仅没有逮住，反而把那只母鸡吓得翅膀一展双腿一跳，"咕——"那只母鸡大叫一声后跳到院墙外面去了，人们赶紧从大门跑出院子去追，此时街上连鸡的影子也没有了。

面对现状，主管丧事的生气地说："再找一只来不及了，赶紧盖棺吧！"此时棺材前的六爷一边盖棺钉钉子一边自言："二老汉呀，你说说你啊，岁数不小了，本身就命中没有女人，你偏要娶一位如花似玉的寡妇，这下完了吧，连母鸡都不愿意陪着你，你呀，就凑合着上路吧，啊！"

二老汉走了，张春花成了全村最可怕的女人，流言蜚语越来越多，恐怖的故事在她的身上越传越邪乎，男人一提到她就毛骨悚然，人们仿佛从张春花身上看到了"克夫之相"。张春花白嫩的脸上颧骨有些高，她妙龄少女时，男人们心里痒痒地称赞："女人颧骨高，儿女满地跑。"可如今不同了，根据她在果园小屋子里私生孩子、郑爱林外出打工不到三个月命丧他乡、其父带着遗憾离开人世、二老汉莫名其妙丧命等一系列事件，村里的男人们看法彻底改变了，男人们在一起总结议论："女人颧骨高，杀夫不用刀……"其实张春花的颧骨没有什么变化，是男人们的心理在变，有的人说张春花是美女蛇转世，还有的说张春花的命运和鲁迅笔下的祥林嫂同样悲惨。

这一年，柳树旺也成为部队干部了，他和张春美领取了结婚证，张春美随军到了广州，在那里，民政局"双拥"办公室把张春美安置在了当地人力资源和社会保障局的工会办公室工作。

十六

不知是什么原因，柳母最近总觉得左胸前有块大石头似的压得喘不过气来，在柳树成和柳树芳的陪同下，到京城医院开了些药，吃了也不管用。

一天早晨，柳母感觉左侧乳房有两个鸡蛋大的疙瘩，又到京城医院就诊，医生看过胸片和化验结果后说："此病比较麻烦，家里经济情况怎么样呀？几个孩子呀？他们都在干什么，这得需要做手术，是需要一定费用的，这几天就住院吧，此病不能耽误……"柳母听后眼泪簌簌下落，她着急地问："大夫，我生的是什么病，我的两个儿子在部队当兵，家里没有钱，我不能为我的儿女们增添麻烦，如果病情严重就算了，人总得死，早死晚死都一样……"医生听后安慰说："先配合治疗吧！"

要进行手术了，柳树成和柳树芳到处筹集医疗费，两个哥哥在部队都很忙，就是联系上了，部队的津贴费又不多，什么问题也解决不了，即便是两位哥哥去借，他们又能借多少，部队官兵们哪有钱？他们和父亲商量后，瞒着母亲，把家里的两套四合院和拖拉机匆忙卖给了外地来金牛坊村做生意的小老板，小老板高兴得就像捡到元宝一样，那两处院子一处用于开办超市，一处用于住人，用拖拉机拉货。一周后，柳母动手术了，把左侧乳房全部切除后，化疗一个疗程，医生让出院，回到家里吃药观察。

那年，柳树成正在读大学二年级，为了给母看病，他在学校经常省吃俭用。他非常要好的山东青岛籍同学朱朝阳见他囊中羞涩，热情地帮他买饭票，可是朱朝阳同学也是农民家庭出身，他家里还有一个妹妹在读高中，妹妹上学也离不开哥哥经济上的支持。两位同学各有各的难处，在艰难的求学环境中苦命相连，为此柳树成和朱朝阳经常利用周末一起去快餐店打工，为家里减轻经济负担。

院校放假了，其他同学离开京城回家度假去了，而柳树成和朱朝阳留在学校附近的一家渔村酒店打工，有时在车场为客人擦车，有时在酒店大堂当保安。渔村酒店是京城一家怪味特色酒店，酒店的特色菜是蛇肉，那些蛇是空运到京城的，中老年客人到那里吃蛇肉，主要是用于补脾、补气和舒经活血，另外蛇毒提供给一家药物研究院进行抗癌药物研究……当保安有规定，夜间要在大堂值班守夜。一天夜里，他们在大堂值班时，厨房里装蛇的笼子倒了，毒蛇跑了一地。如果在天亮前不把那些毒蛇全部抓回笼子，万一把客人咬伤，保安的就失职了。为此他们不顾危险，一条一条地用铁夹子往笼子里抓蛇。有的毒蛇爬到了凳子下面，有的爬到桌子下面……当柳树成和朱朝阳小心谨慎地抓得差不多时，有一条蛇从桌腿上快速伸出头，向着柳树成猛扑过来，柳树成没有注意到，那毒蛇快速飞过来的脑袋像鸡啄米一样，一下子咬住了柳树成右手的小拇指外侧，柳树成敏捷甩手，把蛇头甩掉了。在农村长大的他，对蛇的牙印儿并不陌生，北方蛇咬人是乱糟糟一片，印迹不集中，而这次他看到的是右手小拇指外侧有两个像头发丝儿那样大的小红点儿，这就是典型的毒蛇牙印儿。从这种蛇的牙印儿看来毒性是非常厉害的，他用左手大拇指和食指紧紧掐住受伤的右手小拇指根部，不让带毒的血液向上回流，只要一回流，自己很快就会没命了。他看着受伤的小拇指，不一会儿就变黑了。他想："赶紧截肢吧，去医院截肢肯定来不及。"这时正忙碌着抓蛇的朱朝阳回头看见柳树成在那里抱着双手，他过去一看，大吃一惊："啊！被蛇咬啦？"柳树成痛得要命，他用头指指那条盘绕在桌腿上的蛇，那条蛇"嘶嘶"地吐着信子……柳树成说："我盯着它，你赶快到厨房拿菜刀，帮我把受伤的小指剁掉，快，晚了就来不及了！"朱朝阳着急地问："啊！你要断指？可是十指连心啊！"柳树成着急地说："快！别啰唆！"此时朱朝阳飞快地跑进厨房，眨眼工夫提着菜刀出来了，柳树成把受伤的小拇指放在桌角上，龇牙咧嘴地说："好兄弟，快！"此时朱朝阳，举刀下落，只听啪的一声，一刀把柳树成受伤的小拇指末梢一节砍掉了，鲜血嗖地一下冒了出来，此时柳树成痛得大叫一声，差点儿晕倒，但是他还是站稳了，他很有经验，左手仍然不松开，双手甩甩，让带毒的血赶紧流走。此时，朱朝阳从自己身边的餐桌上飞速拿起一块干净的餐巾布，给柳树成包扎好，然后放下菜刀，拿起铁夹子把那条咬人毒蛇的脖子牢牢地夹住，用手抓住尾巴，把盘绕在桌子腿上的部分蛇身取开，夹子左右摇摆。蛇最怕的就是悬空它的身体后左右摇晃，果然不一会儿，那条蛇的身体就软了下来，他快速把那条毒蛇放进笼子里，此时专门负责养蛇的师傅来了，他在笼子边上数了数，正好五十二条，笼子里的数和登记册上的完全一致，外面一条也不剩了，他着急地说："你赶快陪着柳树成去医院，这里的事儿交给我……"说时迟那时快，朱朝阳跑到酒店外的公路上招手，一辆面的在他们的面前停了下来，他们一起去了海淀医院。

在医院诊室里，医生惊讶地问："啊！你说什么？被毒蛇咬啦？在京城哪里有蛇？"此时渔村酒店于董事长赶到了医院，于董事长是河北唐山人，是东海舰队营职干部转业的，他向医生解释："我是渔村酒店于董事长，他们是我酒店的员工，我们酒店里有毒蛇，那些毒蛇是从广西南宁空运过来的……麻烦医生一定不惜一切代价抢救我的员工，一切费用由我的酒店承担……"医生听后皱着眉头说："那就让伤者住院吧，可是我们这里从来没有治疗过毒蛇咬伤的患者，还得麻烦于董事长尽快联系相关部门……"于董事长火速让酒店采购部副总经理文宏与广西南宁毒蛇养殖基地的程文龙总经理联系，程总对毒蛇很有研究，他说："我这里的蛇毒很厉害，伤者及时断指是十分正确的，否则就没命了。估计蛇的余毒还在身体内，必须尽快清除，我这里有口服和涂抹的特效中草药，是专门治疗蛇毒的，口服和涂抹两种药一起用，按时用药两周后就没事了，放心吧！可是邮寄路上七八天时间肯定来不及，得派人坐飞机来拿……"于董事长毫不犹豫，让文宏立即坐飞机去拿："快去快回，一切费用由咱们酒店承担，救人要紧，耽误不得！"在酒店于董事长的关心和医生精心治疗下，柳树成保住了性命。

第二年春节快要到了，柳母病情忽然恶化，右侧乳房也出现了疙瘩，常言道："生病乱求医。"柳树成和柳树芳又到处筹集医疗费用，向舅舅借，向叔叔借，向姨姨借，他们东凑西借，好不容易凑齐费用。他们把希望寄托在京城一家大型肿瘤医院上，那家医院是国内权威治疗机构，可是听说那里挂号特别难，外地来京看病的人特别多，为了救母亲的命，柳树成到处找人，解决挂号问题。他找到了二哥曾经的战友，那人已经退伍了，在一家外贸公司上班，对方听到此事，无奈地摇摇头说："我是部队退伍的，对部队很了解，目前部队干部战士身上根本就没什么钱，两个当兵的哥哥就甭抱什么希望了，他们帮不了家里，这样吧，我舅舅在那家医院担任住房科科长，他曾在福建当过兵，对军人家庭有特殊情感，你去找他吧，我一会儿给他打个电话。"说着，把自己舅舅办公室房间号告诉了柳树成。春节长假过后，那是上班后的第一天，柳树成去医院十一楼办公室找到了哥哥战友的舅舅鲁平，鲁平说："这事儿我外甥春节前就和我说过了，走吧，我带你去挂号！"柳树成把自己家的柴鸡蛋放在那里，鲁平说："来就来吧，带什么东西，行行，放在那里吧！"说完，他们飞快下楼。

在医院一楼挂号大厅，挂号的人多得排成了长长的队伍，在大厅的拐角处，柳母没地方坐，柳树芳蹲着，让母亲坐在她的背上。

鲁平走到挂号大厅，双手扒着排队的人们，他边扒边喊："起来，起来……"现场维持秩序的保安一看是医院后勤部住房科的鲁大科长来了，赶快协助驱赶排队挂号的人们，排队的人们不知鲁平是什么来头，赶紧让道。他走到窗口前对负责挂号的医护人员说："嗨！拿个乳腺科专家号。"号拿到手，他转身递给柳树成："行！抓紧看病吧，我还有事儿。"说完，他转身匆忙走了。柳树成正要去找姐姐和母亲，忽然有几位三十多岁的女人把他围住，她们七嘴八舌地说："小兄弟，麻烦你给我们也弄几个号，你弄一个姐姐我给你一千元，这年头看病谁都需要钱，对吧！"

柳树成看了她们一眼,心想:"她们根本不是来看病的,她们是套路十分熟悉的号贩子。"他着急地说:"我不卖号,我要给我母亲看病!"他把号单攥得紧紧的,生怕被那几个妖女似的号贩子给抢了去,费了好大劲儿才挣脱她们。

当他走到和姐姐约定的大厅后,发现姐姐和母亲不在约定地点了,他着急地到处寻找。他跑到二楼向下看,看到母亲自己正在一楼大厅拐角处,正向着墙上的那面大玻璃走去,母亲一生很少进城,一到人多的地方就迷失方向。他看到母亲要撞上大玻璃了,他想大喊,可是来不及了,赶紧往楼下跑。他跑到后,发现母亲被玻璃撞得嘴唇和鼻子全流血了,此时姐姐回来了,柳树成十分生气地问:"让你照顾咱娘,你上哪里去了?"

姐姐见母亲身体不好,鼻子和嘴唇也撞破了,她边为母亲擦嘴,边委屈地说:"我……我自己实在憋不住了,让咱娘原地等候,我上了趟卫生间,谁知就一泡尿的工夫,就成这个样子了……"就在此时,值班护士喊:"二十二号……"柳树成一听是在叫自己的号,赶紧过去,他伸出双手一看,自言:"糟糕,号单呢?"明明在自己手里攥着,怎么一着急就不见了,当他正急匆匆寻找时,忽然发现前面的患者是位三十多岁的妇女,那位妇女正拿着鲁平帮柳树成弄的二十二号要进去看病了,于是他赶紧上前问:"这位大姐,这二十二号是我的,怎么会在您的手里?"那位大姐说:"我是从那位女人手里两千元买的呀!"柳树成惊讶地问:"哪位女人?"那位妇女抬手指着,柳树成顺着她手指的方向一看,忽然明白了,他自言:"啊!原来那个妖女一直在跟踪自己,她到底是用什么法术，眨眼工夫就把自己的二十二号弄走了，刚才她还说要给我一千元，而现在卖给这位妇女的却是两千元，她一转手就赚了两千元，她到底是什么人，无论她有多高的法术，我今天一定要抓住她，把她当场掐死，看她以后还敢害人……"此时他心中的怒火越来越旺，他走了过去，那个妖女见柳树成来了，她一转身向诊室边上的一条走廊匆匆走去，看样子她对医院很熟，柳树成一个箭步飞似的追上去，眼看就要抓住她了，可这时被一名保安拦住了，那位保安说："哎！先生，这里不能走！"柳树成眉头一皱生气地问："为什么她能走，我就不能走？"那保安支支吾吾地说不出什么理由，此时柳树成忽然明白："啊！原来你和那位妖女是一伙的……"接着柳树成把保安一把推开，要冲上前去抓住那个妖女，那位保安上前抓住柳树成的衣服，柳树成一个燕子翻身飞快地把保安摁倒在地，此时另一个保安跑了过来，柳树成心想："这些保安都和妖女有勾结，他们一起祸害人间，没有一个好东西，来吧，今天老子豁出去啦！"他起身一脚把跑过来的保安踢倒在地，保安哪是柳树成的对手，柳树成多年以前就在萧太后河畔向河下游金盏乡的陈氏八卦掌传承人陈高宗先生学习拳脚，功夫十分了得。此时诊室外面彻底乱套了，桌椅倒地，保安越聚越多，人们吓得到处躲闪。又一个赶来的保安看控制不了现场，赶紧报警，警察闻讯赶来，警察一看场面混乱，大喊一声："住手！"此时，正在打斗的柳树成和保安一看警察来了，他们停了下来。

　　警察要把柳树成带走，柳树成的姐姐柳树芳哭着乞求："求求你们，别把我弟弟带走，我大哥在西藏当兵，二哥在驻澳预备部队当兵，他们都很忙，不能回家，母亲生病了，我和弟弟为了给母亲治病，把家里能卖的都卖了，今天在这里好容易弄到了一个号，可眨眼工夫就被那个女子给鼓捣走了……"听着柳树芳的哭诉，在场的许多人落泪了，此时许许多多好心人含泪向警察求情："求求警察同志原谅他吧，病魔可恶，号贩子更可恶啊……"警察同情地问："你们是什么地方人？"柳树芳哭泣着说："我们是朝阳区豆各庄乡金牛坊村的……"此时，一位警察给朝阳区豆各庄乡金牛坊村委会值班室打电话核实，对方回答："有！有！情况属实！"金牛坊村委会值班室工作人员放下电话后，又拨电话向豆各庄乡人民武装部汇报，豆各庄乡人民武装部向朝阳区武装部值班室汇报，不到一个小时，朝阳区武装部副政委带着豆各庄乡武装部政委和金牛坊村党支部书记柳春生赶到医院，他们和医院领导说："老太太两个儿子在部队当兵，他们家是对国家有突出贡献的，咱们可不能让英雄流血流汗又流泪呀……"

在医院会议室里，院长生气地说："咱们医院在管理方面是存在漏洞的，从今天起对医院所有工作人员进行彻底清查，看看哪些人和号贩子有联系，发现一个处理一个；从今天起，挂号处要抓紧制订实名挂号方案，让那些号贩子在我们这里没有机会可乘；另外要加大管理力度，在挂号大厅设立安全值班台，保卫科科长要到大厅值班，坚决杜绝无关人员出入医院……适合在医院工作的留下好好工作，不适合的，立即走人！"

同时，在医院专家诊室里，专家们仔细分析柳母的化验报告，认真看胸片……遗憾的是，专家们一致认为癌细胞已经大面积扩散，没有好的治疗方法了。医院值班医生把专家会诊报告单呈送给院长，院长认真地在会诊报告记录单上签下了自己的名字。

在医院忙碌一天后，柳母三人坐着朝阳区领导的车回家了，豆各庄乡政府领导安排相关工作人员给柳母买了些补养品，柳母感激地说："给领导添麻烦了，谢谢领导关心……"

十七

柳树芽四年军校毕业后,他和另外一名学员被分配到了原单位的边防雷达连。

"雪皑皑风吹过,风雪弥漫的高山上耸立着我们的雷达哨所,战缺氧,抗寂寞,孤独和寂寞换来的是万家幸福的灯火,太阳陪着我,月亮理解我,祖国安宁,是我心中欢乐的歌!"

柳树芽所在的连队驻扎在雪山脚下,每次战士们上哨执勤要爬两个小时的山才能到达山顶的雷达站,那里的代号为"雪山洞两"。离雷达发射车不远的地方有四间房子,两间是机房,另外两间住人,那里经常保持六人一班岗,山下连队的专业技术干部轮流上岗,战士们负责保障。那条上山的小路不知什么时候修上了台阶,由于这里几乎每天都在下雪,所以专门有官兵打扫积雪。官兵们走习惯了,特别是送给养的战士们,夜间打着手电也经常上山下山。要说山上的伙食,多少年来都保持着一菜一饭,用特制保温桶装着,山下官兵们背着上山。不往山上送水,由于水背着不好上山。为了解决山上执勤官兵吃水问题,20世纪60年代中期,北京来的专家在山上修了一口雪井,充分利用电热能把冰雪融化,供应山上值勤战士喝水和洗漱,官兵们都认为山上条件艰苦属于正常,从来没有人提过条件艰苦的意见。

经常和柳树芽在山顶上一起值勤的官兵各有各的专业,山上除了柳树芽和一位新学员战友外,还有其他四名技师,他们分别来自贵州、陕西、山东和河北。来自贵州的技师名叫徐小波，战友们经常称呼他徐大师，他的主要专业是空中定位，他瘦得像猴子一样，长相很像某道观的道长，他除了雷达技术专业外，还懂医学。他出生于中医世家，他会诊脉，会配中药，全连官兵都喝过他泡制的药酒，只有喝了他的特制药酒，才能很好地在山上坚守岗位。

柳树芽刚上山那天，冻得脸色发青，徐小波笑呵呵地端着一小碗酒走了过来，他说："好兄弟，来，喝一碗，暖暖身子！"此时柳树芽着急地说："连队有规定，哨位上不让喝酒。"徐大师听后哈哈大笑说："此乃药酒，主要用52度高粱酒和独活、羌活、干姜、肉桂、附子和当地名贵药材泡制而成，有温阳散寒之功效，每年新兵来到这里寒冷难耐，他们喝了我的'药酒'后就不惧高原之风寒了，团长、营长、连长、指导员和战士们都在山上喝过此酒，这已经成为咱们连队的专利了，这也是咱们的'连酒'，他们怎么会处分你呢？再说了咱们是为了温阳散寒才喝的，又不是每天酒醉如泥！"柳树芽喝过"药酒"后，立刻感觉身体暖暖的。另外，徐大师还有个特点，他会拉二胡，他拉起二胡神采飞扬，《赛马》《山村变了样》《长城畅想曲》《三门峡畅想曲》《一枝花》《兰花花叙事曲》等都是他的拿手好戏，当然还有他自己的原创二胡曲《雪山月夜》。每当明月初升，二胡响起，那舒缓的旋律和那幽静的雪山明月汇成一幅优美的画卷，此曲只应天上有，人间能得几回闻。中国音乐学院二胡教授听到此曲赞美："那种柔美的旋律，仿佛把人的思绪带入一种特殊的意境。夜幕中，山的形态、雪的洁白、雪莲的绽放、雷达的旋转，以及屋舍灯光的闪耀和二胡乐曲完美地融为一体，仿佛那不是人间能有的，那是仙境的意韵在人间飘荡。"

　　来自陕西渭南的技师薛生旺，主要从事雷达专业数据运算，他把雷达专业数据算得非常熟练、精准，多少年从来没有出过错误。因为他是全连队唯一的研究生，所以连队官兵们经常称呼他研究生。他很少说话，从来也不纠正别人对他的称呼，只要知道是在称呼他自己就行了。时间久了，很少有人知道他的真实姓名。柳树芽刚上山那天，他小声问战友："那位不怎么爱说话的技师叫什么名字？"战友小声告诉他："研究生。"柳树芽听后惊讶地问："啊！哪三个字？"战友拿起笔在稿纸上写"研究生"，柳树芽看后眼睛睁大、嘴唇变圆，双唇间发出"噢"，他接着说："果然是这三个字，这名字取得学历可够高的！"战友说："是啊！人家从小就取这么好的名字，学历能不高吗？！"柳树芽听后感慨地说："是啊！"从此，柳树芽在工作中也经常与他进行这样的对话："研究生，那组数据你看过了吗？"研究生听后说："看过，没错！"研究生平时很忙，他很少参加连队点名，有一次研究生参加机关来连队宣布部分技师调职名单时，柳树芽才知道了研究生的真实名字——薛生旺。天长日久他们成为十分要好的朋友，柳树芽经常向他请教雷达专业数据运算方面的知识，他给柳树芽讲解得十分详细，此时柳树芽才明白：薛生旺技师不是不爱说话，他是很少说专业以外的话。

　　来自山东曲阜的技师孔祥武，他是孔子的第七十五代世孙，主要从事的专业是雷达维修，他对雷达了如指掌，他根据自己的工作实践经验，利用工作之余编写了《高原雷达实用维修教程》，被雷达专业院校选为教材。

来自河北张家口的大个子技师赵大勇，主要专业是电工，他一米八高的个子，鼻子大大的，尖尖的，脸上的颧骨像两个大鹅蛋一样挂在脸上，他的胡楂儿像钢针一样往外冒，战友们经常和他开玩笑："野火烧不尽，春风吹又生！"他听后哈哈地乐着。他在雪地里行走如飞，战友们经常称他"雪山飞狐"，简称"狐子"。他已经三十五岁了，仍然是光棍儿，他最大的爱好就是利用休息时间，带着小黄（狗）外出采摘冰山雪莲和藏红花，那是当地名贵药材。徐大师告诉他，雪莲和藏红花与阿胶、大枣、生地、熟地、枸杞子、女贞子、菟丝子、茜草、当归等煎熬服用可以治疗少白头。技师赵大勇的弟弟就是少白头，十七岁时头发就全白了，弟弟吃过哥哥寄来的药后，恢复了黑发。

一天黄昏，只有小黄（狗）叼着雪莲回来了，却不见狐子，战友们十分紧张，大家从小黄的眼神中判断，狐子出事了，战友们赶紧向山下连队报告，山下连队接到通知后，全连出动，可那时寒风裹着雪花四处飘洒，风一阵向东吹，一阵又向西吹，风雪中战友们出气都很困难，根本无法呼喊，他们只能跟在小黄后面寻找……多年来，小黄在山上一直从事向导专业，它已经有六年的兵龄了，十分聪明，对山上的地形十分熟悉，官兵们外出全靠它带路，已经夜深了，战友们仍然在寻找着。次日天亮时，战友们在一个山坡的拐角处发现了狐子，他已经被雪埋得只剩下两只高举的手，远处看去像雪山上的干枝梅，他的眉毛和胡子上都结着厚厚的冰雪。战友们把他连拉带拽弄回了雷达站，给他盖上了厚厚的被子，狐子一连睡了好几天，他的手脚渐渐舒缓过来了。一天中午，狐子醒了，柳树芽高兴地说:"狐子技师呀,你终于醒了,我们都以为你被雪山女神带走招女婿了。"徐小波开玩笑说:"我们以为你被大雪埋了,二十万年后要变成人类标本……"狐子听后哈哈大笑,他一笑活像个怪物。

十八

寒假到来，柳树成大学就要毕业了，他正在家撰写毕业论文。

春节快要到了，柳树芽母亲病情十分严重，家里给柳树芽所在的部队发了好几封电报。可就在这时候，柳树芽所在的部队遇到了一件十分麻烦的事情，那就是柳树芽所在的部队西南方向上空发现了不明飞行物，并且三次"光顾"我国西南边境。那玩意儿出现时在天空中不断变换着，一会儿像钢琴，一会儿像小提琴，一会儿像莲花，一会儿像草帽，一会儿像云朵，一会儿像晚霞……战机升空拦截时，那玩意儿不见了；飞机刚落地，飞行员想喝口水，那玩意儿忽然又出现了，它好像在和飞行员玩捉迷藏似的，为此部队高层领导召集专家召开重要军事会议。

F卫星基地和B科学院天文台的专家在会上汇报发言："从近些年航天记录情况来看，这次不明飞行物的出现肯定不是天外来客……"

W气象中心专家在会上汇报发言："从检测情况来看，肯定不是气团形成的物体……"

R雷达台站专家在会上汇报发言："肯定是金属物体，否则怎么会在雷达显示屏上出现……"

兵者国之大事，春节临近，上级首长指示："今年春节，边防部队的重要任务是把不明飞行物想办法弄住，哪怕是打下来，我们好看看到底是什么东西。"为此部队从地对空导弹二十三师和地对空导弹二十五师抽调精英瞄准手和精英射手等组成精英团队,加强防控力量。

腊月二十八那天,当人们正准备年货,迎接新的一年到来时,新组建的精英团队载着先进装备,在雪域高原公路上前行,他们悄悄潜伏在雪域高原指定位置,专门等待不明飞行物到来。

转眼进入了除夕夜,在雪山顶上,雷达在风雪中呼呼地旋转……午夜到来,以往这时候,山上执勤官兵也要吃顿山下送来的饺子,以此庆贺新年的到来。这里也贴上春联,还有总政来的文艺演出小分队上山为执勤官兵演唱,虽然观众只有六个人,演员们也要十分认真地化妆,为边防人数最少的执勤官兵用心演唱,可今年这些活动全部取消了,在值班台前柳树芽密切注视着显示器,那上面的光标一圈圈地扫描着。

中午时分,上级要求两小时一汇报情况。

下午两点,上级要求一小时一汇报情况。

傍晚时分,上级要求半小时一汇报情况。

接近午夜时分,上级要求二十分钟一汇报情况。

午夜时分,要求十分钟一汇报情况。

报告的时间在逐渐缩短。

"雪山'洞两'听到请回答,雪山'洞两'听到请回答……"柳树芽头戴耳机,右手食指"啪"一个熟练动作,将传话器打开,对着传话器,柳树芽清晰地回答:"雪山'洞两'收到,雪山'洞两'收到……"

对方问:"你那里情况是否正常?"

柳树芽回答:"雪山'洞两'情况正常。"

对方回复:"明白!"

柳树芽左手食指"啪"一个熟练动作，将传话器关掉，然后又"啪"一个熟练动作，将画面切换到标图桌上，那光标一圈圈地转着，时间一分一秒地向前推移。

值班室外面，两名技师正在仔细核对雷达数据，此时此刻徐大师的二胡静静地挂在墙上，那二胡好像屏住了呼吸，不让那不明飞行物听到任何声音似的。

桌子边的小黄前腿直立，后腿坐着，两只耳朵竖着，它好像知道要发生什么。

送给养的官兵在山道上打着手电攀登。

在山下的通信大楼里，报房的计算机键盘哗哗地响着，执勤官兵们核对着每组报文数据："11235、11235、11697、11697……"

机要室里，机要员们正在忙碌翻译电文。

载波室里，张技师、李技师、孙技师正在检查载波机的每个部件。

配线室里，孙技师、梁技师正在检查每组热线柱，确保每条线路畅通。

程控机房里，刘技师、高技师正在进行远程对接。

指挥大楼里，官兵们正在认真标图。

气象大楼里，官兵们正在检测高空大气浓度、风向和风速。

卫星大楼里，秦技师、赵技师正在与F卫星基地对接，密切监控天空动静。

官兵们每根儿神经都绷得紧紧的，他们已经在雪域高原上编织了一张非常严密的天罗地网，就等着那不明飞行物的到来。

官兵们整整忙了一夜，天亮时，在雪山下指挥观察站的屋顶上，陈团长在寒风中站了三个多小时。当星星悄悄隐没，湛蓝的天空中丝丝白云渐渐映现时，太阳也露出丝丝光亮……陈团长仍然望着天空发呆，嘴里不停地念叨："那不明飞行物怎么没来呢？难道是……"

此时，参谋长悄悄走到他身后笑着说："那不明飞行物被咱们吓尿啦，它不会来啦！"

陈团长转身严肃地说："哎！可不能大意。"

大年初一早上，正当柳树芽他们要换岗下山时，忽然接到命令："继续提高警惕，进一步监视不明飞行物动向，一定要让不明飞行物有来无回！"

十九

在遥远的德国，白鹭和德国女同学艾丽丝在一个宿舍，每当晚上就寝时，她们总喜欢用异国观念谈论爱情。在这方面白鹭和艾丽丝的观点完全不一致，白鹭认为西方人对婚姻太草率，经常把婚姻当儿戏；艾丽丝却认为东方人太隐秘，把爱情深藏心里，明明爱对方，就是不表白。但有一点却是相同的："什么是爱情，爱情就是两个异姓人组成家庭……"白鹭心想："我和柳树芽那才是天赐良缘，从小我就和柳树芽在一起，我们之间几乎也不避讳什么，柳树芽被野蜂蜇伤后，自己还给柳树芽伤口处涂抹自己和的尿泥，柳树芽机智勇敢、忠诚老实，有爱心、有责任心，只有这样的男人才能配得上我……"白鹭想着想着进入了梦乡，她梦到和柳树芽在萧太后河畔一起唱歌。

次日早上，艾丽丝和自己的未婚夫去海滩度周末了，白鹭和山东曹县来的学姐去华人俱乐部玩儿，山东曹县学姐名叫宋琴慧，她用话筒演唱中国歌曲：

我心中的兵哥哥，

你紧握钢枪保祖国，

白天我为你穿针引线绣花朵，

夜晚我梦你唱着军歌去巡逻。

我心中的兵哥哥，

我心中的兵哥哥，

因为有你祖国的蓝天飞白鸽……

白鹭坐在沙发上听得入迷，她想："天呀，这首歌曲太有中国特色了，一听就知道是中国歌曲，中国是歌曲大国，自从有《诗经》以来人们就开始用歌声表达自己的思想感情，中国人最擅长把音乐和文学语言完美融合。"

　　回到宿舍后，白鹭打开电脑，搜索中国军人，一张军人敬礼的大照片出现在眼前，她看着照片静静地发呆，柳树芽在哪里当兵，她一无所知，她只能拿出柳树芽曾经赠送自己的红五星静静地看着……她看到的电脑照片好像是在萧太后河畔绿色帐篷前见到的那位军营男子汉，这张照片上的男子汉真像柳树芽，于是她就把那张照片上的军营男子汉当作了柳树芽。其实那是一张20世纪80年代中期中国军人的照片，领章和帽徽还是三点红样式的，白鹭根本就不知道中国当代军人的领章和帽徽是什么样子，但是她想象的就是小时候见过的那样——三点红，一身绿，战士两个衣兜，干部四个衣兜。她把照片下载，带到打印店打印后，进行了精心装裱，她打印的照片比艾丽丝床头上挂着的军人照片要大。她还打印了一张四寸的，过塑后，她每天揣在上衣兜里，这张相对小的照片无论春夏秋冬，她只要一穿衣服就贴着自己的胸口，有时在左侧，有时在右侧，有时夏天出汗，照片上有汗水时，她就拿出来，轻轻地为照片擦汗，她边擦边看，有时看着照片自言自语，有时看着照片微笑。

　　艾丽丝的爸爸是德国海军某部舰艇舰长，艾丽丝的心上人是她爸爸的部下，他们虽然还没有正式结婚，但经常周末一起度假，一起居住。她把心上人的照片挂在床头，每次起床一翻身先抱抱床头心上人的照片，然后亲亲照片，再穿衣服。

　　白鹭把精心制作的大照片也挂在自己的床头，但不同的是白鹭把照片用一块大床单罩着。一个周末早晨，白鹭去图书馆看书了，艾丽丝和往常一样拥抱和亲吻床头照片后穿衣服、洗漱、整理书桌和拖地……当她打开窗户通风时，吹进宿舍的风把白鹭床头的床单吹落了，艾丽丝惊讶地发现白鹭的心上人原来是中国军人，她站在那里吃惊地捂着嘴，眼睛大大地睁着。

晚上，艾丽丝和白鹭又开始用德语讨论爱情，艾丽丝说："我爸爸说，中国军人只知道热爱自己的祖国，他们不懂爱情……"白鹭听后反驳："不！中国军人热爱祖国，但是也懂爱情，他们只是把爱情藏在心底……"艾丽丝听后着急地说："我真不明白，爱就是爱，不爱就是不爱，藏在心底干什么？"两人争论了一阵后，白鹭羞答答地说："我和柳树芽是青梅竹马……"艾丽丝不解地问："青梅竹马是什么意思？是和心上人一起骑着马去郊外游玩儿吗？"白鹭听后回答说："这种事情只能意会，无法言传。"艾丽丝听后更加不解地问："只能意会，无法言传是什么意思，是不愿意告诉我吗？"

又是一个周末的夜晚，艾丽丝又去度假了，白鹭走到宿舍的阳台上，望着夜空中的点点繁星，此时电脑音箱里传出一首幽静的歌曲：

> 望夜空，
> 望星星，
> 星星啊星星亮晶晶，
> 那是心上人的心灵，
> 那是心上人的眼睛。

为了你，我时常仰望星空，
为了你，我时常双眼迷蒙。
啊！
望夜空，
望星星，
那是你的心灵，
那是你的眼睛，
啊……

二十

正当柳树芽和战友们一起与不明飞行物斗智斗勇时，柳母的病情越来越重，昼夜不能入睡，她只能坐着。她的脸部、胸部和两只胳膊都肿得发白，为了减轻疼痛，每天只能靠打吗啡度过分分秒秒。在这紧急时刻，柳树成给大哥柳树芽和二哥柳树旺各发两封加急电报，内容都是："母亲病危，见电速归！"那加急电报只有二哥柳树旺收到了，可遗憾的是二哥柳树旺所在的部队正处在做进驻澳门准备工作的关键时期，上级要求个人要服从组织，以祖国的大事为重。

大哥柳树芽那里一点儿回信也没有，那里的雷达正在风雪中旋转，那里的官兵正在绷紧每一根儿神经，密切注视空中动向。

一天，奄奄一息的柳母把柳父、柳树芳和柳树成叫到身边说："孩子他爹，芳芳，成儿，我……不……行了，芽儿和旺儿在部队很忙，不要催促他们回来，我离世后，等他们回来时到我的坟前看看就行啦，人总有一死，在这时候，我不能拖累我的孩子。我一生最大的遗憾就是不该给芽儿订那门亲，芽儿现在都不知道此事，此事是隐瞒不住的，这也是我一生中最后悔的事。我生病后才明白，婚姻大事父母不能包办，以后你们千万要记住，婚姻大事一定要让孩子自己决定。当时我只考虑家里男孩多，娶媳妇不容易，张春花不要一分钱彩礼，可谁知道，这便宜没好货呀；张春花外表看着漂亮得就像花瓶一样，可她的内心深处也像花瓶一样空虚，这样的女子一点儿价值也没有。如果不出我预料，白鹭肯定会回来的，她才是芽儿合适的媳妇。当然这是我个人的看法，至于芽儿和谁结婚，还是由他自己决定！人将死才明白，我相信，白……鹭……会……回……来！"说完后，柳母停止了呼吸，但双眼却是睁得圆圆的，柳树芳泪如泉涌，她伸手捂着母亲的眼睛，帮母亲把眼睛闭上。

当柳树成和柳树芳正在悲痛落泪时，柳父赶紧吩咐："芳芳、成儿，你们的哥哥在部队，现在你们就是咱们家的重要力量，现在不是流泪的时候，赶快通知你舅舅、姨姨和叔叔等，让他们前来处理后事。"

不一会儿，柳母娘家的人主来了，他们帮助准备供品和入殓器具等，人们不停地忙碌着……

乡政府人民武装部的领导在柳春生的陪同下来了，柳父忙碌着招待前来吊丧的领导和亲戚们。和柳母经常在一起的姐妹们来了，她们放声痛哭："老姐姐呀，你看看我吧，你看看我吧……"

张春花母亲也闻讯赶来，大闺女张春花虽然和柳家树芽未能成双，但是还有二闺女张春美和二女婿柳树旺，从二闺女和二女婿的角度来说，她仍然和柳家是亲家。她哭得更加伤心，她把大闺女张春花路子走歪的眼泪一起流了，放声哭喊："教女不严，对不起柳家，给柳家抹黑啊……"柳父含泪在她身边劝说："亲家母呀，别伤心啦，过去的事情，就让它过去吧……"一些人走了，另一些人又来了，张各庄民间乐队吹吹打打，哀乐阵阵……

转眼两天时间过去了，丧事总管再三催促："明天就是出殡的最后期限了，今天怎么还不盖棺？"一提到此事，柳父总是吞吞吐吐地说:"再等等……"丧事总管着急地说:"不能再等啦,时间来不及啦!"

在村口老松树下,柳树芳泪眼望穿,翘首期盼,她多么盼望柳树芽或者是柳树旺能在远处向这里奔跑,见母亲最后一面,可一直等到太阳西下也不见一个人影儿。柳树芳回家后望着父亲无奈地摇摇头,父亲看到女儿的表情后,缓缓回过头,他颤抖的双唇间缓慢地吐出两个字:"盖……吧!"此时,丧事总管高声宣布:"盖——棺!"随着阵阵悲伤的乐曲,院子里鞭炮震天,家族最高长辈柳三爷宣读盖棺定论:"吕爱梅,女,享年五十岁,十八岁嫁到柳家,生有三男一女……"在宣读盖棺定论和鞭炮声中,柳春生右手举起铁锤,左手扶着铁钉"铛——铛——"那声音像敲击柳父、柳树芳和柳树成的心一样,柳树芳和柳树成眼里流着与母亲告别的泪水……站在棺材边上的柳父更是泣不成声……

　　小鸟儿停止了鸣叫,

　　小狗停止了奔跑,

　　只有那风儿吹动着树梢。

　　月儿缺,

　　月儿圆,

　　一家不圆换来的是万家团圆。

　　月儿缺,

　　月儿圆,

　　啊……

在深夜的雪山上,雷达仍然在旋转,寒风呼呼地吼叫着,那风一阵向东,一阵向西,好像在寻找什么,那风声嗖嗖的又好像在呼唤什么。

　　徐技师、孔技师、赵技师和另外一名技师正在屋外值守，柳树芽和薛技师轮班后在里屋进入梦乡。柳树芽梦到母亲在白雪皑皑的山坡上抱着一件大棉袄向自己走来，母亲边走边喊："芽儿，妈来看你，你在这里冷吗？妈要到好远的地方去，妈想你，今天来看看你，愿我儿身体结结实实……另外白鹭是位好姑娘，她肯定会回到萧太后河畔，等你们结婚有儿女的时候，那就是妈最高兴的时候……"柳树芽忽然醒来，猛地起身，他发现盖着的大衣掉到了床下，他伸手将大衣捡起，他心想："家里到底发生了什么，怎么会做这样的梦？"外面的寒风呼呼地吹着，雷达在不停地旋转。

二十一

按照规定,山上的执勤官兵半个月需要换一次岗,让大家到山下进行休整,可这次柳树芽他们在山上坚持了近两个月,这是坚守岗位最长的一次,在这么长时间里,也没有再见到那不明飞行物骚扰边境,柳树芽终于换岗了。柳树芽到山下的第一天,指导员把他叫到办公室说:"这是你们家给发来的电报,连续三封都是母亲病重,见电速归,看样子老人身体不太好,前段时间咱们都被那不明飞行物纠缠,谁也走不开,现在你赶快收拾一下,明天就回家,给你两周时间回去看看!"接到休假批示后,柳树芽一路奔波,经过两天两夜的长途奔波,在一个风雨交加的早晨,他回到了阔别十年的萧太后河畔。他望着那细雨纷飞的河滩和两岸的知青林,心情非常复杂,此时他忽然想起中学课堂上语文老师讲的:"昔我往矣,杨柳依依。今我来思,雨雪霏霏……"两千年以前的场景和心理描述,今天用在这里如此贴切……"十五从军征,八十始得归。道逢乡里人,家中有阿谁?遥看是君家,松柏冢累累……"这又是谁的创作,就好像专为自己创作的,往日的萧太后河,这个时节冰河开始解冻,冰块儿随着河水流动,天空中的白鹭、大雁等候鸟也开始成行成对地飞向这里,可是今天怎么白鹭、大雁等看不到,甚至是一只麻雀都难以见到,并且河水是黑色的,河水里见不到一点冰块儿不说,那黝黑的河水中有股刺鼻的味道。在农村长大的他,对牛粪、羊粪、猪粪、鸡粪、马粪等味道并不陌生,但是那些动物的粪便味儿再臭也不会刺鼻呛肺,今天这河水里到底是什么味道?河里的水怎么成了这个样子,河畔的女人湾是村里女人们洗澡的好地方,今日怎么变成了松柏高大的坟墓湾了?在段时光中,这里竟然松柏茂密坟冢累累,这到底是怎么回事儿?在农村长大的他,深深懂得坟冢累累,松柏才能茂密的自然生长规律,在萧太后河畔人们心中,坟冢和松柏二者是紧密联系在一起的。家乡为什么变化这么大,望着河上游的大烟囱冒着滚滚浓烟,他似乎明白了什么。

在女人湾的一棵大松树下,那新坟令他毛骨悚然,那里到底是谁的坟墓,他不由得想走近看看。当他走近时,那墓碑上的字令他惊呆了,墓碑上写着"吕爱梅",他不由得叫出:"妈,您怎么会在这里?"从电报的文字内容和部队值班时的梦境来判断,眼前这个硕大的新坟里埋的不是别人,肯定是自己的母亲。此时他悲痛欲绝,不由得跪倒在地上,大声呼喊:"妈啊……妈呀,往日您在村口等孩儿放学回家吃饭,可没想到您今天却在这里望儿回还……"

小鸟儿停止了鸣叫,

小狗停止了奔跑,

只有那风儿吹动着树梢。

月儿缺,

月儿圆,

一家不圆换来的是万家团圆。

月儿缺,

月儿圆,

啊……

在微风吹动着的细雨中,柳树芳和柳树成手提着上坟供品,在林中小道上走着。"清明时节雨纷纷,路上行人欲断魂……"当他们走到距女人湾的墓地稍近时,看到娘亲坟墓前有一个绿色背影跪在那里放声痛哭,走近时,看到穿着部队迷彩服的男子竟然是柳树芽。

回到家已经三天了,柳树芽想:"怎么没有梦到妈,这世上真的有'灵魂'多好,就像《聊斋志异》小说里描述的那样,妈变得像慈祥的老奶奶一样,不,妈怎么会变得那么老呢?妈变得像《聊斋志异》小说里的小倩,不,妈变得太年轻了,比自己年龄还小,那不成;妈变成狐狸也行,不,妈不能变成狐狸……"哎呀,柳树芽自己也说不好了,无论妈变成什么样子,他都不会害怕,总之柳树芽在思绪杂乱中想看一眼敬爱的、日夜思念的妈妈,可在这个世界上哪有灵魂呀!人来到这个世界,就像小草一样,经过春夏秋冬,然后变得枯黄,一阵寒风吹来,小草就没有了,这就是村里老人们经常说的:"人生一世,如草木一春,这是大自然的法则……"村里有的老人说,世界上是有灵魂的,灵魂怕光,还怕军装,于是柳树芽睡觉时故意把灯关闭,把军装用床单遮盖,可妈还是没有在自己的睡梦中出现。

一周后的一天夜里,柳树芽梦到妈妈端着一碗热腾腾的小米粥来到他的面前,妈说:"芽儿,听说你已经回到家了,妈最近比较忙,没空来看你,今天我专门看芽儿,我专门给芽儿熬了一碗小米粥,这是你最喜欢喝的,你把这碗粥喝了吧,给我的芽儿补补身子……"此时柳树芽端着热乎乎的小米粥拼命呼喊:"妈,敬爱的妈,我日夜思念的妈,让我看看您,让我看看您……"就在这时,柳树芽妈妈的背影越走越远,最后她消失在了茫茫天地间,柳树芽的母亲已经变成大地上的花朵了，她在芳草间和同伴们一起看着自己的芽儿、芳芳、旺儿、成儿……她在温暖的阳光下绽放灿烂的笑容。

  世界上为什么有那么多的草？

  那是妈的躯体在向春天问好。

  世界上为什么盛开那么艳的花？

  那是妈的心灵在牵挂。

  啊！

  放不下，

  洒泪花。

  啊！

  放不下，

  常牵挂，

  啊！迎不完的春啊！

  开不尽的花……

柳树芽醒来后泪水湿透了枕巾，他想:"这是妈在天有灵，还是母子亲情的宣泄，我的妈啊！您的芽儿想您！"

二十二

  柳树芽回来后，经常思考一个问题，他发现不少村民愁眉不展。在经济建设的大道上，虽然大家口袋里的钱多了，可乳腺癌、胃癌、肝癌、肺癌等那些"癌病"像恶魔一样困扰着人们，家里如果有一人被"姓癌的恶魔"纠缠，全家就得卖房子、砸锅卖铁……面对那些"姓癌的恶魔"，面对村民们的束手无策和恐慌无奈，柳树芽在村口老松树下讲述着自己的观点：萧太后河水与我们的健康紧紧相连，只要河水清澈，那些"姓癌的恶魔"就不会肆虐，我们要从源头上进行治理，彻底关闭化工厂，还我们的碧水蓝天……人们听后感觉柳树芽说得有道理，真不愧是当兵的，见多识广。

  这话传到柳春生耳朵里，柳春生却感觉不舒服，正巧柳树芽登门拜访，柳春生生气地说："你这两天回来，不在家好好陪着你父亲，到处演讲，还去乡政府上访，你长能耐了？"柳树芽解释说："叔，我不是上访，我是去咨询一下环境治理政策，顺便向有关部门汇报一下治理环境的建议。"听后，柳春生更加生气地说："啊！那还不叫上访吗？我办公室里有一大堆上访的表格要我替你填写，还得上报许多相关文字材料，你给我弄了一大堆麻烦事儿，再说了，你懂什么？听说你建议关闭化工厂，你可知道，咱们村近几年连续交税第一，就业安置第一；为了让村民就业，我多少次让村委会贾主任去求化工厂老板，没有化工厂，咱们村里的年轻人无法就业；现在楼房越盖越多，土地资源越来越少，你让村民们吃什么，我又拿什么去交税？你过两天返回部队了，我还得给你擦屁股……"柳树芽急了,他放大嗓门儿嚷:"那你也不能拿村民的生命开玩笑。环境恶化,村民的命都保不住了,你要那些第一干什么?我的叔呀,你到河边去看看,河里还有清水吗?那河畔的女人湾,女人们还能在那里洗澡吗?那白鹭和大雁还敢在这里安家落户吗?鸟儿是人类检测环境的测试表,鸟都不敢来了,人还能在这里居住和生活吗?"此时,柳春生更加生气地大声叫嚷:"你少说废话,你给我把那些上访表格填好后再走!""那些表格您自己填吧!"说完柳树芽气呼呼地走了。柳树芽出门时正好与柳春生的老伴王爱梅相遇,她买菜刚回来,看到柳树芽高兴地拉着他的手说:"芽子,别走,婶婶给你做饭,你陪你叔叔喝两杯。"柳树芽说:"婶婶,这酒我实在喝不下,等咱们村的天变蓝了、河水变清后再喝吧!"柳树芽走了,王爱梅进屋后责怪柳春生说:"你呀!孩子这么多年不回来,你说你……哎呀,你气死我了……我……"柳春生生气地说:"妇道人家,懂什么?"王爱梅生气地反驳:"啊!我是妇道人家,可是我懂得孩子长年坚守边关,未婚妻也散了,他妈也去世了,你当叔叔的应该嘘寒问暖关心自己的侄儿才对,可你呢?你刚才和孩子说什么了?你惹得孩子满脸不高兴地走了,你肯定是高高在上批评人家了,否则人家会不高兴地走吗?你这个官迷,你是被当官冲昏头脑啦!看看你,还有点儿当叔叔的样吗?另外村里那么多人患癌症,你考虑过为什么吗?你该好好想想啦!"王爱梅边生气唠叨着边做饭。

　　菜好了,柳春生自己端起酒杯噌的一口酒,感觉这酒好像有股当官的味道,另外好像有股化工厂的味道,又感觉这酒有股癌细胞的味道,又感觉……这酒到底是什么味儿,真说不出来，他放下杯子自己纳闷儿:"这芽子说得有些道理,这样下去哪能行?我是不是让钱迷住了,让官迷住了?可不能带着村民们这样致富了,再这样下去,村里的人就越来越少了,树芽他妈年龄不大,没有了;王美丽爹娘年龄不大,没有了……我得好好想想,为什么村里癌症患者越来越多,村民们越来越恐慌,不行,我得改,也许现在改还来得及。我明天得去找专家问问,我得把专家的意见和村民的意见积极向上反映,我得当好村里的带头人。村里有的人表面夸我,使我迷路了,而柳树芽这孩子有话真敢说,他真不愧是我们柳家的根儿。"

二十三

在加拿大的林芳，她除了收拾屋子和照顾胡世博外，一有空她就读书，胡世博本身就是爱读书的人，他家里的走廊、客厅、餐厅、卧室，甚至是卫生间等到处是书。一次，她从胡世博收藏的一本德文版的马克思原著《哲学与艺术》中读到了这样的句子："艺术是一种实践活动，这种实践活动纯属于精神领域，在精神生产过程中，艺术生产又是精神的特殊方式……"参加过农村劳动实践的林芳，她对"哲学与艺术的实践"理解尤为深刻，为了进一步研读《哲学与艺术》，林芳专程去了德国。在那里除了看望和照顾自己的女儿白鹭外，她经常去图书馆。在那里，她不仅研读了《马克思哲学与艺术》原著书籍，还研读了《黑格尔哲学》《德国歌剧史》《德国音乐史》《德国文学史》《巴赫传记》《贝多芬传记》《勃拉姆斯传记》《舒曼传记》《门德尔松传记》等。通过读书，林芳深深懂得，一个国家的崛起，首先是文化，而文化的崛起不是个人决定的，是由一群人决定的，是自然科学和社会科学相互影响、相互作用的结果；一个人的高度也不是个人决定的，而是身边人决定的，换种方式说就是民族文化土壤决定个人高低，只有民族文化土壤肥沃，才能孕育出伟大的哲学家、思想家、军事家、物理学家、文学家、音乐家、美术家甚至是具有卓越才能的领导者。

经过半年的在外学习，林芳又回到了加拿大。她在吃饭时与胡世博谈论半年的学习体会，胡世博为她取得的学习成绩感到十分高兴。林芳想："要说理解自己，在这个世界上，只有自己的丈夫最能理解自己；要说支持自己，也是胡世博最支持自己。"胡世博在参加研究院落成各种活动时，经常带着林芳一起出席，两人忙忙碌碌，恩恩爱爱，很是幸福。然而，不幸的是，在开拓人类文化前行的大道上，胡世博由于过度劳累，精疲力竭了。他躺在医院有气无力地叮嘱："林芳，我永远爱着你和咱们的女儿，我去世后，拜托你和女儿把我的骨灰运回祖国的安徽绩溪老家，我要和父母、哥哥、姐姐们在一起……"在忙乱和悲伤中，林芳赶紧给远在德国的白鹭打电话，白鹭接到电话后立即赶往父母处。当她赶到时，爸爸已经躺在医院的太平间了，她扑倒在爸爸身边放声大哭："爸爸……"看着眼前既熟悉又陌生的爸爸，她简直无法表达自己的情感，说陌生，她一生只和爸爸见过两次面，第一次是上大学时，而这次却是最后一次，此次爸爸已经不能说话了；说熟悉，她在德国和妈妈一起研读爸爸的著作《孔子文化发展要义》《孔家史学》《孔子与音乐》《"六艺"论著》《论语问世》《东方文艺论述》《先秦文学史学考研》《先秦音乐史研究与探索》等，爸爸是位优秀的文化人，他有学习、钻研和拼搏精神，在他的推动和筹备下，世界上成立了多个关于中华民族传统文化研究的单位。

在一个天气阴沉的早晨，林芳和白鹭以及工作人员把胡世博的骨灰运回了安徽绩溪……事情办妥后，白鹭又回到了德国继续完成学业。林芳也回到了加拿大，她在加拿大孤独的日子里，时常想起北京郊区萧太后河畔两岸的知青林，她听说北京这几年变得天蓝了，水清了……一天夜里，她睡不着，拿起笔写下了这样的诗句：

你的光辉照耀着我，

你的江河激励着我，

你的伟业感动着我，

你的荣耀在我的心中永远闪烁。

啊！祖国，

我亲爱的祖国，

你的道路那么远，

我要为你去开拓，

华夏巨轮在前进，

我的心永远紧依着你的心窝。

你的故事感召着我，

你的精神鼓舞着我，

你的旗帜指引着我，

你的尊严在我的心中永远铭刻。

啊！祖国，

我亲爱的祖国，

你的前程美如画，

我要为你去拼搏，

东方巨龙在腾飞，

我的心永远紧依着你的心窝……

　　写好后，她寄给了国内的《词刊》杂志。两个月后，她的词作在《词刊》的《放歌祖国》栏目刊登了，还幸运地被一位作曲家看到，很快谱成了歌曲。一天，林芳听说有中国艺术团来加拿大汤姆逊音乐厅演出，她怀着无比激动的心情前去观看，在台下她专注地聆听着百人交响乐队伴奏，台上的著名男高音歌唱家激情地演唱：

  你的光辉照耀着我，

  你的江河激励着我，

  你的伟业感动着我，

  你的荣耀在我的心中永远闪烁。

  啊！祖国，

  我亲爱的祖国……

想着自己的词作，听着祖国人民的歌声，林芳流下了思念祖国的眼泪。

二十四

随着科技不断进步和部队装备的进一步更新,雪域高原雷达的监控区域重新划分了。柳树芽所在连队的"雪山洞两"也更新了装备,装备更新后不需要那么多技师和官兵了。

对于柳树芽等技师,团党委开会研究认为,他们当中存在的问题是年龄普遍偏大,如果再把他们留着,一是身体顶不住,二是光棍数量严重超标。柳树芽的年龄也三十多岁了,入伍十多年来只休过一次假,战友们都知道他的心上人在德国读书,可那只是梦中恋人,十多年都没有什么音信。

对于走留问题,柳树芽心里很踏实,他认为走和留听从组织安排,因此他在走和留征求意见书上写下了这样的句子:"共产党人一块砖,哪里需要哪里搬,放在祖国的城市不骄傲,放在祖国的农村不悲观!"

两天后,转业名单出来了。一天上午,团政治处张副主任带着干部股李股长来到连队,值班排长整队时,柳树芽和技师们已经明白团领导的来意了,但他们不知道自己是走还是留。

值班排长洪亮的声音:"立正!向右看——齐,向前——看,稍息,立正——连长同志,全连集合完毕,应到一百零二人,实到六十人,其中四十二人正在岗位执勤,请指示。"

连长:"稍息!"

值班排长:"稍息!"然后值班排长站立到自己的位置上,连长走到队列前用洪亮的声音宣布:"命令!"此时官兵们两脚后跟儿一碰,啪一声全体立正,连长宣布:"根据《中国人民解放军现役军官服役条例》规定,柳树芽、孔祥武、徐小波、薛生旺、赵大勇……八名技师和栗春明、李立君、孙小帅、熊常武……三十五名老兵退出中国人民解放军现役,从宣布即日起正式实行。"

十多年了,说漫长是那样漫长,刚到部队,在冰天雪地列队,一分一秒过得是那样慢,如今没想到十多年的时光却是弹指一挥间,那次列队竟然成了柳树芽在部队的最后一次集合,从那以后柳树芽和另外七名技师,还有三十五名战士就不再是军人了。宣读结束后,八名技师和三十五名战士摘下了领章和帽徽,干部和战士们流下了告别军营的眼泪……喇叭里播放着一首熟悉的歌曲:

送战友,
踏征程,
默默无语两眼泪,
耳边响起驼铃声。
路漫漫,雾蒙蒙,
革命生涯常分手,
一样分别两样情。
战友啊战友,
亲爱的弟兄,
当心夜半北风寒,
一路多保重。

送战友,
踏征程,
任重道远多艰险,

洒下一路驼铃声。
山叠嶂,
水纵横,
顶风逆水雄心在,
不负人民养育情。
战友啊战友,
亲爱的弟兄,
待到春风传佳讯,
我们再相逢,
再相逢……

　　这是1980年上映的电影《戴手铐的旅客》中的一首歌曲。此电影干部士兵看过的不多,对电影内容也不怎么了解,但是其中的歌曲,每到干部转业和士兵复原时期,连队大喇叭里总要播放这首歌,因此大家已经耳熟能详了。

　　今年不同的是,这次干部转业和士兵退伍的数量是在这里建团以来最多的一次,因此战友们的离别氛围和离别之情显得更加浓重。那天晚上,连队为即将离开军营的干部士兵们准备了一顿丰盛的送行晚餐,晚餐宴会上,团政委在张副主任和李股长的陪同下来到连队,团政委举着酒杯感慨致辞:"在这艰苦的环境里,我们培育了特殊的情感,就像歌曲唱的那样,'战友,战友亲如兄弟……'一日当兵,终生为兵,希望大家永葆军人本色,退伍不褪色,流汗流血不流泪……"

　　次日早上,下了一场大雪,不知为什么,也许是季节的原因,也许是天气的挽留,这场雪下得比哪一年都大,大雪茫茫送老兵,来时大雪茫茫,走时仍然是大雪茫茫。屋顶上的高音喇叭里仍然播放着那首令人揪心的歌曲:"送战友,踏征程,默默无语两眼泪,耳边响起驼铃声……"

车来了,仍然是绿色的大卡车,要把离队的干部战士送到日喀则,卡车在缓缓开动,战友们拥抱、敬礼和挥手。

  雪茫茫啊,
  雪茫茫,
  大雪纷飞离营房,
  怎能忘,
  踏雪登山去上岗,
  怎能忘,
  爬冰卧雪守边防。
  转眼就要离营房,
  军营情结永难忘。
  啊……

在返回内地的火车上,柳树芽静静地望着窗外,他忽然看到不远处有一只白色的大鸟,那大鸟与火车同一方向展翅飞翔,那只大鸟是白鹭吗?在火车上,柳树芽的心跟着天上的大鸟飞了起来,飞向高处,飞向低处,飞向小河,飞向绿洲,飞向湖泊,飞向京城东郊的萧太后河畔。

  那不是神话,
  那不是传说,
  绿色的小草在听,
  天上的云朵在听,
  你听啊!
  那萧太后河畔的柳树会唱歌。

它在歌唱蓝天，
它在歌唱花朵，
它在歌唱对美好生活的向往。

二十五

　　回到家第一天，柳树芽遇到了一件十分麻烦的事儿。他同一家族中有一位比他大三岁的堂哥，名叫柳树壮，此人一米七八的个头儿，在成长的过程中不知什么时候添了说话嘴巴歪、眼睛斜和结巴的毛病，他说话时对方几分钟也等不到他说出一个字，真是急死人，因此在村里谁也不愿意和他说话。也许是这个原因，他一直没有娶到媳妇，三十多岁的人了，他的父母着急得像热锅上的蚂蚁，这事儿越是着急越是没有人上门提亲。柳树芽的堂伯父柳老汉本身要孩子就晚，就柳树壮这么一根儿独苗，要靠他传宗接代，可偏偏没人上门提亲，这可怎么办，啥时候才能抱上孙子。

　　一天黄昏，柳老汉正要去姨妹家商量为柳树壮提亲的事儿，忽然从村口老松树下的豪车里蹿出一个人，那个人神秘地问："大爷，您要女人吗？"柳老汉开始没有反应过来，他认为这人在"拉皮条"，或者是在戏弄自己，他生气地说："我老汉今年七十多岁了，我要女人干什么？滚开，别烦我！"说着，他衣袖一甩走了，可是他刚向前迈了两步，忽然反应过来了，赶紧回去问："你，你说什么？"那神秘人一看有戏，上前小声说："大爷，我车上有两个女人……"说着，他让柳老汉进车，柳老汉进车后看到在车的后座上用绳子绑着两个女子，嘴唇分别用布条缠绑着，模样都不差，他疑惑地问："她们这是……"那神秘人小声说："大爷，她们一个是五万元，一个是十万元，那个年轻漂亮的，还是姑娘，她十万元，您看……"柳老汉心想，这年头真是有钱能使鬼推磨，自己听说过卖牛、卖马、卖羊，如今有卖人的了，既然是传宗接代，当然要选个漂亮的，可就是价格高了一些，自己手里只有三万元，离十万元还远着呢……柳老汉边想边说："你把车停到我家门口，有人问，你就说是我们家亲戚，我抓紧去凑钱。"

两天前有一位外地来的小老板，盯上柳老汉家的老宅了，他想出十万元把老宅买过去办厂子，看样子只能去找他了，于是他赶紧去找小老板。一到那里，小老板心想："前两天柳老汉还一口否定，今天忽然送上门儿了，真是天上掉馅饼，好运来了城墙都挡不住。"在很短时间内两人成交了，双方签订了协议，柳老汉拿着钱匆匆走了。

柳老汉认为拿老宅换儿媳妇值得，而柳树壮认为自己年龄不小了，靠提亲说媒的方法娶媳妇是没戏了，这样挺好。那个神秘人拿到钱后不见了踪影。媳妇已经到家了，此时已接近深夜，在柳树壮家的小屋里，柳树壮的母亲心疼地边给买来的儿媳妇松绑边说："哎呀，闺女，看把这小手勒的……来！赶快喝点热水，闺女呀，我们家都是好人，我们家孩子没什么大毛病，说话就是有些结巴，我和他爹年龄都不小了，就想让你帮我们家生个娃，我和他爹有生之年好抱孙子。既然你来到我们家了，咱们就是一家人了，我们一定会好好待你，肯定会把你当自家闺女养。"此时，姑娘却一直在摇头，随后她双腿跪地泪如雨下，乞求道："大娘，我是被骗来的，我家里有兄弟姐妹，有爹娘，我想回家，求求您放了我吧，啊！求求您了……"柳树壮母亲听后赶紧弯下腰，拉着姑娘的手说："闺女啊，快起来，放可不行呀，我们家可是花十万元钱把你买来的。看着你这白生生的黄花大闺女，我们怎能舍得放啊，求求你，你留下吧，留下为我们家生个娃吧！你如果实在不喜欢这里，生娃后你可以来去自由。现在放可不行啊，大娘我求求你了，你就留下吧，看在我和他爹年龄大的份儿上，求求你了……"两个人相互求了近一小时，姑娘又累又饿，实在没有力气说话了，柳树壮母亲误认为姑娘默认了，赶紧到厢房去叫儿子入洞房。此时柳树壮一切准备就绪，就等着母亲召唤呢，可他到小屋一看，屋子里已经空无一人了，那姑娘逃跑了。黑天半夜她会逃到哪里？柳树壮和母亲赶紧追。"那可是十万元呀！白生生的黄花大闺女，我的十万元呀，你跑到哪里去了呀，快要急死我了。"老太太边追边唠叨着。

那天夜里，柳树芽父亲闹肚子，柳树芽正想出去为父亲买药，一出院门，忽然一位姑娘向他的怀里扑来，姑娘着急地说："大哥，救……我！"柳树芽一听面前的这位姑娘说话和贵州战友徐小波口音一样，二话没说，立刻把她拉进自家院子，赶紧把门关上。这时，他听到街上有匆匆的脚步声，还有人小声嘀咕："明明看见跑到这里了，怎么忽然不见人影儿了？我的十万块呀！"柳树芽把姑娘带进自己的小屋，模仿贵州话问："你怎么弄成这个样子？"姑娘见柳树芽会讲家乡话，就一五一十地叙述："我名叫唐小花，我去年高考离省大学分数线只差两分，打算明年再考，我参加了镇上的补习班，补习费很高，为了支持自己补习，哥哥外出打工赚钱；为了给自己增加营养，母亲隔三岔五给我做好吃的，有时回家吃，有时母亲送饭到学校。那天，母亲没有来，我感冒了，和老师请假去医院看医生，出校门后，学校门口有许多跑黑活儿的车，我上车后睡着了，等醒来时发现已经被绑上了……刚才那家人说花十万元钱买了我,让我为他们家生娃,我不想生娃,我想回家,我母亲和哥哥肯定在到处找我,我想回家继续上学,麻烦大哥帮我……"

柳树芽从唐小花描述的情况分析是自己的堂哥柳树壮,柳树芽心想:"帮助唐小花,其实就等于帮助自己的堂哥柳树壮,堂哥怎么会这样,事情闹大了堂哥柳树壮会坐牢的……"想到这里,他从自己包里拿出了两千元钱,这是离开部队时,部队补发的交通补助和两个月的伙食补贴。母亲生病治疗时留下了许多外债,再说父亲年迈,随时需要用钱,偏偏又碰上了这种事儿。救人要紧,柳树芽把两千元钱递到唐小花手里,他说:"这个你拿着作为路费,赶快换上这件衣服,这是我在部队穿过的作训服,你就凑合穿着吧,路上能抵挡凉风,现在趁天还没有亮,我送你到火车站。"说着,他把自己战友徐小波家的电话写在纸条上,递到她的手里。一切安排妥当后,柳树芽骑着自行车,带着唐小花经过村北的木板桥,直奔火车站,一路上柳树芽叮嘱:"我的战友名叫徐小波,他热爱音乐,懂医学,为人正直,喜欢帮助人,你到你们的县城后联系他。我名叫柳树芽,只要你提我的名字,他会送你回家。我刚从部队转业回来,部队不让用手机,我估计他也没有手机,他家里的电话你一定要记好,你找到他,他能帮助你,到时候你就可以见到你的父母了。"到火车站后,柳树芽把唐小花带进一家小饭馆,点了一份米饭、一个青菜和一个热汤,柳树芽说:"快吃吧,吃饱就可以回家了。"

饭菜和汤来了,唐小花刚拿到筷子就狼吞虎咽起来。她说:"我已经五天没有吃饭了……"柳树芽说:"慢点儿吃,时间来得及,喝点儿热汤。"

上火车后,柳树芽到乘警室里和列车乘警说:"这个小姑娘第一次出远门儿,麻烦您照顾,千万不要让她走丢!"乘警说:"明白,您放心吧!"

火车开动了,唐小花向窗外望着柳树芽,流下了感动的眼泪。唐小花心想:"要说好男人,刚才这位大哥才是真正的好男人,他办事儿干脆利索,外貌英俊潇洒,还有正义感。"

在站台上,柳树芽望着远去的火车,心里感觉踏实多了。他正要返回,一回头惊讶地看到堂哥柳树壮站在自己身后,柳树壮怒目圆睁,一着急嘴更歪,眼睛更斜,说话更结巴:"我……说……弟弟……你们当……当兵……还有这……个义务……你当……当当……兵长本事儿了?你你……把她放……走了,那……好,她走了……你你……能帮我……生……生娃吗?"

柳树芽耐心地解释:"哥哥呀,你强迫人家给你生娃,那可是违法的,是要坐牢的,你想想,假如你家里有个妹妹,被人拐卖了,你会是什么样的心情?"

柳树壮结结巴巴地说:"那……我……不管,冤……有头,债……有主,你……不能给我生娃,你把……我……我的十万元钱还给……我。"柳树芽说:"哥哥,咱们先回家吧,弟弟会给你想办法的……"说完,柳树壮气呼呼地转身走了。柳树芽赶紧跟随,多少年没有见面了,这次见面偏偏遇到了这种事,他多想和堂哥柳树壮好好聊聊,可柳树壮生气地问:"你……你跟着我干什么?"柳树芽说:"我打一辆车,咱们一起回去,路上好好聊聊。"柳树壮更加生气地说:"休……想,咱们的事儿没……没完!"

次日早上,柳树壮肩上扛了一根大木棒,他走进柳树芽家院子,然后冲进屋子,把柳树芽家里的二十四英寸大彩电一棒子打了个稀烂,接着把家里的家具也推翻在地,他气呼呼地指着柳树芽的鼻子说:"赶……紧弄那……十万……元,否则下次来我就打……打烂你的脑……袋。"他结结巴巴地说完走了。柳树芽父亲生气地说:"你还愣着干什么?赶快报警啊!"柳树芽冷静地说:"爹,我看这种事儿咱们还是先别报警了,一报警,警察赶到,他们给堂哥柳树壮记上一笔,他娶媳妇就更难了,要想解决这个问题,还需要时间,我会处理好的,您放心吧!"可就在这时,乡政府民政科打来电话,让柳树芽去谈转业安置的事儿。柳树芽赶到后,民政科科长说:"虽然今年军队转业安置工作比较难做,但是西藏转业回来的干部是一定要给安置的,目前咱们乡政府城管执法大队办公室有个副主任岗位……"柳树芽听后说:"首先感谢组织关心,这个岗位先安置其他战友吧,我这几天家里有点急事儿,父亲身体也不好。"说完,柳树芽走了。

又过了几天,柳树芽在井台边打水时遇到了柳树壮,柳树芽主动上前搭话:"哥哥,媳妇早晚会有的,你不要着急,咱们一起想办法。"柳树壮听后生气地说:"就像我们……这……样的……一过三……十……岁……谁还跟……哪像你……国……家干部……张春花跑了,还会有别的花……"此时,柳树芽听到这里一愣,他惊讶地问:"你说什么,张春花和我有什么瓜葛?"柳树壮接着说:"怎么……你……还不知道?张……春花给你戴绿……帽子……你自己家……的事儿都管不……好,还整……天管别人……家的……事儿。"说完,他气呼呼地走了,对于柳树壮刚才说的张春花……柳树芽确实弄不明白。两天后,柳树芽和父亲去豆各庄乡自由市场买东西时,柳树芽找了个合适的时机问起此事,父亲说:"……那是我和你妈给你办的一件很不成熟的事儿,过去的事情就让它过去吧!"柳树芽听后终于对上号了,难怪那天在村北的木板桥上柳树芽与领着孩子的张春花走了个对面,张春花用十分尴尬的目光看着柳树芽,当时柳树芽在想,张春花是自己弟媳妇的姐姐,按说张春花应该称呼自己为哥哥,可张春花没有这样称呼,而是用十分尴尬的目光看了自己一眼,然后快速地把目光移开了……跟在柳树芽身后的刘嫂嘻嘻哈哈地说:"那是你的前妻!"当时刘嫂那样一说,柳树芽更弄不明白,今天终于明白了。

　　面对堂哥的紧逼,柳树芽心想:"等转业安家费一到账就先把他那十万元还给他,可他又想,转业安家费全算上也就是十五万元左右,一下拿出十万元是不是太多了?再说母亲病重期间的医疗费多半是舅舅给出的,当时各项花费合计有二十五万元之多,舅舅的儿子要买房子和办婚礼,急需用钱,这可怎么办?柳树芽思来想去,假如真的拿出十万元,柳树壮估计也不会要,他主要是心里有气,要想解决这个问题,得先给柳树壮理理这口气,可单靠自己的力量是不行的,目前他正在气头上,弄不好会火上浇油,这个问题要想解决,得靠外人帮忙……"于是他想到了王美丽和何大渡。这几年,王美丽在村子的东南口开了一家河畔饭店,何大渡专门为饭店办了个养猪场。何大渡虽然只是小学毕业,但他是个地地道道的动物专家，他身上有许多家传秘方，比如猪什么时候交配，什么时候生崽儿，怎样喂养，怎样给猪治病等，他心里十分清楚。他养的新品种猪六个月成熟，个头儿不大。他从东北引进人参，从贵州引进灵芝，用玉米和大豆配制成饲料，一天喂猪六次，让猪少吃多餐，那猪肉十分鲜嫩，为此人们称之为"人参灵芝猪"。他和王美丽密切配合，把河畔饭店开得红红火火，每天客人爆满，客人多数是来品尝王美丽的厨艺和何大渡的人参灵芝猪肉的。

  柳树芽在客人散尽时来到河畔饭店，他和王美丽说明来意。王美丽听后说："一会儿我让人去叫柳树壮来这里吃饭，把何大渡也叫来，我这里有钱，如果他要钱，我就当场把钱给他，估计他不要钱……"柳树芽听后高兴地说："美丽姐，你真棒，你和我完全想到一起去了，他是不会要钱的，有你和大渡哥帮助，这个疙瘩就解开了！"

  柳树壮到了，在饭店的一个小包间里，他们四人围着圆桌，王美丽说："今天请你来主要是把钱还给你。"说着，王美丽从手提包里一捆一捆地往外拿钱，她边拿钱边说："钱在这里，你数数，你把钱拿走后，你和柳树芽的事儿就两清了。"此时，柳树壮果然改口，他歪着嘴，斜着眼，结巴着说："谁……要你们的……钱，我要的是女……人，是……是柳树芽把……我的女人给放走……了。冤有头，债有主，柳树芽放走我的女人，我就和……柳树芽要女……人。"柳树芽听后说："哥哥呀，人家高中刚毕业，去年考省大学只差两分，咱们是人家叔叔辈儿的，你硬要让人家为你生娃，人家根本不同意嫁给你，你绑架人家，那是违法的，即便是有了孩子，人家起诉你，到那时候，你是要坐牢的。婚姻大事，一定要走正道，强扭的瓜果不甜，就像美丽姐和大渡哥他们一起艰苦创业，大展宏图多好……"王美丽和何大渡相互对视，他们的脸都红了，王美丽狠狠地拧了一把何大渡的胳膊，虽然他们俩还没有正式完婚，但是已经很亲密了，这一亲密的举动却让柳树壮垂涎三尺，他心想："自己啥时候也能有女人拧自己一把，就是再痛也愿意……"此时，柳树芽接着说："天下好女人哪里都有，就看自己是不是好男人。就说咱们村的曹二丫吧，她早对你有爱意，可你整天吊儿郎当，一不高兴就抡棒子，砸电视，砸门窗，别说是曹二丫，就是树上的麻雀也被你给吓跑啦！你的性格和脾气不改，有哪位姑娘敢嫁给你，你一生气还不把人家的命给要了？"柳树芽动之以情，晓之以理地说服，让柳树壮低下了头。

柳树壮回到家，晚上躺在炕上辗转反侧，他想："这柳树芽说得有些道理，不妨按照他的思路去试试？"接着他转身又想："可是我对人家紧紧相逼，还砸烂人家的电视，人家能帮助我吗？"他一转身又想："只能明天试试，管他成不成，只有试了才知道……"

次日早上，柳树芽刚起床，听到有人敲门，他开门一看，原来是自己的堂哥柳树壮，他骑着一辆三轮车，上面拉了一台二十四英寸的大电视，十分不好意思地歪着嘴，斜着眼，结巴着说："弟……弟……这……台……彩色电视……你收……下，这……是我一大早去……商场新……买的。"听到这话，柳树芽立马明白是怎么回事儿，他微笑着说："哥哥，快进家！"于是，柳树壮抱着电视进了家，他把电视放好后，继续歪着嘴，斜着眼，结巴着说："弟……弟，我想好了，那钱我不……要……了，另外你见多识广，你帮哥哥出出……主意，那曹二……丫……她怎么会……喜……欢……我。"柳树芽思索片刻，他从桌上拿了一本诗歌文集说："哥哥回去把书中的第二首诗《教我如何不想她》念熟，不要打磕巴，弟弟喜欢听哥哥念诗，一周后请哥哥来给弟弟念诗。"拿到书后，柳树壮高高兴兴地走了。

天上飘着些微云，
地上吹着些微风。
啊！
微风吹动了我头发，
教我如何不想她？
月光恋爱着海洋，
海洋恋爱着月光。
啊！
这般蜜也似的银夜，
教我如何不想她？
水面落花慢慢流，
水底鱼儿慢慢游。
啊！
燕子你说些什么话？
教我如何不想她？
枯树在冷风里摇。
野火在暮色中烧。
啊！

西天还有些儿残霞,
　　教我如何不想她?

　　在柳树壮家里,柳树壮每天大声朗读:"天……上……飘……飘……着些微云,地……地上……吹着些微……微风……啊……微……风吹动了我头发,教我如何不……不想……她……"

　　一周后,柳树壮来了,他很顺利地把《教我如何不想她》念下来了,一点儿磕巴也没有,可还是嘴巴歪,眼睛斜。在朗诵时,柳树芽辅导:"哥哥向左看,嘴唇向右,哥哥往右看,嘴唇向左……"两个人练习一小时后,柳树芽说:"今天练习得很好,哥哥一周后再来。"临走时,柳树壮问柳树芽:"弟弟,你说《教我如何不想她》这首诗的作者刘半农是干什么的?这首诗写得真好,我……我每天朗诵着这首诗就好像我在想念曹二丫,仿佛曹二丫也在想我……"柳树芽听后高兴地说:"如今哥哥学诗真是上路了,此诗的作者为刘半农,他是江苏江阴人,是中国新文化运动先驱,是文学家、语言学家和教育家,他出生于我国晚清时期的文化家庭。他的父亲刘宝珊是一位晚清秀才。他的二弟刘天华,是著名作曲家、二胡演奏家和音乐教育家,其著名二胡作品有《月夜》《良宵》《空山鸟语》等,他在音乐界很有地位。刘半农的三弟刘北茂也是二胡演奏家、作曲家和教育家,他的《汉江潮》《小花鼓》《流芳曲》等,在音乐界也很有地位,他们兄弟三人被后人称为晚清文坛三杰……"柳树壮听后惊讶地说:"天哪!原……来是这样,难怪这诗写得如此……入心入脑,看样子艺术家要想成气候,还必须就得像咱村人家……养的……鸡、牛和羊一样……

扎堆儿……"柳树芽听后说:"哥哥说得太对了,人们常说独花难芬芳,独木难成林嘛,搞艺术就得一群人相互影响,相互作用,在艺术人才扎堆儿的地方才能出现艺术大家……"听到这里,柳树壮高兴地说:"我和弟弟就要经常扎堆儿在艺术里……"

  一周又过去,柳树壮按照约定时间又来了,柳树壮眼不斜了,嘴也不歪了,柳树芽开始教他气沉丹田和发声练习,这次他们开始朗诵舒婷的诗:

    我是你河边上破旧的老水车,
    数百年来纺着疲惫的歌;
    我是你额上熏黑的矿灯,
    照你在历史的隧洞里蜗行摸索;
    我是干瘪的稻穗;是失修的路基;
    是淤滩上的驳船
    把纤绳深深
    勒进你的肩膊;
    祖国啊!
    ……
    我亲爱的祖国!

  在练习朗诵中,他从近代抒情诗又转向古代爱国诗,他们大声朗诵:"怒发冲冠,凭栏处,潇潇雨歇……"从那以后,他们兄弟经常凌晨在知青林里出没,傍晚时分,他们就到河畔饭店吃饭,两人好得就像一个人儿似的。柳树芽父亲看着他们兄弟一起出没的身影,高兴地说:"他们本身就是堂兄弟嘛!"

  转眼半年过去了,一次,柳树壮参加北京市朝阳区文学创作协会在朝阳剧场举办的"爱祖国爱北京爱朝阳"诗词朗诵比赛，来自朝阳区四十三个街乡以及社会单位代表共二百多名选手参加，柳树壮朗诵了自己的原创现代诗作《爱在朝阳》：

亲亲这里的草，
闻闻这里的花，
用心播下一片绿，
只为美景映彩霞。
啊！心在朝阳，
爱在朝阳，
家在朝阳住，
汗为朝阳洒。

亲亲水边的草，
闻闻路边的花，
用心栽下一棵绿，
只为美景映彩霞。
啊！
人在朝阳，
心在朝阳，
家在朝阳住，
汗为朝阳洒。
啊，人在朝阳，
心在朝阳，
家在朝阳住，

共祝朝阳美如画……

《北京，一个闪亮的名字》：

在宽阔的大道旁，

我为您播种绿色的小草，

在肥沃的土地上，

我为您种植棵棵小树，

在大街小巷的标牌上，

我为您擦洗岁月的尘土，

在美丽的田野上，

我为您谱写壮美的乐章。

啊！北京，

一个闪亮的名字，

您的庄严和荣誉永远铭刻在我的心上。

在清澈的护城河边，

我用心聆听您的笑语，

在雄伟的广场上，

我深情注视您的神奇，

在人群簇拥的掌声中，

我放声为您歌唱，

在飘香的万花丛中，

我用艳丽的色彩描绘您的华章。

啊！北京，

一个闪亮的名字，

您的荣耀和尊严永远镌刻在我的心上……

他以连贯的气息、饱满的声音和良好的台风获得了特等奖。柳树壮参加比赛获奖的消息传到金牛坊村后，村民刘嫂在村口老松树下眉飞色舞地讲述："哎呀呀，你们没去现场是不知道啊！咱们村的柳树壮西装一穿，台上一站，那个叫帅啊。他朗诵起来嘴不歪了，眼不斜了，也不结巴了。他的朗诵可以说用不着音箱，那声音就好像是从天上下来的一样，让在场的观众惊呆了。颁奖时朝阳区文联领导和著名朗诵艺术家瞿弦和，还和咱们村的柳树壮一起合影留念。哎呀！这要成事儿啊必须得有贵人相助，这柳树壮的贵人是谁，至今也不知道啊……"此消息传到河畔饭店后，王美丽高兴地说："柳树壮的贵人那还用问，肯定是柳树芽，每天傍晚他们来这里吃饭时还在包间里练发声……啊啊啊啊，咪咪咪……并且还喊部队口号'一——二——三——四'，肯定是柳树芽把在雪域高原上的换气方法和在部队喊口号的声音技巧传递给柳树壮了。他们还经常在饭店包间谈论诗词朗诵的吐字和归韵，比如什么，发花韵、梭波韵、乜斜韵、一七韵、灰堆韵、怀来韵、姑苏韵、由求韵、遥条韵，言前韵、人辰韵练习……他们还练习'八百标兵奔北坡，北坡八百炮兵炮，标兵怕碰炮兵炮，炮兵怕把标兵碰……'他们还谈论诗词、朗诵心理学和台上表演姿势……"

比赛结束后，柳树芽把柳树壮与朝阳区文联领导以及艺术家的合影照片电子版拿到图片社打印成一张大照片，并且到琉璃厂文化西街太和轩书画装裱店装上了红木框。

柳树芽抱着镶着木框的照片来到柳树壮家，他叮嘱柳树壮的母亲："大娘，这照片和获奖证书要在堂屋中央的柜子上摆放，每天要用鸡毛掸子把照片和证书掸干净，保证一尘不染。

常言道：'家有梧桐树，难免凤凰来。'不出两个月必然会有凤凰在此院降落……"柳树壮母亲听后不解地问："哎！看你这孩子，凤凰是故事里传说的神鸟，如今这世界上哪有什么凤凰啊！"柳树芽听后笑着说："肯定会有的，您就瞧着吧！"叮嘱完，柳树芽走了。柳树芽走后，柳树壮母亲心想："这孩子在冰天雪地、美如仙境的地方当兵多年，见多识广，万一真的有凤凰飞来，自己一定要把凤凰抱住……"从那以后，柳树壮母亲每天早上打扫完屋子、照片和证书后，她都要到院子里看看是否有凤凰飞来降落。

　　一天早上，柳树壮母亲刚走到院子，想看看是否有凤凰飞来，刚要抬头看天，忽然听到有人敲门，她赶紧边走边说："来啦，来啦，谁呀……"一开门，她看到眼前站着两位警察，把她吓了一跳，警察问："这是柳树壮家吗？"柳树壮母亲心惊胆战地回答："是……是的，你们有……什么事儿？"警察问："一年前是否有一位外地人，以给你们家柳树壮介绍对象为借口，从你们家骗取了十万元人民币？"柳树壮母亲听后声音缓慢地回答："是，有的，我们家弄了个人财两空，别提那窝囊的事儿啦，就当破财免灾吧！"说着，柳树壮母亲深叹一口气，然后落下了后悔的眼泪……警察安慰说："您老人家别太伤心，如今这个案子已经水落石出了，否则我们怎么会知道是您家的事儿呢。一位名叫柳树芽的先生在一年前向我们及时报案。一天傍晚那个骗子在金盏乡皮村行骗时，被那里的朝阳群众围住，我们赶到时，在他车上还发现了一位被绑架的女子，那位女子获救了，在审问中，我们根据柳树芽的报案情况，很快就查清是您家的事儿了。您在这张单子上签好自己的名字，明天就可以让您儿子柳树壮带着身份证,去我们单位领取这笔款项了!"

"什么?你们是说,我们可以拿回属于自己的十万块钱啦?"听到这里柳树壮母亲简直不敢相信自己的耳朵,她激动地又问了一遍,警察肯定地回答说:"是的!我们还有公务,先走了。"

次日下午,柳树壮去派出所拿回了一年前出手的那十万元人民币,他感叹:"此事儿多亏柳树芽兄弟,否则不但拿不回钱,自己肯定也进去了。"

又是一天早上,柳树壮母亲收拾好屋子,同时用鸡毛掸子把照片和证书掸得干干净净,她刚走到院子,想看看是否有凤凰飞来,正要抬头看天,忽然又听到有人敲门,柳树壮母亲心想:"还是警察吗?"她赶紧边开门边问:"谁呀?"开门一看原来是曹二丫的妈妈,柳树壮母亲高兴地问:"哎哟!二丫妈,这哪股风把您给吹来了?"曹二丫妈进院子大门后心不在焉,她目光边搜寻着什么,嘴里边说:"我来……是想……借您家三轮车去拉点儿菜……"说着,还没有让她进屋,她就一直往屋里走,这哪是借三轮车,分明是来看什么东西的……进屋后,一看到柜子正中央的大照片和证书激动地问:"哎哟,这不是咱们壮壮的大照片和获奖证书吗?"柳树壮母亲高兴地说:"可不是嘛!这孩子自从获奖后总是早出晚归,听说咱们乡政府要组建地区文联,要他去担任什么诗词朗诵协会副会长,还要让他举办诗词创作和朗诵培训班什么的……"两位老太太聊着,不知不觉一个小时过去了。曹二丫妈妈看看表说:"哎哟,我说壮壮妈,这时候不早了,我得赶快回家做饭……"说着,她就往外走,到门口时柳树壮母亲忽然想起了什么,她着急地问:"哎!二丫妈,你不是说来借三轮车吗?这三轮车就在院子里呀!"此时,曹二丫妈妈恍然大悟说:"啊啊!三轮车明儿借,明儿借……"说完,老太太走了,柳树壮母亲纳闷儿:"她怎么神神秘秘的,好像不是来借三轮车的。"

第三天早晨,果然有人到柳树壮家提亲来了,女方不是别人,正是曹二丫。原来在两天前,曹二丫妈妈听说柳树壮获奖,诗词朗诵大赛上柳树壮的眼不斜了,嘴不歪了,说话也不结巴了,家里还有获奖证书和与艺术家以及朝阳区文联领导的合影照片,并且还当上了诗词创作和朗诵协会副会长。为此曹二丫妈妈去家里以借三轮车为名,专程上门打听,这一打听,果真如此。喜欢唱京剧的曹二丫年龄也不小了,怎能错过这样的好机会,这知根知底儿的好事儿,千万可不要被别人抢先了,如果那样,自己的闺女可就要成为剩女了。在媒人和父母的催促下,在柳树芽的背后策划和助推下,柳树壮和曹二丫领取了结婚证。

那天河畔饭店十分热闹,王美丽担任伴娘,何大渡担任伴郎,柳春生担任证婚人,柳树芽忙来忙去帮助迎接客人,在婚礼现场,柳树壮朗诵了自己的原创诗作:

  你是鲜花,
  在春光里静悄悄地开。
  我是蜜蜂,
  唱着歌儿向你飞来,
  你的艳丽点燃了我的情爱,
  我的情爱啊让你在人生的道路上绽放光彩。
  啊!

我向你飞来，

向你飞来，

是那美丽的春光让我们在人间相爱。

你是鲜花，

在萧太后河畔静悄悄地开。

我是大雁，

唱着歌儿向你飞来，

你的美丽点燃了我的心爱，

我的心爱啊让你在茫茫人海中绽放光彩。

啊！

我向你飞来，

向你飞来，

是那天上明月让我们在这里相爱。

啊！

我向你飞来，

向你飞来，

在人世间我们有甜蜜的爱情，

也有美好的未来……

曹二丫呢，演唱了自己的原创京剧选段《曹二丫新唱》：

树壮啊，

萧太后河畔春水绿，

风吹鲜花香满地，

燕子飞来筑爱巢，

蜜蜂飞来酿花蜜。

从今后，曹二丫我心中有了你，

为你缝补衣，

为你烧茶水，

为你养宝宝，

为你做美味。

累了你就回家来休息，

渴了你就回家来喝水，

人生的道路上，

咱们是湖中的鸳鸯，

咱们是天上的凤凰，

海枯石烂心永结，

百年恩爱成双对，

同心同德幸福长，

天阔地宽比翼飞……

村里的京剧乐队现场伴奏，一阵歌声，一阵京剧，婚礼很是热闹，在婚礼现场人们起哄："今天给伴娘王美丽和伴郎何大渡也一起办了吧……噢！"王美丽被人们取笑得脸颊发热，何大渡看到王美丽白里透红的脸和一双水汪汪的大眼睛更加美丽……他忍不住跑过去，大胆地把王美丽抱了起来，全场更加热闹了……大家一直折腾到下午五点才逐渐散去。客人们走完后，柳树芽他们这些帮忙人员才开始坐下来吃饭。

昨天晚上柳树芽高兴，喝多了，今天是周日，他刚起床，迷迷糊糊听到有人敲门，出去一看，一个漂亮女子站在门口，柳树芽眨了眨迷糊的双眼问："你是？"那个女子微笑着说："柳大哥，怎么不记得啦？一年前是您把我送到火车站的呀,今年我考上北京外国语大学了,在那里专门学习德语,因为今天是周日,我们没课,所以我就从海淀区魏公村专程来看您。"此时柳树芽忽然想起来了,他激动地说:"啊!唐……"那位女子机灵地说:"唐小花。"柳树芽说:"啊!是,快快屋里坐,没想到,真是没想到啊,变化太快了,祝贺你……"柳树芽边给客人倒热水边问:"那天你回去见到我的战友徐小波了吗?"唐小花高兴地回答:"见到啦!就是他把我送回家的,他还帮我联系补习班,在他的帮助下,我很顺利地考上了北京外国语大学德语学院。"柳树芽高兴地说:"哎呀,真是太好了啊!祝贺祝贺,我战友徐小波他还好吗?"唐小花说:"他很好,这是他的手机号。"柳树芽接过纸条后说:"好!太好了,我一会儿就联系他。"接着唐小花拿出了早就准备好的两千元钱说:"柳大哥,这两千元钱是在我最困难的时候,您帮助我的,人来到这个世界上要学会感恩,您的恩情,我会永远记在心里,必须要择机报答您,这钱您一定要收下……"听到这里,柳树芽说:"哎呀!事情都已经过去了,就不提那事儿了。另外你现在正上大学,需要费用,这钱你就拿着用吧!"唐小花说:"您帮我的恩情,我一时半会儿不好报答,但是这钱等于我是之前问您借的,一定要还的,我今天一是来看看您,二是来还钱的,我从家里来京上学时,我妈妈千叮咛万嘱咐,说我在北京曾经有贵人相助……让我把钱一定要还给您,我知道您家里现在也不富裕,您就拿着吧!"说着,唐小花把钱放在书桌上,柳树芽看了一眼,思考片刻,他动作十分利索地从那两千元钱上抓了一把,看也没看,放在一个信封里说:"这样吧,你既然今天专程来看我和还钱,这钱我就不谦让了,但是这几张你得拿着，你现在正求学，自己也没有工资，目前还是靠家里支持，既然我们在巧合中认识了，也算今生有缘，你把这些钱拿着，就算是大哥对小妹完成学业的捐赠、支持和帮助吧，祝你学有所成……"说着，他给唐小花装在衣兜里，唐小花红着脸说："柳大哥想得真是太周到了……"柳树芽说："你就拿着吧，欢迎你经常来我们这里，我们村庄发展需要文化人才，等你学好了，可以来我们这里开展一些德语培训，或者帮我们翻译一些相关资料什么的，你一定要努力学习，将来会有大用处的……"唐小花听后激动地说："柳大哥真是有情有义的人，我一定好好学习，不辜负您对我的希望……"此时她好像想起了什么，她问："哎，柳大哥，柳树壮现在在干什么？"柳树芽高兴地说："他呀！昨天和我们村的曹二丫举办了婚礼，他也进步很快，在朝阳区举办的诗朗诵比赛活动中获得了最高奖，他现在是咱们乡政府文联诗词创作和朗诵协会副会长……"唐小花听后惊讶地说："啊！真是没想到啊，他也能取得如此进步，真是不容易啊！"

那天，柳树芽把唐小花送回了海淀区魏公村北京外国语大学。在校门口，柳树芽被唐小花的女同学们看到了。在女生宿舍里，女同学们打趣问："刚才送你回来的那位男神，气质非凡，他是谁呀？"唐小花红着脸羞答答地回答："那是……曾经救过我的恩人！"同学们接着打趣："哈哈，有那么帅的恩人呀，英雄救美可是难得的好机会呀！"

次日大早，金牛坊村发生了一件大事儿——金牛坊村民委员会贾主任把河滩八亩果园地私下出租给了河上游的化工厂老板钱速成，租期为五十年，化工厂老板钱速成把一千五百万元现金私下给了金牛坊村民委员会贾主任,贾主任用那一千五百万元现金为自己的儿子在朝阳区世贸公寓附近买了一套楼房。消息传来,全村炸锅了,王美丽首先不赞成,她着急地说:"前几年,河上游的化工厂离我们这里远,可现在我的河畔饭店边上要建一家新的化工厂,客人们谁还敢来吃饭呀!"何大渡更是反对,他生气地说:"如果建了化工厂,我的猪怎么办,那些猪即便是凑合着活,我的人参灵芝猪不就变成化工猪了吗?谁敢吃化工猪肉啊!"为此柳春生去找贾主任,贾主任一口否认:"没有此事!"柳春生生气地说:"马上就要开工建厂房了,你还不承认?"柳春生生气,再加上急火攻心,他血压猛然升高,就晕倒了,被紧急送往北京工人体育馆南门对面的北京市朝阳区中医医院。

村里的事儿没人管了,化工厂马上要开工建厂房,在建厂房过程中,果园里所有的桃树、杏树、梨树、樱桃树、核桃树等都要连根儿拔起,那可是几代人用心血培植的果园啊!建厂的工人们已经到果园边上了,何大渡、王美丽和柳树壮等村民组成护园队,他们手举铁锹和大镐,愤怒地喊着:"谁敢动我们的果树?"那些施工人员多数是外地人,他们摸不清状况,谁也不敢轻举妄动……面对村里一片混乱的局面,乡政府紧急召开党委会研究决定:"柳树芽从部队转业回来一年多时间了,没有安置工作,他本人对安置工作没有兴趣,再说已经错过安置期限,不能安置了,因此组织决定让柳树芽代理金牛坊村党支部书记兼村委会主任,主要负责处理村里的日常事务,等半年后换届选举时间一到,再根据选举情况正式任命。"柳树芽接到暂时负责工作通知后,他心想:"自己刚开展工作就要去找原在任多年、资历颇深的村委会贾主任谈话，贾主任肯定不服气，效果也不会好。"因此柳树芽把所有村民召集到村口老松树下，开了一个讨论大会。在讨论会上，王美丽积极发言："多少年来，我们都一直停留在父亲为儿子买房子的思想意识中，甚至有的父亲利用自己手中的职权为自己的儿子在城里买楼房、买豪宅，可是有多少父亲知道，即便父亲为儿子在城里买了房子或者是豪宅，如果儿子没有生存本领，物业费都交付不起，最终还不是以大换小、以小变无。因此真正的父爱，不是为儿子买楼房或者买豪宅，而是教育儿子刻苦学习，堂堂正正做人，勤劳致富，让孩子用自己的双手去创造属于自己的幸福生活……"在讨论会上，柳树壮慷慨陈词，他以诗一般的语言阐述自己的观点："绿树环绕，河水奔流，不知什么时候，先民们给您取了个好听的名字'金牛坊'，啊！多么好听的名字，祖先的希望和文化基因在你的血脉里流淌，你是我的心头之爱，你是我心中圣洁的殿堂，我们在这里一起劳动，在这里幸福地居住。啊！金牛坊，美丽家园，亮丽的村庄，我用心呵护你，呵护你的容颜……"何大渡激动地说："小时候，我爷爷经常给我讲，人会死的，为村庄做过好事儿的人，我们永远会记得，损害我们村庄利益的人，我们也会记着他的臭名！"村民王老爷子说："如果我现在想吃鱼，我买两条；如果我现在想吃虾，我买两只；如果因为贪财哪天进去了，想吃鱼谁给做，想吃虾谁给买……"村里的退休老教师说："要法律干什么？有法必依，违法必究，决不能让违法的人逍遥法外，事情总会弄清楚的……"讨论会上你一言我一语，贾主任和儿子也在现场，他们低着头一言未发。贾主任本来打算不去参加讨论，可是自己又想，如果不去，就会让村民看出破绽，所以只能硬着头皮去了。一个小时过去了，大家的发言还没有结束，由于时间关系，这次只能讨论到这里，大会结束时，柳树芽没有作最后总结发言，而是用笔详细地做记录。

夜很深了，柳树芽正在整理今天大会的讨论笔记，忽然听到有敲门声，他去开门，发现门口站着泪流满面的贾主任的儿子贾小辉。柳树芽关心地说："小辉，有什么事进屋说吧！"进屋后，贾小辉给柳树芽扑通一声跪下，他着急地正要说什么，柳树芽双手把他扶起，安慰道："坐着说吧！"贾小辉说："求求柳叔，救救我爸，我爸他病倒了，他说自己的命不久将要结束，他最大的愿望就是想让您帮他把这件事情处理好，他把河滩地私下租给化工厂老板钱速成确有此事，他为我在城里买房也有此事，但只是交付了订金，是在我名下的，本周内可以撤回……"柳树芽听后说："目前咱们需要做的是，你明天上午抓紧撤回购房订金，咱们把钱退还给化工厂钱速成老板，我去和钱老板谈，让他解除租地合同，咱们争取明天全部把这些事办完，后天可没有时间了。"

两天后，正像柳树芽预料的那样，朝阳区政府纪委工作组人员和乡政府的纪委工作组人员一起来到金牛坊村，他们不是为河滩地的事儿来的。河滩地的事儿，化工厂钱老板已经把租金收回了，建厂合同也撤销了，这些事情纪委工作组人员心里是非常清楚的，原村委会贾主任的事情已经解决得很彻底了，事情没有酿成大祸，在公安机关介入以前，贾主任背着腐败村主任的耻辱离开了人间。

这次工作组人员是为另一件事儿来的，村里有位老党员，名叫宋大鹏,他年龄近五十岁了,身体胖胖的,脸黑黑的,头发白白的,戴着副高度近视眼镜。此人外表看起来挺有修养,自从柳树芽代理村党支部书记和村主任以来,他跟着柳树芽跑前跑后,忙里忙外,工作十分积极,除了工作之外,他还经常挨家挨户给居民们送大米、白菜、萝卜和鸡蛋……为此退休老教师的老伴儿高兴地说:"哎,我说老头子,咱们村现在的风气正了,你看老党员宋大鹏多会体贴群众,你说是不?"退休老教师手里端着茶杯沉思片刻说:"嗯,'项庄舞剑,意在沛公',我说老婆子,他送来的那些东西,你先放着别动,我这就去找何大渡来把那些东西拿走,让何大渡拿去喂猪……"说着老教师往外走,老婆子不解地问:"哎,这……这好好的东西,喂猪多可惜呀!"老教师边走边说:"很可能猪都不吃!"老教师找到了何大渡,何大渡说:"不行,常言道,'凤凰乌鸦不同音,香花毒草不同根',那种人的良心已经被老鹰叼走了,我不和那种人同流合污,他送的那些东西来路不明,我的猪吃了肉就不新鲜啦!"

  一天早上,纪委工作组人员要找宋大鹏谈话,宋大鹏心想:"关键时刻就要到了,再过两天就要召开村民选举大会了,今天纪委工作组人员肯定是来了解一下自己的思想和身体状况,也就是简单履行个程序,然后选举大会上全票通过,自己终于可以当上朝思梦想的金牛坊村党支部书记了,至于柳树芽那小子只是代理,他太嫩,看我老汉三招两计就把他拿下,然后趁机会再捞取些上边下拨的拆迁费,为日后储备点儿费用,这年头没钱可不行……"宋大鹏路过垃圾桶时,他看到垃圾桶边上有许多好端端的白菜和大米,他边走边纳闷儿:"难道自己昨天送的白菜和大米,人们没吃,扔了?"自己又想:"哎呀,顾不上管那么多了,自己先去谈话吧!"到了谈话现场,区纪委工作组人员、乡党委书记和乡纪委工作组人员等都在现场,乡纪委工作组组长贺文辉生气地说:"宋大鹏,你给区政府写的信,区纪委工作组都一一核实过了,你在举报信中写,柳树芽和贵州女子唐小花有不正当暧昧关系,贵州女子唐小花为柳树芽生了小孩后,柳树芽不和贵州女子唐小花完婚,为此贵州女子唐小花投河自尽……纪委工作组亲自去贵州核实,根本没有此事,唐小花根本没有投河,现在在北京外国语大学上学,以上纯粹是你自己听风信风、听雨信雨和胡编乱造。另外你写信说柳树芽还和王美丽有不正当的关系,可王美丽否认,何大渡也不承认……你作为村里的老党员,不能实事求是反映问题,表面上关心群众,对柳树芽本人阿谀奉承,可你在背后干了些什么?在村子拆迁问题上,你给李二头家多报了三十平方米,李二头他们家拿到拆迁款时,他私下给了你十万元,你们一共套取上级下拨的拆迁款达五十五万元。你为了达到自己的目的,干的是损害国家利益的事。你的所作所为给国家和组织造成巨大经济损失,影响极坏,你已经丧失了共产党员的党性,组织绝不会冤枉一个好人,更不会放过一个坏人,经组织研究决定,对你进行拘留看管,开除党籍。在看管期间,所有非法所得的赃款全部追回……"听完后,宋大鹏出了身冷汗,他被工作组人员直接从现场带走了。

居民选举大会那天,老书记柳春生从医院回来了,居民们都想让他给大家讲讲话,他站在高台上感慨地说:"我的一生是在自己喜欢唱的戏文中效仿'真善美'度过的,这几年,咱们村发生了这样或那样的事情,但是我坚信在这个世界上,真的就是真的,假的永远是假的。另外,我年事已高,身体也不好,精力有限,把更多的时间和机会留给年轻一代吧,我相信比我年轻的人会带领大家踔厉奋发新征程,奋楫扬帆向未来,希望大家珍惜自己手中的选票,投自己心中的人选一票吧!"

在选举大会上,柳树芽全票通过,大家一致同意他担任金牛坊村党支部书记。

二十六

白鹭飞啊,
白鹭飞,
轻盈的身姿惹人醉,
你在空中抱白云,
白云化雨润大地,
你在空中迎日月,
春夏秋冬又一回。

白鹭飞啊,
白鹭飞,
洁白的身姿惹人醉,
你在空中放声唱,
迎来春光暖大地。
你在空中展舞姿,
萧太后河畔无限美。

啊!
白鹭飞,
这里的小路等着你,
这里的绿树盼你归,
萧太后河水奏响欢迎曲,
京郊大地焕生机。
啊……

在德国，白鹭的博士学位论文顺利通过答辩，在学院大礼堂，她和自己的博士生导师艾特米亚先生一起合影留念。艾特米亚十分喜欢自己的这位来自东方的学生，他一心想让白鹭留校任教，同宿舍的艾丽丝同学更是希望白鹭留下来。一次她把白鹭领到家里做客，艾丽丝爸爸一眼就喜欢上了这位来自东方的姑娘，他问艾丽丝："这位东方姑娘是否愿意留下来，嫁给我的部下做太太？"艾丽丝解释说："爸爸，人家已经有男朋友啦，是位中国军人！"艾丽丝爸爸听后摇头说："中国军人离开部队后的待遇没有这里好。"

山东曹县学姐宋琴慧毕业后留在了柏林美德基亚建筑设计研究学院，在那里工作两年多了，她对自己的单位和工作十分满意，她非常希望白鹭能去她的单位，和她一起工作。但是白鹭仍然想着回国，最初白鹭想着回北京，她听说北京这些年变化很大，发展很快，再说还有柳树芽和柳春生大叔等，这些年也不知道他们怎样了。她在北京相关网站上发了许多个人求职简历，但北京方面没有一点儿录用回信。此时她收到了上海一家建筑设计院的录用聘请书。此建筑研究院创建于1952年，祖国改革开放后与华东、华南和宁波等建筑设计院合并，组建了上海大世界现代建筑设计（集团）有限公司，这是一家具有国际领先工程咨询、建筑工程设计、城市规划、建筑智能化及系统工程设计资质的综合性建筑设计公司，是世界最具规模的设计公司之一，公司通过 ISO 9001 质量管理体系认证，被授予上海市质量金奖企业单位。

在一个细雨蒙蒙的早晨，白鹭在德国机场和同学艾丽丝、山东曹县学姐宋琴慧等送行人员拥抱后道别，她们落泪了。

到了上海后,白鹭和自己的专业同行在一起切磋着,快乐地工作着。

公司住宿条件很好,她自己住一套一百二十平方米的公寓宿舍。在床头上,她仍然挂着那张在德国打印的中国军人照片,不同的是每天起床后,她也学着艾丽丝先拥抱那张大大的床头照片,亲亲,然后再穿衣服。她每天上衣兜里仍然揣着那张小的照片,无论春夏秋冬,她仍然让那张照片贴着自己的胸脯,有时在左侧,有时在右侧,有时出汗把照片浸湿,她就轻轻给照片一边擦汗一边对着照片笑笑,然后亲亲。

上班一年后,一个周末,她从外滩散步回来,发现自己门前放着一个漂亮的大纸盒,她拆开后,看到里面装着一束鲜花,花间插了一张粉红色的小纸条,上面写有一行清秀的小字:"美在心中生,爱比花芬芳。"多么有诗意,多么浪漫,她想了很长时间也不知道是谁送的。

第二天下午,她去业务部刘华新经理办公室汇报项目进展情况,汇报结束时,刘华新问:"收到花了吗?"白鹭一愣,连忙说:"啊……收到了,那花是您送的吗?"刘华新肯定地点点头,然后他接着问:"下班后,有兴趣一起吃饭吗?"白鹭大方地回答:"咱们是同事,您又是我的项目领导,当然可以啦!"白鹭回到自己的宿舍后,心想:"刘华新比我大八岁,他已经有妻子和女儿了,听说他的妻子在另一家建筑设计公司上班,女儿正在读小学三年级,学习很好,他为什么想着'另立门户',难道他要学习德国人的自由婚姻吗?"出门时,她拿出上衣兜里的照片看看,对着照片笑笑,对着照片亲亲,然后把照片小心谨慎地揣在老地方,唱着歌儿去赴约了。

在上海外滩华尔兹餐厅的安静角落,刘华新一边照顾白鹭吃饭,一边倾诉:"其实,我太太根本不了解我,对孩子也一般,在家里她从来不洗衣服,我自己工作忙,没空洗,生活太累……"白鹭听后微笑着说:"这些话其实您应该对您的太太倾诉,你们好好交流,耐心沟通,孩子都有了,在这个世界上,有了共同的孩子,那就是真正的夫妻了,还有什么不可以沟通的?"刘华新说:"没法沟通,其实自从你入职那天,我就感觉你是我心中最合适的太太人选,现在实现爱情梦想还来得及……"白鹭听后打断他的话说:"我有男朋友……"说着她拿出照片让刘华新看,当刘华新伸手要去接时,她立刻把手收回来,她不愿意让其他人触摸那张照片,她担心刘华新的手不干净,会把照片弄脏。此时刘华新看到照片差点儿笑喷,他说:"从照片的年代看,你的男朋友比我的年龄都大很多,因为那张照片还是三点红时期的军装,那是中国军人自卫反击战时期的照片……"从那以后,刘华新总认为那张照片是假的,认为白鹭说自己有男朋友也是假的,故意弄张假照片戏弄自己,所以他对白鹭更加紧追不舍,今天给白鹭买一对儿耳环,明天给白鹭买一枚戒指……但是这些都被白鹭委婉地拒绝了,她心想:"这样的男人吃着碗里,看着锅里,整天朝三暮四,西方很崇尚婚姻自由,但也不是婚后自由啊,正因为自己想着柳树芽,所以才决定回国,接到工作录用通知后,来不及到金牛坊找柳树芽,有机会我一定要到北京去找他,他如果结婚了,我就独身一人过后半生,如果他还是一个人我就和他成亲……"为此,她一有空就打开北京的相关网站浏览着。

一天，人事部总监张莉要请白鹭吃饭，白鹭心想："张莉比自己大十多岁，她是丁克家庭，性格直率，难道她要给刘华新经理当说客？管她是不是说客，先赴约吧，不去不合适。"在上海五角场附近的泰加乐酒店一层的江南人家餐厅的小包间里，张莉开门见山："咱们董事长公子在台湾高雄有家公司，他自己在垦丁公园边上还有个六亩地的庄园，那里面对大海，可以说风景宜人，生活舒适，现在就差你这样一位儒雅大方的太太上门儿了，我仔细看过你的简历，你的年龄和学历非常适合董事长公子……"听到这里，白鹭这才明白原来张莉是为这事儿忙碌，她果断地说："首先谢谢张姐关心，这事儿可不能用照顾您和董事长的面子去说事儿，我已经有男朋友了，他曾是咱们国家的边防军人，我们失联多年了，估计他现在转业回北京了，我正和他联系，现在的通信技术越来越发达，我估计很快就会联系上他。我们是青梅竹马，我们发过誓，千里万里两颗相爱的心要永远在一起……"张莉反应很快，她说："妹妹过于认真啦！我只是顺便帮董事长问问，董事长也不是那种小心眼儿的人，我想他也明白强扭的瓜果不甜这样的道理，当作我什么也没说就是了。"

白鹭回到宿舍后没精打采，忽然妈妈打来电话："白鹭，妈妈再跟你说一遍，你的终身大事可真得上点儿心啦，再过一个月你都三十二了……"白鹭听后故意用京剧的腔调打岔："妈妈，放心，此事儿小女子自会定夺，请您——就——放宽心吧！"林芳："哎呀，你这孩子什么时候才能长大……"白鹭笑着说："妈——妈，我本是胡家女子……"在电话里说一阵，唱一阵，笑一阵……电话那边，林芳着急地说："和你一提这事儿,你就打岔,挂了挂了。"

  白鹭虽然和妈妈高兴了一阵,放下电话后,她还是回到了现实当中,她想:"到处都是婚姻大事,就像催命一样,真是大姑娘门前烦心事儿多,柳树芽,你现在在哪里?"她打开网站浏览北京的萧太后河畔,没看到柳树芽的相关信息,忽然一条治理萧太后河征求意见草案的帖子进入她的视线,她仔细看着,看后不由自主地就撰写起了相关草案。

二十七

萧太后河改造工程和生态公园建设工程设计工作正在一步步推进。一天,乡党委书记把柳树芽叫到办公室,他说:"今天让你来是和你商量萧太后河改造工程和生态公园建设工程设计方面的事儿,我在邮箱里看到一份《萧太后河改造工程和生态公园建设工程设计草案》,咱们就建议区政府用这份吧,这是上海一家建筑设计公司发来的,这个设计者真是神了,她竟然知道萧太后河畔有几个村庄,甚至知道河畔有十里长堤的知青林,知青林里有条小路,小路边上有几块平整的大石头她都知道。"柳树芽听到这里一愣,心想:"建筑设计师会是谁?"书记把设计方案递给了柳树芽,柳树芽仔细阅读,读到最后的落款留名和联系方式时,他惊讶地出声:"白鹭?果然是她!"此时书记迷惑不解地问:"怎么,你们认识?"柳树芽说:"白鹭和她妈妈插队时住在我叔叔家,我们从小一起长大,后来她到德国读书去了……"书记说:"噢!原来是这样,我这就让人和她联系,争取约她北上,咱们共商'萧太后河改造工程和生态公园建设工程'的大事,如果她愿意回到这里工作,咱们就把她留下……"

在上海外滩的高级公寓里,白鹭正在与远在加拿大的母亲林芳通电话,白鹭着急地说:"妈妈,我再跟您说一遍,我的终身大事真的不用您操心啦!"林芳更加着急地说:"你这孩子,也不想想,再过一个月你都三十二了,我像你这个时候……"白鹭和妈妈打趣说:"您像我这个年龄,都当了萧太后啦?"此时,白鹭模仿京剧念白:"各位卿家,明日随哀家到南京一寻,那里的每一条河流、每一片草场都是我大辽的……"林芳说:"白鹭,你一点儿正形儿都没有,给我说点儿有意思的!"白鹭淘气地继续用京剧念白:"是的,母后,待本公主向您一一道来,这第一嘛,是北京到上海的高铁又提速了。"林芳故作生气地说:"知道了!"白鹭又淘气地说:"北京申奥成功啦,咱们要在家门口办奥运会啦!"林芳一字一句地说:"你——告——诉——我——我——不——知——道的!"白鹭语气夸张地说:"北——京——萧——太——后——河——开——始——改——造了!"林芳听后惊讶地问:"啊?萧太后河开始改造了,这可是大新闻,你快和妈妈说说,打算怎么改造?"此时,传来门铃声,一个快递小哥站在门外,白鹭边打电话边问:"谁呀?"快递小哥回答:"快递!"白鹭一边打着电话一边开门,快递小哥看着气质优雅的白鹭感到有些紧张,白鹭把快递文件签收后夹在腋下,向快递小哥做了一个感谢的手势,然后用身子把门关上,边走边拆开文件。白鹭接着说:"妈妈,前几天我给朝阳区豆各庄乡政府发了一封电子邮件……"林芳幽默地说:"不会是让朝阳区政府帮你登个征婚启事吧?"白鹭嗲声嗲气地说:"妈妈,不带您这么挤对人的,我真的哪一天去了相亲节目,您千万不要大惊小怪!"林芳说:"别跟我开玩笑啦,你告诉我,你给朝阳区豆各庄乡政府写了什么?"白鹭用京剧腔调念白道:"啊——母后,我来告诉您,我给朝阳区豆各庄乡政府写了一封《关于萧太后河改造工程和生态公园建设工程设计方案》,不,应该叫'工程设计草案'。"林芳听白鹭说起萧太后河改造工程和生态公园建设工程设计时,她猛地从沙发上站起来，快步走到墙边的一张北京市地图前面，在地图右下方用一只手摸了几下说："你能不能给我讲一下你的构想？我太想知道了，昨晚我还梦到萧太后河畔呢，这人呀年龄一大，思乡情绪就越来越重啦，我都想回到当年插队的地方啦，也不知你柳春生大叔他们怎么样了。"白鹭神秘地说："妈妈，我不想现在就告诉您我的构想，刚才朝阳区豆各庄乡政府发来一封快递信件，豆各庄乡政府的领导对我提出的《萧太后河改造工程和生态公园建设工程设计草案》很感兴趣，希望我近日到北京和他们商谈，如果我愿意去那里工作也行。他们正在搞萧太后河沿岸生态文化遗存调查呢，在不久的将来要开工改造啦！"林芳情不自禁地说："什么？你要去北京，去后一定帮妈妈看看那里的人们，看看那个地方是否有变化，看看你柳春生大叔他们……"挂电话后，林芳放声用京剧声腔高唱："萧太后河、金牛坊，我的萧太后河，我的思念，我的故乡……"

在河畔饭店里，王美丽愁眉不展地说："这些年，你好不容易精心打造的新品种猪有市场了，可要闹什么萧太后河道改造，这一改不知道改成啥样子呢！"何大渡在旁边郁闷地说："这些年，你的饭店好不容易生意做起来了，可要闹什么萧太后河道改造，这一改不就把你多年打造的河畔饭店给改没了吗？说是要给安置工作，那不就是给别人打工去了吗？"王美丽接着说："可不是嘛，要不咱们把柳树芽叫来问问？"何大渡说："我看还是算了，这改造河道听说是上边的意思，我估计他也没个准信儿，听说《萧太后河改造工程和生态公园建设工程设计草案》是上海的一位女工程师设计的，这……这上海人哪懂咱们村的事儿，我看这上海人纯粹是来这里捞钱和搞破坏的，我真不知道豆各庄乡政府的领导是怎么想的，竟然从上海请专家，听说那位上海女工程师明天晚上就要到了，咱们得想办法把她弄走！"王美丽迷惑不解地问："咱们把她弄走？哪有那么简单，咱们除非是……"她边说着边把嘴凑在何大渡耳朵边上，何大渡听后满意地点头说："嗯！好，就这么办！"

那天，白鹭已经决定要回北京工作了，人事部总监张莉也是事先知道的，她为白鹭办理了离职手续。白鹭就要回到童年生长的地方了，她的心情非常激动，只要一有空闲她就在想："现在的萧太后河畔不知是什么样子，也不知道柳树芽成家了没有……"那天是从上海虹桥机场飞往北京的飞机，晚上八点在顺义机场降落，柳树芽按照计划好的时间前去迎接，可白鹭不知道有人去接她，柳树芽也没给白鹭提前打电话，原因有许多，这么多年没有联系了，柳树芽实在不知道白鹭是否有心上人，或者是否结婚，总之这电话没法打。他一路琢磨着，这次见面后先和白鹭说些什么。他一边开车一边想着，当他想到张春花的事儿时，心里更乱得像长草一样，由于心情烦乱，柳树芽把白鹭的手机号码也忘在家里的书桌上了，他心想直接到出站口等着吧。可谁知飞机一落地，白鹭十分利索地第一个出站了，她一看没什么认识人，心想："自己本身就是在这个地方长大的，让人接干什么。"她出站后，自己打了一辆出租车，指挥司机向着自己童年生长的地方去了，一路上她和出租车司机不停地聊着北京的变化。

柳树芽晚到了一步，他一直等到乘客全部出来也没见到白鹭的人影儿，他赶紧开车往回赶。

白鹭到金牛坊村时已经是晚上十点了，她自己正想去童年住过的小院儿看看，忽然从村口老松树下蹿出两个相貌古怪的人，他们张牙舞爪地向白鹭走来，那两个相貌古怪的人神秘地说："小姑娘，你认识我们吗？"白鹭心想："自己在这里长大，在国外读书那么多年，从来没见过鬼，今天回到童年生长的地方，怎么忽然遇到鬼了，在这个世界上根本就不可能有鬼，肯定是谁在装神弄鬼戏弄自己。这金牛坊村的人们向来擅长装神弄鬼，那年他们装神弄鬼还帮助妈妈挑猪粪，如今要装神弄鬼戏弄自己了……"她假装着十分害怕的样子，然后胸有成竹地试探着。她一会儿讲英语……一会儿讲德语……一会儿讲法语……一会儿又讲西班牙语……对方一点儿也听不懂，从这方面可以判断这两个装神弄鬼的人学问一般，肯定是本村人，如果自己没有猜错，也许是何大渡哥哥和王美丽姐姐在装神弄鬼，随后她用京腔京韵的语调儿问："我不认识你们，你们到底是什么鬼？"那两个人听后神秘地回答："我们不是鬼，是萧太后河里的神。"白鹭听后心中暗喜，心想："啊！原来是与河道治理有关，肯定是触动他们自身利益所致。"她接着问："请问两位河神大仙，有何高见？"那两个相貌古怪的人故作神秘地说："小姑娘，这萧太后河不适合改造！"听后，白鹭更加明白："果然是来阻挡萧太后河道改造的。"那天晚上，柳春生睡不着，他决定出去转转，回来再睡。当他走到村口老松树附近时，听到前面有人在说话，他走近后发现其中两个人是化装过的，他心想："这大半夜的是谁，他们在干什么?"他再往前走几步,立刻认出化装的人了。他担任村干部这么多年,可以说对村里的每个人都了如指掌,凭他们怎么化装他都能准确辨认他们。此时他又想:"这么晚了,这两个人还化过装,他们在搞什么鬼?"于是他赶紧走过去大声喊:"这么晚了不睡觉,在这里干什么,三更半夜装神弄鬼,吓唬谁?"那两个相貌古怪的人一看柳春生来了,一溜烟跑了。柳春生老眼昏花,他眯着眼一看留下的是一位姑娘,这位姑娘是谁呀?他走近些,在光线昏暗的树下,他眯着眼还是看不清,他又向前走了一步,再看看,惊讶地喊道:"啊!白鹭,怎么是你呀,你不是在国外读书吗?怎么回来啦?你妈妈呢?"白鹭一看是柳春生大叔,她激动地上前抱住柳春生……亲人相见,不知是高兴,还是伤心的眼泪,两人都泪流满面。柳春生关爱地问:"孩子,怎么就你一个人回来了,你爸爸和妈妈呢?"一提到爸爸,白鹭更加伤心得泪如泉涌,她说:"爸爸不在世了,我一生只见过爸爸两次,第一次是刚要上大学时;第二次,也是最后一次,爸爸躺在医院的太平间里……如今妈妈还在加拿大,在这个世界上,您和妈妈就是我最亲、最熟悉的人,我可想您了……"柳春生擦擦眼泪说:"我苦命的孩子,咱们先回家吧!"他们俩进院后,柳春生和白鹭说:"十多年了,你既然回来了,就还住你和妈妈曾经住过的房间吧。里面的床铺和家具都是原样摆放,以前是你大婶帮你们打扫房间,你大婶去年不在了,她住萧太后河畔的女人湾坟地了。我也不担任村干部了。你柳树燕姐姐(柳春生唯一的女儿)已经嫁到通州张家湾了,她很少回来。这几年村里的外地人越来越多,房租的价格也越涨越高。去年一对儿外地夫妇带着孩子要租这两间屋子,我不同意,无论给多少费用我都不出租,我留着这两间屋子,就等于留着一份对你们母女的念想。我整天没事的时候就打扫你们住过的房间,这样也可以锻炼身体……"

在屋里,白鹭很久没有入睡,她看着墙上自己和妈妈的合影照片,那时白鹭扎着两个小辫儿。她不禁感慨:"十多年的时光仿佛就在昨天,就在眼前……"墙上那张珍贵的照片是妈妈花了八角钱照的,那八角钱可是省吃俭用才攒下的呀,那时候八角钱能买好多东西。那是她和妈妈来到村里的第一年,村里来了一位会照相的中年男人,扛着一个大大的架子,他钻到架子后面的红布里,在那里面设置好后,他走出来,在一个带着线的橡皮球上快速使劲儿地握了一把,那大照相机的镜头咔嚓响了一声。一个月后,那位会照相的中年男人又来了,他把照片给了妈妈,妈妈本打算把那张照片给爸爸寄去,但那时候妈妈不知道爸爸的下落,若干年后,爸爸来信了,妈妈想按照爸爸给的地址寄去,可发现照片已经过时了,只好买一个木框把照片挂在墙上。她和妈妈出国离开那间小屋的时候,柳婶含着眼泪说:"把墙上的照片留下吧,我们想你和孩子的时候就看看墙上的照片……"妈妈含着眼泪点了点头,然后转过身双手捧着脸,妈妈落泪了……可这次回来,柳婶已经不在世了,屋内的床铺和柜子依然完好如初。白鹭拿起手机对屋子进行拍照,并把小屋墙上的照片通过手机拍摄后一起传递给远在加拿大的妈妈。林芳从手机上看到当年住过的小屋仍然完好如初,并且被柳春生打扫得干干净净,思乡的泪水一下子湿透了衣襟,当她在电话里听到柳春生的妻子离世时,她更加伤心,一边擦泪一边用京剧的腔调唱:"我失骄杨,君失柳……"唱完后她的眼泪更加无法控制,她一边流泪一边自言:"我来到这个世界是来干什么?当年我为什么去金牛坊村,我为什么又走这么远,我为什么失去心爱的丈夫,柳春生为什么失去爱妻,这到底是为什么?我走千里,我走万里,为什么萧太后河畔的人们总在我的梦幻里;我紧依着你,我眷恋着你,萧太后河畔的金牛坊村啊!今生今世你在我的心中,你在我的睡梦里,我在你的怀抱里……"

王美丽和何大渡回到河畔饭店,他们俩感觉十分意外,王美丽说:"怎么会是那个小丫头,她不是到德国读书后留在德国了吗?她怎么又回来啦?"何大渡思考片刻说:"回来是好事儿,你想啊,她从小和柳树芽一起长大,这次回来让她留下,当咱们金牛坊村的媳妇!"王美丽心里一乐,她微笑着问:"万一人家有个黑人或白人老公怎么办?"说着,王美丽故意噘着嘴,撑大喉咙学着:"This is my wife……"此时,何大渡生气地说:"什么外父、舅父的,就是有外国老公,我何大渡也要让他们离了,然后让白鹭嫁给柳树芽,让她当咱村的媳妇!"王美丽听后更是咧开嘴乐着,她轻轻地打了何大渡一拳,高兴地说:"你可真行!"

次日大早,白鹭听到院子里的喜鹊在树枝上叽叽喳喳地叫着,她赶紧起来,简单洗漱后,沿着林间小道跑到了河边,由于河上游的化工厂已经关闭了,所以河水在逐渐变清。小鸟在枝头上鸣叫……在杂草丛中,有许许多多的青蛙在那里蹦跳,柳树上蝉的鸣叫虽然有些吵闹,但也是和当年一样动听。清晨的阳光照得树叶闪着银色的光亮,远处的知青林在清晨的阳光下反射着绿波……她张开双臂呼吸着这里的新鲜空气，扭扭腰，踢踢腿，向上蹦跳数次，然后心想："自己走了那么远，去过那么多地方，还是这里好啊！目前存在的问题是河水流动性一般，如果疏通河道就好了，争取利用两年时间，在加强治理河道的同时，建造绿色生态园。到那时白鹭、大雁、天鹅、丹顶鹤、黄鹂、杜鹃、鸿雁、野鸭、老鹳等候鸟都会定期飞向这里；到那时候真可谓'一行白鹭上青天'啦！"

　　她沿河边走着，想着，看着，一切都是那么熟悉，此时她想到和柳树芽在河边泼水的往事；她想到在河滩玉米地里和柳树芽一起烧黄豆，在贪吃的过程中，两个人都变成了黑嘴唇；她想到妈妈和村民们在萧太后河畔的庄稼地里收土豆，她和柳树芽在土豆堆上玩儿争高处，圆圆滚滚的大土豆，让他们怎么也站不稳……他们拿着土豆到大石头后面去烤，还没等烤熟，两个人就捧着半生不熟的土豆啃了起来，土豆啃了一半后发现内部不熟，他们又扔到火里继续烤，然后再继续啃着。

　　在回家的路上，白鹭巧遇柳树芽，她的心情十分激动，她很想让柳树芽陪她到河边散步，顺便一起叙旧，可柳树芽吞吞吐吐，支支吾吾……反应敏捷的白鹭一下子看出柳树芽是在故意推托，是在躲着自己。他好像有什么难言之隐，难道他已经成家，已经有小孩儿啦？

　　回到家后，柳春生已经把早餐准备好了，熬的是金黄色的小米粥，贴的金黄色的玉面饼子，还有柳春生自己腌制的红萝卜咸菜。柳春生把白鹭当自己的闺女一样看待，他把一碗热乎乎的小米粥端到白鹭面前说："来，孩子，饿了吗？吃饭吧！"白鹭喝着小米粥，吃着玉米饼，就着红萝卜咸菜，吃得津津有味。柳春生高兴地问:"好吃吗?"白鹭说:"太好吃了,已经十多年没吃到这样的饭了。"柳春生微笑着说:"那就留下吧!"白鹭一愣,看着柳春生,柳春生乐得像弥勒佛一样看着白鹭,白鹭低下头,她红着脸微微地笑了,而后,白鹭又不笑了,她不解地问:"柳叔,我刚才遇到柳树芽了,您知道我们从小是一起长大的,如今不知为什么,他却躲着我……"柳春生是过来人,他看着白鹭的一举一动,一笑总是脸红,他就知道白鹭仍然是个十分纯洁的姑娘,他一听这番话,更加知道了白鹭心中的所思所想,于是他把柳树芽家发生的一切事情全告诉了白鹭,白鹭听后深深地叹气说:"啊!原来是这样。"

萧太后河改造工程和生态公园建设工程按照白鹭设计的方案在推进。白鹭戴着安全帽,穿着工作服,或陪着领导视察河堤,或上工地。当工人们累了走下挖土机休息时,她亲手操纵挖土机……有时她指挥工人们敷设管子,有时她和工人们一起敷设地下光缆,有时亲自操纵电焊枪向工人们传授德国先进焊接技术,有时督促工人们戴好安全帽,注意施工安全。一次,电焊工新手孙家宝由于没有及时戴护目镜,焊枪风把一颗细小的铁砂弄进了左眼里,工友们着急得不知所措,有人说赶紧送医院。孙家宝流着眼泪正要用脏手揉眼睛,白鹭上前拦住:"不要动,我看看。"白鹭用左手大拇指和食指扒开他的上下眼皮,看后说:"啊!别动,我看到了,那个细小的铁砂就在眼球瞳孔偏下的地方粘着呢……"说着,她用右手从自己上衣兜里掏出了喝剩下的半瓶矿泉水,把瓶子伸到一个工人面前,那个工人反应很快,立刻帮她把瓶盖拧开,她用矿泉水漱口后把水轻轻吐在地上,然后把自己的舌头咀成一个尖，舌尖缓缓向着那铁砂伸去，舌尖在孙家宝的左眼球上轻轻沾了一下，紧接着舌尖慢慢离开他的眼睛，左手松开他的眼皮，用舌尖在自己的左手心上一碰，她看了一眼，心里高兴地说："啊！看到了，铁砂出来啦，在自己手上呢。"她赶紧用矿泉水漱口后把水又轻轻吐在地上，对工人们说："看到了吗？铁砂出来了，在我的手上呢！"工人们靠近看后高兴地说："啊！出来了，孙家宝，你不用去医院了！"此时，孙家宝眨眨眼睛，转转眼球，高兴地说："啊！我的眼睛不痛啦，我的眼睛好啦，谢谢你。"工人们高兴地欢呼后问白鹭："这招儿真灵，你是从哪里学到的？"白鹭回忆说："我小时候淘气，和柳树芽一起偷玩儿邻居二奶奶家窗户上晒的干辣椒，我不小心用玩辣椒的手揉了眼睛，越揉越流泪，后来眼睛疼痛得睁不开了，二奶奶知道后，把我的上下眼皮翻开，用她的舌尖为我舔眼睛，从那以后我就学会了。"工人们回到宿舍，孙家宝的工友郑晓清挤对他说："哎呀！我好羡慕呀！"孙家宝红着脸问："你羡慕什么？"郑晓清："白鹭姑娘那窈窕的身姿，那洁白的牙齿，那粉红色的嘴唇，那乌黑的长发，还有那美丽的嘴唇还会说德国语言……哎呀！我就没有你那样的福气让白鹭姑娘为我舔眼睛呀！"孙家宝听后说："听咱们工长说，人家和柳树芽书记青梅竹马，放弃了国外优越的生活条件，回来找柳树芽书记了，你羡慕我，还是羡慕柳树芽书记？"郑晓清笑眯着眼接着挤对他说："我不羡慕柳树芽书记，我对你是又嫉妒又羡慕，我如果也能让白鹭姑娘为我舔眼睛，我晚上肯定能做个好梦！"孙家宝说："好的，我现在就把你的眼睛弄疼，然后我跑去喊白鹭姑娘来给你治眼睛,让你也体会一下眼睛不舒服的感觉……"说着,他就向郑晓清走来,郑晓清笑着说:"哎!别,别,我就是说说,我没那个意思,我没那个……"此时,孙家宝使劲儿把郑晓清摁在床边,用拳头在他的屁股上"咚咚"砸了两拳头,郑晓清哈哈大笑着说:"兄弟,君子动口不动手啊!哎呀,疼死我啦,我不嫉妒,也不羡慕你啦!哈哈……你放开我吧,好兄弟!"

柳春生每天忙着买鸡买鱼,想方设法为白鹭改善伙食。一次,在老松树下,他把买好的鸡和鱼放在那里,和几个京剧票友唱了起来,不知不觉两个小时过去了,他一看表:"哎呀,坏了,赶快回家做饭,中午白鹭要回家吃饭呢!"一个票友说:"再唱一段嘛。"柳春生着急地说:"不行,不能让我们家白鹭下午饿着肚子去上班。"另外一位票友挤对说:"哎呀,开口一个白鹭,闭口一个白鹭,就像你亲闺女似的。"柳春生听后高兴地说:"敢情,比亲生的还亲!"白鹭有柳春生照顾,每天享受着家的温暖。一天饭后,白鹭看着柳春生说:"我想让我妈妈回来,咱们一家人永远在一起。"柳春生听后高兴地说:"哎呀!如果能来,那太好啦,这些年我正缺一个京剧搭档呢,她是最合适的人选!"

夜里,白鹭在电话里把自己身边的情况详细地向林芳汇报,林芳说:"研究院那里还有一学期课程,等把这批学生送走再做打算。"

萧太后河改造工程和生态公园建设工程每天都在按照计划推进。一天,王美丽和何大渡找到柳树芽,何大渡急切地问:"王美丽的河畔饭店咱们村委会到底怎么打算?"王美丽急切地问:"何大渡的养猪场咱们村委会到底怎么打算?"柳树芽说:"你们来得正好,我正想去找你们呢,我和村民代表讨论过了,咱们村委会也研究过多次,大家的看法都是一致的,我也向上级汇报了,上级批准河畔饭店和养猪场在原来基础上扩建,计划把饭店西面的六亩地承包给美丽姐,把饭店扩大为能吃饭、能住宿、能停车的高档饭店。再过两年,咱们这里的水更清了,天更蓝了,肯定要来许多客人,这些客人都要下榻美丽姐的高档饭店。另外饭店不属于私人所有,只是个人承包……"王美丽听后高兴地说:"太好了,只要让我干饭店就行!"柳树芽接着说:"大渡哥的养猪场东面三亩地计划让大渡哥承包,把养猪场扩大。但有一条,大渡哥猪场的猪粪和猪尿不能排到萧太后河水里,村委会计划给大渡哥的养猪场敷设地下管道,猪粪和猪尿要归养猪场东面的生态园二百八十亩菜地用,咱们村可就剩下二百八十亩菜地和三百亩树林地啦,其他的土地要盖楼了。咱们村马上就要拆迁上楼了,我这几天经常跑中国农业科学院,拜访了相关专家,专家认为,既然是生态园就不能用化肥,居民新楼房的卫间里要有两路管道,一路是洗衣服水和洗漱污水直接进入污水厂处理后用于浇灌花草树木;另一路是粪便管道,让粪便通过管道进入生态园,别看粪便臭,那可是种庄稼和种树的好肥料啊!咱们当农民的都懂,用粪去种田,土壤是柔和松软的,如果连续几年使用化肥,土壤就会越种越硬,锄地都很困难,种出来的蔬菜和粮食也失去了本来的味道。所以大渡哥的养猪场也要扩大,猪的粪便我们用来种树、种植各类粮食和蔬菜,将来我们要把多余的粮食、蔬菜和大渡哥的特色猪肉销往国外。有的公司向我推荐钢材,说是要帮咱们建造种植大棚，我拒绝了，咱们要充分利用阳光种植粮食和蔬菜，将来一定要让粮食回归自然，用自然耕种的方式满足居民的吃饭需求，将饭碗牢牢地端在咱们自己人的手中。目前吃饱的问题已经解决了，咱们要往'精'的方向努力发展，充分打造绿色食品，让那些'姓癌的恶魔'在咱们金牛坊村没有市场。"

在全体村民大会上，柳树芽代表村委会描绘着"农村向绿色环保社区转变"的美好前景，台下阵阵掌声热烈。

二十八

　　暑去秋来，在萧太后河畔的林间小路上，银白的月光为小路画上了大树的影子，白鹭和柳树芽牵着手漫步在林间小路上。

　　那天晚上，他们在知青林间的小路上走了整整一夜，当星星和月亮悄悄隐没，东方天空发白时，柳树芽才把白鹭送回家。作为过来人的柳春生心里十分明白，他一直把院子大门给白鹭留着。

　　爱情的力量是无限的，白鹭回去睡了不到一个时辰就去工地工作了，柳树芽回去睡了不到一个时辰就去乡政府开会了。

　　萧太后河改造工程和生态公园建设工程在有序地按照计划推进，卡车和工人们在工地上忙碌着。白鹭穿着工作服，戴着安全帽和工人们仍然一起干活儿。上午柳树芽陪着乡政府领导视察工地时，柳树芽看到远处工地上的白鹭，白鹭在远处向他招手微笑。

　　从那以后，他们每到月圆之夜，都要到知青林中的小路上散步，一去就是整整一夜。一次，白鹭走累了，她想让柳树芽背着自己走，柳树芽说："好的，小时候你就喜欢让我背你过河，那时候你胆子特别小，看到流淌的河水，总是害怕地闭着眼……"白鹭幸福地回忆："过河后，你把我放在地上，我的眼睛还是不睁开，那时候我看《爱情在乡下》的电影里，一个女人闭着眼，一个男人亲吻了那个闭眼的女人，其实那时候我也想让你亲亲我，可是你没有……"柳树芽说："在这方面，女娃比男娃要成熟得早，我那时候不懂是什么意思，现在懂了,我现在亲亲你可以吗?"白鹭幸福地回答:"嗯!"然后白鹭闭上了眼睛……

  白鹭让柳树芽背着自己走,可当白鹭趴上柳树芽的背时,感觉左侧乳房有东西垫着不舒服,她说:"稍等,我把它拿出来。"柳树芽问:"什么?"白鹭说:"照片。"柳树芽问:"谁的照片?"白鹭举起手中的照片说:"你的。"柳树芽用手机照亮照片看,他看后笑着说:"这哪是我?"白鹭说:"当时我在德国读书,联系不上你,我想你时,就在网上找了一张和你相似的照片,我屋子里还挂了一张你的大照片,这下有你在我身边,我就不需这张小照片和屋子里的那张大照片了,我准备把屋子里的大照片换成咱俩的合影。"柳树芽背着白鹭刚走了十多米,白鹭担心柳树芽累着,她要下来,可刚走几步,她还是想让柳树芽背着自己,她的心里好矛盾啊!

  又是一个月圆之夜,天空中虽然有些浅云,但是月亮还是那么明亮,那月光下的小路铺洒着婆娑的树影,小路边上的草丛中纺织娘"丁零丁零"地弹琴歌唱,柳树芽和白鹭像往常一样走在知青林中的小路上,已经是后半夜三点多钟了,从他们的对面走来了两个人。柳树芽和白鹭心想:"这么晚了,他们会是谁?"等那两个人走到跟前时,他们才知道原来牵手走来的男女竟然是王美丽和何大渡,多年来,他们一直保持着月圆之夜在月光下散步的习惯,虽然两人在月光下没有什么可说的,但是两人最喜欢一起牵着手看林间小路上的月光把两个人的影子投射在小路上,这时两人会感觉到更加惬意……王美丽走近后高兴地问:"哎呀!怎么会是你们呀?"何大渡激动地说:"看看,被我言中了吧,我早知道白鹭姑娘会变成我们村的媳妇的！"此时，白鹭红着脸，她紧紧地倚靠着柳树芽的肩膀，王美丽问："什么时候举办婚礼呀？"柳树芽开玩笑地说："等着你们呢，你们什么时候，我们就什么时候。"没想到何大渡接过话茬儿说："哎！这个主意好，咱们举办个集体婚礼。"

次日傍晚，白鹭给妈妈打电话："妈妈，你女儿我要结婚了，明天我们去领结婚证，计划下周末举办婚礼，希望妈妈回来参加女儿的婚礼！"

白鹭妈妈听后高兴地说："你先别说男方是谁，让妈妈猜猜，如果妈妈没猜错，他就是柳——树——芽！"白鹭兴奋地说："妈妈猜对啦！"林芳高兴地说："你们一起长大，柳树芽在我的记忆里是个好孩子，我女儿选对人了，不过妈妈不能及时回去参加你们的婚礼，这边有个研究院要举办活动，研究院给你爸爸专门修建了纪念馆，我把你爸爸的书籍和字画全部捐献给纪念馆了，等这边事情办妥后妈妈就回去！"

第二天上午，何大渡与王美丽，柳树芽与白鹭，他们一起到登记处领取了结婚证。在河畔饭店，他们举办了集体婚礼，柳春生为他们证婚，婚礼在喜庆和热闹的气氛中举行。

白鹭想把自己和妈妈曾经住过的那间屋子作为新房，她将这个想法告诉了柳春生，柳春生高兴地说："自己的侄儿和侄媳妇住，我当然同意，我要永远把你们留在家里，省得我孤独，等林芳回来，仍然让她住那间屋子。"商量通过后，白鹭把自己和妈妈住过的屋子装饰了一番……屋子虽然不大，但是被白鹭装饰得很温馨。

那天夜里，白鹭和柳树芽完美地融合了……深夜，柳树芽幸福地进入梦乡，但是白鹭却睡不着，在柔和的灯光下，白鹭看着自己身边的男人，她心想："这个男人曾是个小男孩儿，在萧太后河畔他和自己一起长大……这可是自己心爱的男人啊，这是上天赐给自己的男人！为了他，自己什么都可舍弃，这就是爱的自由，自己在坚持的道路上，没有被金钱和地位迷住，而是沉醉在了自己想要的爱情之中，人生在世，也就七八十年，自己来到这个世界上，得到了自己想要的爱情，这就是真实的自己，自己为真实爱情而存在于世界，这就是自己的自由选择，这种自由选择其他力量无法阻挡和改变，自己的爱情选择将无怨无悔！"她亲亲熟睡的柳树芽，想入睡，可怎么也睡不着，她轻轻地对熟睡的柳树芽说："树芽，你亲亲我。"柳树芽迷迷糊糊，眼睛怎么也睁不开，他亲吻了一下白鹭，至于亲的白鹭什么位置，迷迷糊糊的柳树芽根本不知道。白鹭说："树芽，我想让你陪我去知青林散步。"柳树芽迷迷糊糊地说："不是月圆之夜，天太黑，看不清路，等月圆之夜我陪你去啊，亲爱的，睡觉吧！"白鹭说："我睡不着，我已经怀上小宝宝了，你摸摸。"柳树芽迷迷糊糊地把手放在白鹭的乳房上，白鹭笑着说："呵呵……亲爱的……小宝宝不在这里，在这儿呢！"说着白鹭抓着柳树芽的手放在自己的肚脐下……那夜，白鹭幸福极了，接着她又想："人间爱情原来如此美妙，难怪传说中的仙女都为此下凡……"想着想着，白鹭抱着柳树芽进入了梦乡，白鹭梦到她和柳树芽一起在萧太后河里戏水，一起漫步在林间的小路上，一起在蓝天和白云下歌唱：

  春天来了，

  春天来了，

暖暖的风啊吹绿了树梢，
清清的水啊吟唱着歌谣。
麦苗穿上新衣尽情舞蹈，
小草钻出泥土伸伸懒腰。
啊！春天来了，春天来了，
我们吹着响响看着绿水奔跑，
田野上播种的人们有说有笑。
果园里杏花桃花分外妖娆，
春姑娘唱着歌儿把春天的喜气送到。
啊！春天来了，
春天来了，
春天啊春天多美好，
啊……

次日早上，柳树芽的左肩膀上留下了一个圆圆的牙印儿，那牙印儿更像圆圆的印章，白鹭幸福地说："一个印章在结婚证书上，另一个印章在我树芽的肩膀上，盖上这两个印章后树芽就永远属于我了。"

一天夜里，白鹭梦到自己在萧太后河畔洗衣服时，有一条小金鱼浮出水面，吐了几个水泡后，含情脉脉看着白鹭，然后那小金鱼身子一跃嗖一下跳进了白鹭的肚子里，把她吓了一跳……接着她又梦到，一条小水蛇向她游过来，紧紧地咬住她的左脚小拇指，任凭她怎么甩，那条小水蛇就是不松口，然后那条小水蛇又紧紧地缠住她的脚，一阵阵地呼喊："妈妈，妈妈，我要找妈妈……"随着一声声亲切而又顽皮的呼喊，那条小水蛇嗖地一下也钻进了她的肚子里。

次日早上白鹭把梦境告诉了柳树芽,柳树芽带着她去村口的中医诊所看医生。两年前村口来了一位姓杨的女大夫,她在村口开设了一家名为"利仁堂"的中医诊所。整个诊所是一间大屋子和两间小屋子,大屋子主要用于诊断,一间小屋子是药房,另一间小屋子是针灸理疗室。大屋子墙上悬挂书法条幅:"利,利国利民精心呵护,妙手回春悬壶济世;仁,仁者爱人生命至上,救死扶伤济世活人;堂,同仁同堂同修医术,调和致中同堂谦和。"整个诊所干净明亮,给人以十分舒心的感觉。杨大夫出生于河北藁城市梅花镇梅花村的中医世家,到她已经是第五代中医了,她具备高级医师资格,她的号脉技术十分娴熟。杨大夫号脉后说:"恭喜你们,你们要当爸爸妈妈了,从今天起,你们要好好保护胎儿,从脉象上判断是双胞胎,女方一定要增加营养,不要受累。"

回到家后,白鹭给妈妈打电话,她激动地说:"妈妈,我有小宝宝了,盼望妈妈早点儿回来抱外孙……嗯,医生说了,是两个,是双胞胎……"林芳听后高兴地说:"太好了,妈妈已经把这边的事情都办妥了,准备买飞机票回国。"

怀胎十个月后,白鹭生下了一对双胞胎,因为是女孩儿先出生的,所以女孩儿为姐姐,他们给女孩儿取名为柳晓鹂,男孩儿为弟弟,他们给男孩儿取名为柳晓云。从那以后,柳树芽每天忙里忙外,一回到家就赶紧给小孩儿妈妈炖鸡、炖鱼、炖猪蹄等。柳春生也帮助买菜、做饭、洗衣服,两个男人照顾一个女人,让白鹭吃得像头奶牛一样。白鹭的两个孩子吃得很饱了,可白鹭的奶水还是往外流,她就是闲坐在那里,两乳房都往外流奶水,为了不让奶水浪费,白鹭把多余的奶水挤在一个碗里,她让柳树芽喝,柳树芽闭着眼睛尝了一点儿,他边吧唧嘴边说:"妈呀,小时候吃母亲的奶如今忘记是什么味道了,今天尝了一点儿,真没想到,这奶比超市里卖的酸奶还难喝……"此时,他们三人都笑了,笑声是那样爽朗,那样和谐,那样美好,那样幸福。

同样,也是怀胎十月,王美丽生下了一个闺女,何大渡给自己的女儿取名叫何晓雨。

同样也是怀胎十月,柳树壮和曹二丫生了一个大胖小子,柳树壮父母整天高兴地说:"多亏树芽,是他让树壮走上了正确的道路,还通过正规途径娶到了媳妇,并且有了小宝宝,我们也高兴地当上了爷爷奶奶。"

村里的小宝宝一个个地出生,小宝宝们在萧太后河畔迎风成长,向阳奔跑,金牛坊村真可谓人丁兴旺啊!

二十九

远在加拿大的林芳本打算一切办妥就要回国了,可谁知在那里被事情绊住了,一件事儿接着一件事儿,这一忙一拖两年又快要过去了,国内女儿都当妈妈了,说什么也不能再接事儿了,自己得赶紧走。于是林芳乘坐的国际航班在首都机场降落了,那天正是两个孩子满一周岁的时候,白鹭和柳树芽抱着孩子在机场出口处等候林芳。见面后,白鹭着急地对柳树芽说:"我妈妈不是当年的林阿姨了,现在是你的岳母,你快叫妈妈。"柳树芽正要开口,林芳说:"男人口贵,不必为难我女婿,不叫妈妈也是我们家女婿,用北京话说就是我们家姑爷,快把孩子给我看看!"林芳接过孩子,亲亲这个,抱抱那个,子孙满堂的幸福顿时涌上心头。

回到当年的小院里,林芳的泪水禁不住流了下来。一别十多年,那四合院仍然完好如初,正房、厢房一点儿变化也没有,院子里的大柳树仍然茁壮挺立,可她和柳春生已经都是满头白发的人了。

一别十多年,
两人又见面,
腿变软,
腰变弯,
鬓如霜,
尘满面,
岁月风霜催人老,
青春一去不复返,

知心的话儿心中存,

见面不知怎语言。

啊!

月儿缺,

月儿圆,

月儿缺,

月儿圆,

月缺月圆一年年。

啊……

林芳拉着柳春生的手,她双唇颤抖着说:"春生啊,时光不可留啊,小树长成大树,大树……大树必然会变成老树,这是大自然的法则啊!"柳春生含泪感慨:"是……是啊,你回来就好,咱们就和孩子们一起好好生活吧!"

在村口的老松树下,村民们听说林芳回来了,他们围上前去,千言万语说不完。林芳激动地说:"这些年,我在国外体会最深的是,咱们中国是个多民族的民间戏曲大国,咱们国家的民间戏曲包含声乐、器乐、文学、书法、美术、舞蹈、武术、化妆、服装设计和手工制作等方面的艺术,咱们国家的地方戏曲剧种有三百六十多种,其内容丰富,风格各异。几百年来,我国的民间戏曲歌颂着真善美,传递着仁义礼智信,由于人们的生活方式不同,所以各地都有自己特色的地方戏曲,这是世界上任何国家都无法相比的。民间戏曲是咱们民族文化的根,在人类文化历史发展过程中,我国的民间戏曲显得弥足珍贵,咱们千万要保护和传承好咱们的民间戏曲。十多年了,我十多年没有和大家在一起唱过戏了,今天我就痛快地和大家一起唱!"说完,她和老搭档柳春生唱了起来……唱完,林芳感觉神清气爽,身体热乎乎的,接着她和村民们继续谈论:"从今天的社会经济发展速度和总量来看,现在我们的国家已经超过历史上任何一个时期了,那么,是否可以说我们现在的社会文化艺术发展也达到了历史前所未有的高原和高峰了呢?答案是否定的,经济发展不等于社会文化艺术发展,有了良好的经济条件,仍然需要我们去努力发展和打造文化艺术。我想这个时代,人们更需要文化艺术来丰富自我的内心世界……"人们都知道林芳文化水平高,他们都愿意听林芳讲,当人们正听得着迷时,从远处来了一位手里提着公文包的男士,看起来很像一位学者,他走近林芳问:"您是林老师吗?"林芳答:"我是!"那人激动地说:"老师,我名叫张儒宝,北京工业学院现在更名为北京理工大学了,我在院校部联络处办公室工作,学校领导让我来找您,想让您回学校担任教学顾问……"林芳爽快地答应了,从那以后,林芳整天忙着外出开展讲座,到处参加研讨会。

　　柳树芽的三弟柳树成从中国人民大学毕业后在一家报社当记者,他也老大不小了,还没有成家,为此柳父整天为三娃柳树成的婚事发愁。有人劝他去找专业媒人张巧巧,他听后摇头说:"哎!不成,前些年她给我们家树芽儿弄的那件事儿就像一场滑稽戏一样,现在还让我去找她,算了吧!"一天,他出门碰到了村里的刘嫂,他上前说:"哎,我说他嫂子,你看我们家三娃也老大不小了,你那里是否有合适的姑娘,给张罗一下……"刘嫂听后笑着说:"柳叔呀,这忙我可不能帮,我看你们柳家和张家这辈子算是有缘,再往前走一步,缘分就更近啦！"说完，刘嫂笑着走了，柳父听后不明白是什么意思。这天，柳树成回家，父亲问："三儿啊，这男大当婚，女大当嫁，你现在三十好几的人了，你们单位就没有个合适的姑娘？"柳树成听后说："您既然说到这事儿了，我想说说我的看法。"柳父说："你说吧！"柳树成说："我读大学的时候，咱们家是经济最困难的时期，我一边读大学一边打工，费用还是不够，是谁在背后支持我，帮助我？是张春燕，她一直在用自己打工的钱帮助我买学习资料和饭票等，她为人老实，性格稳重，通情达理，可是我就怕您不同意，另外也怕大哥为难……"听到这里，柳父说："难怪刘嫂说咱们和张家有缘，原来她早就知道了，你的意思是要娶她？"柳树成点点头，柳父说："我没什么不同意的，婚姻大事，主动权在你，你抽空去问问你大哥，尊重哥哥也是当弟弟应该做的。"次日早上，柳树成去柳树芽家，把自己的想法告诉了柳树芽，柳树芽说："以前的事情，我是后来才知道的，我想那时候父母是一片好意，那些事情都过去了，你自己的婚姻大事，自己做主就是了。"

柳树成和张春燕去征求大姐张春花的意见，当张春花得知自己的三妹要和柳树成成婚时，她的眼泪稀里哗啦地往下流，那眼泪到底是高兴还是悲伤，连她自己也说不清楚。

柳树成和张春燕在张母面前说出他们要结婚的打算后，张母边擦眼泪边说："柳家的三个娃子都是好样的，只是你春花大姐她没有那个福分，虽然长得好看，但是她从小太矫情、太任性，父母的话她从来都听不进去，真可谓性格决定命运，她自酿苦果，谁也帮不了她……"张母擦过眼泪，接着说:"孩子,什么也不说了,妈妈支持你们,祝你们幸福!"不久,柳树成和张春燕领取了结婚证,成了完美的一对儿。

金牛坊的新小区建好了,从此金牛坊村变成居民小区了,正式更名为金牛坊社区,柳树芽也转为金牛坊社区书记兼主任了。柳春生的四合院拆除后,折合成了两套一百二十平方米的楼房,另外还补贴了五十万元人民币。为此有人劝柳春生把房子租出去一套,自己住一套,而柳春生却说:"我要钱干什么,难道我能把钱带到另一个世界?"几天后,他仍然决定自己住一套,另一套让白鹭、柳树芽和林芳住。另外,他把那五十万元人民币的住房补贴全部捐献给了社区文化站,因为他十分留恋自己曾经住过的小院儿,他是一个恋旧的人,他让文化站的工作人员在金牛坊村原址上竖立起一座金牛塑像,一有空他就坐在金牛塑像边上回忆自己曾经住过的农家小院儿。在回忆过程中,他还不停地哼唱京腔:"我回想过去的农家小院儿,那蝉儿鸣,那蛐蛐儿吟,那小鸟儿唱啊……"此时从他身后走出了林芳,林芳接唱:"那院里的柳树……"随后两人合唱:"迎月明,迎月明啊……"唱完,两人拉着手哈哈大笑。

柳树芽他们家,在柳母生病期间,把四合院能卖都卖了,目前只剩下那套面积最小的也是最陈旧的院子了,拆迁后,折合了一套一百二十平方米的楼房,另外还有住房补贴四十万元人民币。为此,年迈的柳父把柳树芽、柳树成和柳树芳叫到一起召开了一个家庭会议,柳父说:"孩子们,自古以来树大分权,儿子大了分家,这分家是一个家庭的头等大事,这个问题我考虑好久了,今天我说说我的看法。树成刚结婚,在家里也数他最小，我和他一起住，这是祖上留下的规矩，他们夫妻把我照顾得很好，这新分的一百二十平方米大房子，就我和树成夫妻暂时一起住着，将来我不在世了，这房子就归三娃柳树成和三儿媳张春燕所有，自古以来祖上都是这样规定的，用现在的书面话说就是家训。当年我的父亲在世时，把大的四合院按照家训给了弟弟柳春生，我当哥哥的什么话也没有说，按照执行了。目前我的弟弟懂得哥哥住房困难，多余的那套房子人家没有卖，也没有向外出租，反而主动让树芽、白鹭和林芳居住，我这当哥哥的心里十分明白弟弟的意思。今天树芽和白鹭一定要记住，那房子是属于你叔叔的，你们只是在人家那里居住，将来人家怎么说，咱们怎么去做就是了，不要提任何额外要求。如果你叔叔要把那套房子给他唯一的女儿柳树燕，或者是将来我和你叔叔不在世了，柳树燕来要房子，树芽带着白鹭、林芳和孩子们搬走，把房子给人家，不要讲任何多余的话。你爷爷在世的时候曾经说过，什么是'孝'，简单地说老人在世的时候要听老人的话，老人不在世了要按照老人的遗嘱去执行，这就是'孝'！只要有孝道在，只要听从老人的意愿，家族内部就不会发生矛盾。另外，还有四十万元人民币的拆迁补贴，你们兄妹四人，每人十万元，今天树旺不在现场，此款由树成联系哥哥给他寄去，树芽这几年在社区党支部书记的岗位上一直克己奉公、勤政廉洁，自家的日子虽然过得紧巴巴，但是他能对得起组织，能对得起柳家的祖宗，能对得起群众……这些，我看得清清楚楚的，心里更是明明白白，希望树芽继续保持，不要给党组织抹黑，不要被金钱蒙蔽双眼，在清正廉洁和勇于进取的道路上继续当好群众的带头人。人生在世,无论是和平时期,还是乱世,我们一定要做到'富贵不能淫,贫贱不能移,威武不能屈',也就是说,我们不为金钱和地位所迷惑,不因生活贫困和地位卑微而改变志向,世代不能忘记祖训,只有牢记祖训,才能有良好的家风……"柳父讲完,白鹭发言:"爸爸那十万元,我和柳树芽先不拿走,我们现在生活还行。我妈妈回来了,孩子上幼儿园,我妈妈虽然忙,也会抽空帮我们接送孩子。另外萧太后河改造工程项目很快就要竣工了,我联系了清华大学建筑设计研究院,要去那里当老师,学校待遇还行,那十万元就放在三弟手里,您如果不舒服可以用这些钱去看医生,如果家里有大事儿费用不够时,我们一起再想办法。"柳树芳也是这个意思,她也没有拿走自己的那一份儿,也放在柳树成手里了。会后柳树成联系二哥柳树旺,柳树旺在电话里说:"我现在不需要钱,爹爹年迈,需要照顾,放在家里用吧!"

  一天,柳春生把自己的女儿柳树燕叫回家,同时把柳树芽和白鹭也叫到跟前儿,召开了家庭会议。柳春生说:"树燕呐,今天叫你来,主要是房子的事儿,你已经嫁到张家湾,已经是张家的人了,当人家的儿媳妇,要好好抚养孩子,照顾老人。至于这房子的事儿,这辈子,我和你大伯就兄弟俩,因为我岁数小,所以当初你爷爷在世的时候,把大院子和新房子给了我,你大伯是小院子,是旧房子,这是咱们柳家几代人的家训和家规,可现在拆迁了,我是两套楼房,目前是我自己住一套,树芽、白鹭、白鹭妈妈和孩子们住一套,我今天明确表态,我住的就是树燕的,现在树芽、白鹭、白鹭妈妈和孩子们住的就是他们的了。将来我不在世了,我现在住的房子你怎么安排都行，但是不能提树芽和白鹭他们住的那套房子的一个字，今天不能提，将来也不能提！我明天就去公证处把现在说的话做个公证，免得将来为这事引发麻烦，公证相关材料你们每人一份拿着就是了。我为什么这样安排？因为树芽是部队多年培养的优秀干部，他廉洁奉公、不谋私利，换一种说法，在萧太后河道工程改造、生态园建设、村庄拆迁和小区建设的过程中，他如果降低一点儿党性原则，简单动动嘴，别说是一套大房子，就是十套大房子，那些开发商都会非常爽快地把钥匙放进他衣袋的，坚持很难，可腐败就那么简单，那样做的后果是什么？是工程质量的下降，是党风的败坏，是群众人心的涣散，可是树芽他没有那样做，而是克己奉公，按照一名共产党员的标准严格要求自己，带领大家向着好的方向前行。在这方面，上级领导和群众都看在眼里，明白在心里，村民们当初选他接替我，大家选对人了。能有这样的后人是咱们柳家的荣耀，金牛坊能有这样的好干部，是居民们的福气。我不能让这样优秀的侄子没地方住啊！"此时，白鹭看看柳树芽，柳树芽插话说："叔叔，房子的事，您可否听听树燕的意见。"柳春生果断地说："以前那套四合院，林芳住的那间屋子，我是为她们母女留着的，留着个念想，今天这楼房是给自己侄子和侄媳妇了，合适，不用征求意见，就这么定啦！"此时，柳树燕说："我从小听爸爸妈妈的，现在妈妈不在世了，我听爸爸的，爸爸的房子，爸爸说了算！"

  白鹭和柳树芽虽然暂时有地方住，但是他们的日子过得总是紧巴巴的，两个孩子抚养需要费用。另外那位曾经财迷心窍的宋大鹏有个女儿三十五六岁了，没有嫁人，成天在家里，还养了一条狗,她的心思全花在那条狗的身上了,她不喜欢男人,也没有男人喜欢她,她认为养狗有爱心,面对孤独的父亲,她从来也不管也不问。宋大鹏有高血压、心脏病和糖尿病,一天三顿离不开药,他是受过处分的人,没有任何保险,更没有其他经济来源。如果柳树芽不管他,他就得活活饿死,他的生活来源和医药费全靠柳树芽帮助,宋大鹏经常感激地说:"我后半生当官心切,财迷心窍,利用不正当的手段套取国家经费,陷害柳树芽,没想到组织宽大处理我,更没想到柳树芽还这样帮助和照顾我……"柳树芽经常安慰宋大鹏:"过去的事情就不提啦,安心养病,好好生活!"在大街上,人们经常看到宋大鹏为社区打扫卫生,有人问他:"您身体有病,还在工作?"他说:"我主要是为了报答组织、感谢柳树芽,只要我有一口气,我就要为组织和群众做力所能及的事情。"人们听后高兴地说:"如今他终于学会说真话了。"

柳树芽有一位战友名叫刘军,他转业后被安置在北京海淀区中关村的某家生物工程研究院工作,他与那里的女研究员马爱莲相爱,两人结婚后生下一个女儿。后来,马爱莲被公司派往美国学习,到美国后马爱莲的思想发生了变化,她认为美国的水比中国的水甜,美国的月亮比中国的月亮圆,美国的花朵比中国的花朵艳。按照研究院协议,外派学习时间为一年,可她去那里后不想回国了。在美国,她结识了黑人波比,两人产生了感情。三年后她在美国为黑人波比生下了一个黑人儿子,于是她回到北京要与刘军离婚。在北京富尔丽豪饭店停车场,刘军与黑人波比争吵起来,他们虽然语言不同,但是分别在用自己国度的语言辱骂对方,此时黑人波比抓着刘军的衣服,要与刘军决斗，刘军心想："自从当兵那天就不怕死，还怕决斗？"马爱莲在旁边一会儿用英文劝说黑人波比，一会儿用中文劝说刘军："我两位亲爱的，你俩都是优秀的男人，千万别决斗，有话好好说……"可她的劝说一点儿效果也没有，刘军说："既然想决斗就来吧，老子活在这个世界上还怕决斗？你既然来到中国找人决斗，老子今天奉陪到底……"黑人波比一边做上下跳动准备决斗的姿势，一边不解地问："亲爱的莲，他说的老子是什么意思？是中国古代哲学家、思想家老子吗？中国古代哲学家、思想家老子也是拳王吗？"马爱莲用英文解释说："他说的老子，在这里是父亲的意思。"黑人波比还是不解地问："我真弄不明白，他怎么要请自己的父亲来帮忙？来吧，父亲来了我也不怕，我是在美国拳王迈克·泰森练功室里练过的，我怕谁。"黑人波比出拳了，黑人波比进攻，刘军后退，此时刘军用"心意六合拳"（此拳在格斗中需注意心意融贯，内外统一，20世纪90年代中期，中国武警和边防战士经常练习此套拳）对付黑人波比，但是黑人波比却对此拳套路很熟，学拳时，他的教练曾经给他讲过："中国晚清时期，中国河北沧州武林高手曾用中国拳法打败过俄国拳王毕契卡，中国电影《武林志》中有详细画面……"为此黑人波比对中国拳法进行过详细研究。刘军用"心意六合拳"进攻，黑人波比防守，此时黑人成功破除了刘军的"心意六合拳"打法，刘军被黑人波比击中胸部，他咳嗽几声连续后退，黑人波比误认为刘军力不从心，刘军不是他的对手了，他想趁机击败刘军，好在中国女人马爱莲面前炫耀自己的拳法，可中国军人惯用的手法是不到最后不拿出绝招儿，在刘军摸清黑人波比底细时，刘军开始出拳了。他应用中国军人雪域高原军体组合拳，战友们曾经为此拳命名为"风雪交替拳"，他最后亮出了绝招儿，他快拳快脚的套路让黑人波比眼花缭乱……黑人波比曾经听说过中国少林和武当拳脚，也看过中国电影《少林寺》《武当山》，专门研究过中国电影《武林志》，更听说过中国的形意八卦拳大师张占魁、韩慕侠、赵道新，还有霍元甲、叶问、李小龙和李连杰等，但是他唯独没听说过这种"风雪交替拳"，因为黑人波比对中国军队不熟悉。他正要抓刘军的胳膊，此时刘军一个闪躲，他抓空了，刘军一脚把黑人波比踹倒，黑人波比鼻子和口腔都摔得出血了，而马爱莲却为受伤的黑人波比一边擦嘴角的鲜血，一边责怪刘军："野蛮，真不讲理，下手太狠……"此时刘军看着黑人波比说："龌龊的黑鬼，你不是说自己在美国著名拳王迈克·泰森的练功室里练过吗？"警察赶来了，他们把刘军带走了，在派出所里，刘军向警察讲述了前因后果，警察为刘军竖起了大拇指，他们夸奖刘军是优秀的中国男人，他们怀着崇敬和同情的心情把刘军放了，也没给他做任何笔录……

在法庭上，刘军与妻子要离婚了，法官问刘军的女儿："小朋友，你爸爸和你妈妈离婚后，你和谁生活呀？"小女孩儿回答："妈妈要去远处，走那么远，我会不习惯的，我从小和爸爸在一起，我以后还要和爸爸在一起！"刘军听到女儿的回答，他感动得差点儿流下眼泪，他想："妻子跑了，女儿是自己唯一的依靠，自己要带着女儿好好过日子……"可当法官正要宣判时，刘军的女儿忽然变卦了，她反悔说："嗯……我还是和我妈妈在一起吧，我爸爸虽然对我好，但他毕竟是男的,他太粗心,我让他给我洗澡,他总是推托,因此我还是选择和我妈妈一起生活!"听到这里,刘军傻了,他简直不敢相信自己的耳朵,可小孩儿毕竟在法庭上这样说了,这时法官根据孩子的意愿和孩子的性别实际情况宣判:"孩子由妈妈抚养。"

在回家的路上,刘军心想,女儿跟着妈妈也好,自己毕竟是男人,男人带着女儿生活太不方便。有一次他带着女儿去逛公园,他要上厕所,让女儿在男厕所门口等候,可就那一泡尿的时间,他出来后女儿不见了,他急得直冒汗,东找西找,后来在一个居委会值班室里找到了女儿,居委会大妈们七嘴八舌地批评他:"当大人的,一点儿责任心都没有,万一孩子丢了怎么办?"刘军听着批评一个劲儿地点头,嘴里不停地说着感谢的话。

在机场,他把女儿送走了,他望着天空中远去的飞机落泪了。回到家里,他感觉心里空落落的,在想念女儿的思绪中睡着了。在睡梦中,他梦到自己的女儿在美国被黑人波比卖了……他醒来后嘴里不停地唠叨:"我要女儿,我要去美国找我女儿!"媳妇跟人跑了,女儿也没有了,他因此患上了抑郁症。从那以后,他每天在家里给女儿过生日,也不去上班,单位就将他按无故旷工辞退了。

柳树芽去看刘军,一次他在刘军家楼下小餐馆里吃饭,老板娘和他聊:"他呀,以前经常带着女儿在我们这里吃饭,现在听说他女儿跟着妈妈去美国了,可他还经常来我们这里吃饭,他变得神神道道的,身上一分钱也没有,我们这里饭馆是小本儿经营,这样长期下去可不是个事儿啊!"柳树芽说:

"他来吃饭时,求求您千万不要赶走他,我每月给您这里三百元钱,就当作他的伙食费。"老板娘听后惊讶地问:"你和他是什么关系?"柳树芽说:"非常好的同年兵战友,我们是乘坐一节火车厢、一起进藏当兵的,他比我早些年转业。"从那以后,柳树芽无论多忙,每到月底他总要抽空去看刘军,路过楼下那家小饭馆时,他把约定好的伙食费交上。老板娘说:"其实用不了三百元,他每天只来吃一次饭,而且他吃的只是一菜一饭。"柳树芽听后说:"麻烦你派服务员给他把饭送到家里,保证一日三餐,千万别把他饿坏了。"一次,柳树芽又去看战友,他先去老板娘那里送伙食费,老板娘高兴地告诉他:"你的战友刘军,他从思念自己女儿的情绪中醒过来了,不仅恢复了正常,并且还能帮助采购,干活特别麻利,真是难得的好帮手。这会儿他出去买菜了,估计一小时就回来。"柳树芽听后高兴地说:"太好了,他在部队担任过副连长,对后勤管理特别熟。"老板娘听后惊讶地说:"啊!难怪他对账目那么熟悉。"柳树芽说:"我战友多亏您帮助,您真是他的贵人,还得麻烦您帮他物色一门亲事。"老板娘说:"你和我想到一起去了,他和我们这里打工的一个川妹很合适,我经常安排她去家里送饭,他们产生感情了,我争取让他们早日完婚。"

  一个冬天的深夜,外面下着大雪,小餐馆里没人吃饭了,正准备关门下班,忽然来了四个壮汉,他们大声嚷着要吃饭喝酒。此时老板娘已经回去休息了,小餐馆就剩下几个服务员、厨师和刘军,面对四人的无理喊叫,几个服务员害怕地看着刘军,刘军非常镇定地说:"人家要吃饭,咱们是开饭馆的,做好服务工作就是了,让后厨准备菜吧!"接着服务员按照客人的要求上菜，那几个人吃着喝着，到最后他们耍赖不结账不说，还抓着漂亮服务员小姑娘的手不放。此时在一旁的刘军说："你们先结账，其他事情我来和你们交涉。"他们其中一个人把三百元啪的一声拍在桌子上，然后看着刘军恶狠狠地说："老子就看你不顺眼，今天要教训你小子。"刘军若无其事地说："在里面打坏东西怪可惜的，外面下大雪，咱们到外面。"此时一位女服务员哆哆嗦嗦地拿着零钱走上前说："先……先生，这……这是找给您的零钱。"那个人眼睛瞪得像灯泡一样大声叫嚷："不用找零钱了，零钱留给这小子买棺材，他娘的，今天老子豁出去了，大不了进去，就是去偿命，老子也不怕！"在餐馆外面的雪地里，他们四个人拿着酒瓶子和弹簧刀像野狼一样大声号叫着一起向刘军猛扑过来。刘军此时在雪地里一下子找到了当兵时在雪地里练习擒拿格斗的感觉，他大大方方地来了一个单腿大扫，顷刻间地上的雪片像瀑布一样扑向四人，四人眼前立刻一片模糊。紧接着，刘军的拳脚如闪电一样，那几个家伙还没有弄明白是怎么回事儿，就感觉腿脚疼痛，失去了支撑身体的能力，全部倒在雪地里，他们爬起来相互搀扶着说："大……大哥呀，今……今天咱们遇到高人了，这小子的武功不一般，好汉不吃眼前亏，咱们赶紧撤吧，这个地方从此可不能再来啦！"

　　第二天，老板娘上班后听说此事，高兴得拍巴掌："咱们餐馆太需要这样的英雄了！"

　　尽管战友的生活变好了，但柳树芽的工作和生活负担仍然沉重，整个社区的事情都压在他一个人身上，一米七八的他，瘦得只有一百一十多斤重。他带着居民建居委会、改造道路、开展健康知识讲座……通过努力,他们社区连续五年居民癌症发病率为零。

  柳树芽和白鹭结婚以来,生活一直简朴,他们的两个孩子从小很少买衣服,孩子穿的都是邻居家孩子替换下来的。林芳看到两个孩子穿得实在寒酸,她经常利用出差机会给两个孩子买几件新衣服。对于简朴的生活,柳树芽和白鹭早已习惯了,他们小时候都穿过邻居送的二手衣服,衣袖短了,接上一段,裤腿儿短了再接上……那时候北京郊区有句谚语:"新三年,旧三年,缝缝补补又三年……"如今生活富裕了,但是白鹭仍然经常给两个孩子缝补衣服穿,她和柳树芽在特殊年代养成的艰苦朴素的生活习惯一直坚持到现在。

三十

林芳是文化部的资深专家顾问,她到文化部参加了一个基层文化发展研讨会。回来后她对柳春生说:"文化部今年有文化扶持基金要下拨基层,这笔经费数额不小,咱们再凑点儿,在河畔饭店边上修建一个社区大剧场怎么样?"柳春生听后拍手叫好:"正合我意,这几年我一直在想这个问题。"晚饭时林芳和柳树芽商议,柳树芽说:"这是好事儿,我组织居民代表开会讨论一下。"讨论会上,大家一致同意,并且愿意把自己的积蓄用上。会后柳树芽又通过乡政府向区文旅局申请了一部分基层文化设施建设项目经费,金牛坊社区大剧场开始动工了。

两年后社区大剧场建起来了,新建的青砖绿瓦大剧场内设有许多小房间,有化妆间、排练室、电脑室、戏曲资料室、戏曲创作室、服装室、道具室、音响室、灯光室、会议室、导演办公室、行政办公室、团长办公室、书记办公室等。人们一致同意柳春生担任剧团团长,柳树壮担任剧团总干事,林芳担任戏曲文化发展顾问。从那以后戏曲票友们从露天的老松树下转移到了社区大剧场内,剧场里装上了JBL音响和声艺模拟调音台,舞台背景的LED大屏幕显示器与笔记本电脑连接,产生了前所未有的舞台美术效果。看戏的人们在寒冷的冬天也不用穿大皮袄和大皮鞋了,人们坐在宽敞、温暖、舒适的剧场内高兴地议论:"在家看电视,哪有现场看戏效果好?电视里的演员不能和观众交流,缺乏艺术氛围,这看戏呀还是剧场好!"针对居民喜欢的戏曲类型,他们成立了"民间戏曲家协会",

协会里除了京剧外,还吸收了评剧、黄梅戏、豫剧和晋剧等,居民们看得如醉如痴。同时外地来的演员们需要吃饭和住宿,因此王美丽的河畔饭店经常爆满。

林芳虽然经常外出参加科技和文化发展研讨会,非常忙,但是她一有空就和柳春生一起去排戏,他们好得就像天生的一对儿似的,只要各自再向前迈进一步就上升到爱情了。有人劝说柳春生干脆把林芳娶了吧,柳春生用京腔京韵的语气否定回答说:"哎,使不得,我们只是朋友关系,以前我们是好朋友,现在我们仍然是好朋友。"对于此事,林芳认为自己心中仍然装着胡世博,柳春生虽是十分要好的朋友,但友情和爱情是两回事儿,多年前他们没有上升为爱情,现在当然也不会上升为爱情。白鹭和柳树芽觉得老人的事情自己做主就是了,作为小辈只支持不反对。

三十一

社区东边有户人家姓翟,老爷子八十三岁高龄,他的老伴儿早已不在世了,儿子翟志强高中毕业后,没考上大学,自学了两年法律,他在社区东边租了两间房子开办了一家律师事务所。有些外地务工人员总爱到他那里咨询工作时间、保险缴纳、合同签订和如何讨要薪水等法律方面的基本常识,他帮助解答后每次收取八百元咨询服务费,有时他还派所里的律师出庭,为人们解决各种法律纠纷,可以说律师事务所生意不错,可谁知这个翟志强不到一年被钱迷住了。一天,他回到家对自己的老父亲说:"您老养我十八年,我呢,今天也养您十八年了,这事儿咱们两清了,剩下后面的咱们父子签个协议,我今后养您一年,您得付给我一年的养老费,咱们一年一结算……"老人一辈子是农民,前几年刚和大伙儿一起办了农转非,一辈子种地的他,现在土地也没有了,怎么向自己的儿子交付养老费?

一天晚上,老人无奈去找柳树芽,柳树芽说:"您和我父亲暂时在一起吃住,三天后,您儿子会把您接走的……"

这天,柳树芽来到律师事务所,翟志强立刻上前笑迎:"哎呀,柳大书记,您大驾光临,我这里可是蓬——荜——生——辉呀!"

柳树芽说:"生意不错嘛。"

翟志强点头哈腰地说:"那是那是,今后还得仰仗您柳大书记照顾。"

柳树芽说:"照顾谈不上,你今天能否陪我去看一场戏?"

翟志强说:"哎呀,柳大书记,您真有雅兴,我长这么大从来不看戏,今天就当我陪您,咱们长安大戏院,看戏结束后,和平门全聚德烤鸭店,咱们边吃边聊,我来买单!"

柳树芽说:"不去那么远,咱们就在社区大剧场,是公益演出,不用买票。"

翟志强听后不解地问:"什么,社区大剧场?"他一拍脑门儿接着说:"哎呀,好吧,我陪您去就是啦!"

柳树芽和翟志强在前排坐下,经过柳树芽提前安排,今天上演的是根据蒲松龄同名俚曲创编的《墙头记》,戏正式开演:

勤劳善良的张木匠,妻子早逝,他对两个儿子十分溺爱,自己含辛茹苦把两个儿子养大成人。大儿子叫大乖,为人自私,生活精打细算,以做生意为业,日子过得很富裕,他的妻子李氏刁钻刻薄,他们夫妻都不愿意赡养父亲;次子二乖略通文墨,为人虚伪,很狡猾,他的妻子赵氏过门儿时从娘家带来一份丰厚家产,他们吃喝不愁,但是二乖夫妇也不愿赡养父亲。张木匠年近八十岁,年老体衰,不能劳动,不得不依靠两个儿子生活,可这两个儿子都嫌弃他年老无用,不愿意赡养他。在毫无办法的情况下只好立下字据,以月为期限,轮流赡养老父亲。由于月份有大有小,为此兄弟经常发生争执。除夕下午,大乖按照字据约定送父亲到二乖家门口,二乖夫妇认为大乖是在占便宜,在家里假装没听到叫门声。大乖在门外破口大骂:"叫你开门,你不开门,你们全家的人都死绝了!"无论大乖在门外怎么叫骂,二乖夫妇就是不开门。大乖无奈,又不愿意把父亲领回自己家,于是谎说要背着父亲走,张木匠误认为大乘孝顺，就顺从大乘，没想到大乘把自己背起后放到了二乘家的院墙上，并对老父亲说："要掉就掉到院墙里边，如果掉到墙外可就没人管饭了！"说完自己溜回家。大过年的，北风呼啸，张木匠在墙上又饿又冷，趴在墙头上睡着了。此时，张木匠的忘年交王银匠挑着银匠器具走街串巷，忽见墙头上有异物，误认为是谁家的被子放在墙头上，于是上前一看，把自己吓得翻了个跟头，爬起来自语道："天呀！这大过年的，怎么墙头上有个大活人。"仔细看，竟然是自己的好朋友张木匠，赶紧从墙头上把张木匠救下来。二人交心后，王银匠对老朋友的遭遇十分同情，他为人机智，很有正义感，眼珠骨碌碌一转计上心来，他要利用大乘和二乘爱财如命的习性，让他们赡养张木匠。于是王银匠从怀里掏出一个玉米饼给张木匠，让他在此充饥，等着儿子们来找他。安排妥当后，王银匠分别到大乘和二乘家，以要账为名，说当年张木匠和自己合伙儿做生意，赚了好多银子藏起来，以备将来……大乘夫妇和二乘夫妇四人听说老父亲藏有大量银子后，惊喜万分，各自想把父亲抢到手，于是兄弟夫妇四人来到墙根处，东拉西扯地争抢父亲，最后还是张木匠提出以字据为准，以月为期，轮流赡养。转眼一年过去了，这一年里，大乘和二乘争着赡养父亲，希望父亲能把藏银的地方告诉自己。张木匠表面上生活好多了，但内心深处的痛苦却天天在加重，因为他知道自己根本就没有藏过银子，也不愿意在欺骗孩子们中过日子，不久心病加重，眼看顶不住了，此时大乘和二乘都想得到父亲临终前说的那句话（也就是藏银子的地方在哪里）。张木匠临终前感叹："看见那堵墙，想起王银匠。"老人本意是因老朋友王银匠设计让自己过了一年有吃有喝的好日子而感激王银匠，但他的儿子和儿媳们却财迷心窍，误认为父亲将银子藏于二乖家墙根处，为了证实，他们兄弟争着去找王银匠。王银匠得知老朋友病故后十分难过，大乖和二乖相互争着表达自己为父亲的后事准备齐全，王银匠听后也放心了，他来到老朋友灵柩前哀悼一番打算回去。可谁知他们兄弟夫妻四人却缠着王银匠不放，一定要让王银匠证实父亲是否藏银于二乖家的墙根下面，王银匠听后十分生气，决心戏弄爱财如命的夫妇四人，让他们去二乖家挖墙根。于是他们拼命挖，不一会儿墙被挖倒，他们四人被压在墙下，哭喊："银匠大叔救救我。"王银匠吐了他们一口唾沫，然后扬长而去。

戏结束了，柳树芽问翟志强："你感觉怎样？"此时，翟志强低头不语，柳树芽说："我看你演大乖最合适。"

没过多久，翟志强把自己的父亲接回了家，再也不提赡养协议的事了。

三十二

　　转眼间柳晓鹋和柳晓云上小学了，也许是受社区文化影响，柳晓鹋喜欢上了民间乐器二胡，柳晓云喜欢上了西洋乐器钢琴，每天放学回家，他们写完作业，两人各自在小屋里开始练习。对于孩子的特长教育，白鹭一直认为，孩子在义务教育阶段，学校里老师教的是共性知识。比如老师在课堂上讲"一"，全班同学得到的都是"一"，老师在课堂上讲"二"，全班孩子们得到的都是"二"，只不过有的孩子记得好，有的孩子记得差。老师领进门，修行在个人，孩子的特长，关键在于父母营造的家庭环境，只有父母给的那一份儿才是孩子特殊的，所以一个孩子的特长，关键看父母和成长环境，而孩子童年时期，正是艺术特长植根于心底的最佳时期。白鹭回忆自己的成长经历，从小和柳树芽就喜欢音乐，在萧太后河畔，她和柳树芽用树枝制作响响吹奏歌曲，用各种树叶吹奏歌曲，所以自己的学习理念井然有序，通过音乐中蕴藏的数字规律自己找到了数学、物理和化学运算的基本法则，在背记方面也用的是音乐学习方法，音乐老师曾经说过："对于较难的乐句，放慢速度连续练十五遍，在西方音乐界被称为'十五遍定理'，音乐的难点需要放慢速度去做重复练习，只有在重复过程中才能更好感悟音乐的美妙，这种重复的习惯会培养孩子一生把事情做好的顽强毅力，世界上没有惊人的天才，所谓的天才是下功夫练出来的……"正因为音乐是人类智慧的结晶，所以西方教育专家一致认为音乐符号是打开孩子心灵智慧的钥匙，谁能够把这把钥匙利用好，谁就会在学习的道路上取得成功。我国当代著名科学家钱学森童年时期就喜欢音乐,他上中学时,在学校乐队是吹圆号的,他妻子是中央音乐学院声乐教育家。

暑假期间,班里有的同学去国外玩儿了,为此白鹭省吃俭用,想带两个孩子出去见识一番,让孩子外出散散心,但是外出不能单纯地闲逛和玩耍。白鹭听说香港有"青少年国际器乐比赛",于是她带着两个孩子前往。在钢琴比赛中,同龄孩子们弹的是《鸡妈妈和它的孩子们》,此为一级考级乐曲,篇幅比较短小,一共二十二小节,而柳晓云的老师给他选了一首六级乐曲《牧童短笛》,此曲为ABA结构的复调乐曲,篇幅的长度几乎是《鸡妈妈和它的孩子们》的三倍,在他们这个年龄段,孩子们完成起来是有一定难度的,但老师认为柳晓云很有潜力,经过练习,他可以很好地背着弹奏这首乐曲了,在比赛的前一周,他顺利把这首乐曲背着弹奏下来了。

柳晓云在飞机上没有练习钢琴,到香港后也没有及时找到琴房"热手"。一天不练,自己知道;两天不练,同行知道;三天不练,观众知道……两天没有练琴,在比赛场上手生的柳晓云一出手就弹错了,弹奏了三小节后,他感觉不对,又重新弹奏才进入了状态。当他顺利弹奏完A段后,台下的评委叫停了,一位评委说:"小朋友,可以啦!"此时柳晓云还沉浸于乐曲的意境之中,他正要弹奏B段,感觉好像台下的评委老师让他停下,他停下弹奏后,站起身,向台下看,台下的评委们都看着他,他认为自己产生错觉了,又坐下弹奏,他刚坐下,一位评委说:"小朋友,可以啦,我们知道你的水平了,你可以下台了。"此时,柳晓云看着台下,他感觉特别迷茫……他从来没有遇到过这样的事情,他想:"怎么老师不让自己弹了,这到底是什么意思?"在糊里糊涂中他下台了。

在比赛大楼里,白鹭这边关注柳晓云钢琴比赛,那边又要帮助柳晓鹂做二胡比赛的准备工作,二胡麻烦的是上场前需要调音,孩子太小不会调,白鹭自己单靠听力也不行,她只能借助手机上的调音器……这些事情让她忙得满头冒汗。

二胡比赛过程中,柳晓鹂演奏的曲目是《小花鼓》,她现场发挥得特别好,自己也很满意,女孩子在这个年龄段,看上去总是表现得比男孩子要出色。比赛结束了,柳晓鹂心情特别好,而柳晓云却高兴不起来,他说:"妈妈,台上有一股空调凉风吹我,把我吹得走神儿了,所以一伸手就弹错了,我还想回到台上去弹一次,如果再给我一次机会,我肯定会现场表现得非常好。"白鹭说:"台上一刻钟,台下十年功,你自己经历得少,如果有丰富的比赛经验就不会出错了,比赛只能演奏一次,要想再演奏,只能等下次比赛了。"

按照白鹭提前计划好的,比赛结束后要带着两个孩子去香港迪士尼乐园散散心。到了那里,两个孩子看到那喷水式的米老鼠高兴得早把一切烦恼忘记了。他们好奇地看看这里,看看那里,坐坐摇摇车,坐坐转转车……吃过午饭,白鹭带着两个孩子在乐园的步行街散步。街上有卖各种玩具的,有拉小提琴的,还有拉手风琴的,有弹奏曼陀铃的……两个孩子看得眼花缭乱,转眼一下午时间过去了,当夜幕降临时,柳晓鹂身上还背着二胡,她真想在乐园街头练练手,正在这时,有一位中年男子蹬着一辆白色平板三轮车过来。那三轮车经过改装后,上面有一架白色钢琴,琴前有人边弹边唱:"遥远的夜空,有一个弯弯的月亮,弯弯的月亮下面,是那弯弯的小桥,小桥的旁边,有一条弯弯的小船……"两个孩子看得入了迷,并且手痒痒的。白鹭上前和那个人商量:"可否让我的孩子试试?"那位蹬三轮车的中年男人一看孩子背着乐器,他很痛快地答应了。两个孩子凳上车子,柳晓鹂拉二胡,柳晓云弹钢琴,两人十分默契地合奏:"明月几时有,把酒问青天……"那个人如醉如痴地唱着……在歌声和音乐的吸引下,人们把三轮车围得水泄不通,大家纷纷拿手机拍照,白鹭也拿着手机忙碌着,她一会儿照相,一会儿录像。

回到宾馆已经是晚上六点多了,晚上七点,在宾馆附近的大礼堂将进行这次比赛的颁奖活动,柳晓云比赛时没有发挥好,他认为自己获奖无望,他不愿意去颁奖现场。白鹭劝说:"陪着姐姐去看看吧,这次没有发挥好,下次比赛好好发挥。"到现场后,首先宣布的是二胡奖项,柳晓鹂拿到了银奖,取得这样的成绩,对柳晓鹂来说很满意了,她高兴得活蹦乱跳。

当宣布钢琴优秀奖时,主持人没有念到柳晓云的名字,宣布三等奖时,也没有念到柳晓云的名字,宣布二等奖时也没有念到柳晓云的名字,宣布一等奖时仍然没有念到柳晓云的名字,看到同行的小伙伴高高兴兴地上台领奖,柳晓云甭提多羡慕了,他心想:"自己肯定是什么奖也没有拿到,特等奖就一名,估计不可能是自己。"当他们母子三人正准备起身离开颁奖现场时,台上的主持人大声宣布:"本次比赛特等奖获得者,也是最高奖获得者,柳——晓——云。"听到柳晓云的名字,母子三人愣在那里了，柳晓云半信半疑地问："妈妈，刚才那个人念谁的名字？"此时妈妈和姐姐激动地回答："刚才念的是你的名字，我们听得清清楚楚，没有错，就是你，你快上台去领奖。"听了妈妈和姐姐肯定的话语后，柳晓云步步小跑，他顺着观众座位通道一直跑到台上，颁奖嘉宾把奖杯和证书递到他手上，他十分激动地接过来，然后和嘉宾一起合影……此时主持人采访："小朋友，你拿到了这次比赛的最高奖，此时此刻的心情是什么样的呀？"由于柳晓云没有思想准备，他犹豫了一下，然后吞吞吐吐地回答："嗯……没……没有……思想准备，太突然了！"这样的回答太实在了，可是柳晓云说的是实话，台下的观众笑了，主持人也笑了，柳晓云的脸红了，他好像做错什么事儿似的。台下观众用手机纷纷拍照，专家在台上点评："柳晓云小同学参加的是小学生组的钢琴比赛，钢琴曲目选的难度比较大，在他这个年龄段，他能把有一定难度的复调乐曲《牧童短笛》A段弹奏下来已经很不容易了，当然开始弹时，是从中间小节弹奏的，后来自己感觉到不对时，他停了下来，又重新进入了演奏状态，钢琴比赛不允许这样，但一般小同学不重弹，错就错了，而他感觉到不对时，停下后又重新开始了，并且弹得很流畅，从流畅的演奏中可以看出他平时练琴是很下功夫的，乐曲弹得很细致，没有什么错音，节奏也好……"当白鹭听完专家点评后，她才从愣神儿中回过神来，她正要拿手机给孩子拍照，这时孩子已经拿着证书和奖杯下台了，白鹭赶紧跑到台前，她看到一位和自己年龄差不多的外国女士举着手机拍照了，她用英语和外国女士交流，顺利地加了对方的微信，要了一张照片，那是多么珍贵的一张照片啊!

  比赛获奖的消息传到了金牛坊社区小学,同学和老师都为他们姐弟取得的好成绩感到高兴,学校的宣传窗里挂上了他们获奖的信息和照片。

三十三

朝阳升起的地方,
有风儿送来鸟语花香;
朝阳升起的地方,
有清清的河水缓缓流淌。
霓虹在这里闪烁,
精彩在这里放光;
功业在这里建立,
人生在这里辉煌。
来吧,朋友,
来这里欢聚,
来这里与明天畅想;
来吧,朋友,
来这里欢聚,
来这里共度美好时光。

朝阳升起的地方,
有风儿吹开鲜花绽放;
朝阳升起的地方,
有清清的河水缓缓流淌。
星星在这里闪烁,
太阳在这里放光;
伟业在这里建立,
生命在这里辉煌。

来吧，朋友，

来这里欢聚，

来这里与朝阳共舞；

来吧，朋友，

来这里欢聚，

来这里沐浴美丽阳光。

一天，白鹭接到自己在德国读书时期导师艾特米亚先生的电话，导师说他想和白鹭的同学艾丽丝一起到中国看看，白鹭听后十分高兴地告诉导师："我居住在中国北京东郊萧太后河畔的金牛坊社区，非常欢迎老师和同学到来。"

金秋时节，京城东郊硕果累累，鲜花盛开，丹桂飘香。一个天气晴朗的日子，艾特米亚带着自己年过花甲的太太和白鹭的同学艾丽丝女士，还有艾丽丝女士的一儿一女一起到达了首都机场。

他们在北京市朝阳区豆各庄乡金牛坊社区新建的生态园里观光，生态园的动物园区里有灵芝猪、草原狼、山沟狼、沙漠狼、东北虎、平原斑马、格氏斑马、猎豹、棕熊、懒熊、红大袋鼠……

艺术林园里有长寿树、女兰树、滇藏玉兰、白檫皮树、月桂树、樟树……

茂密的树林中有画眉、麻雀、竹鸡、长尾蓝雀、石鸡、布谷鸟、文须雀、鹭鹭、小杜鹃、黄胸鹎、夜莺、黄鹂……其中有留鸟，也有候鸟，在这个季节，有的候鸟开始做远程迁徙的准备了，它们有的在树枝上觅食，有的在大树下憩息，有的在树枝间鸣叫，有的在空中飞旋。它们的叫声有的叽叽，有的喳喳，有的咕咕，有的嘎嘎，有的嘤嘤，有的啾啾，有的啭啭，有的呖呖，有的啁啁……它们亮丽的羽毛和丰富的叫声为秀美的林木增添了无限活力。

生态园的园林艺术模仿中国自然山水建造而成，园林吸大地之灵气，得日月之精华，其内不仅有中国乡村特色的假山、喷泉、凉亭等，还有供客人们登高望远的观光塔，那塔身高一百一十米，以"白鹭"命名，著名书法家沈菲女士为该塔题写匾额：白鹭塔。随后他们乘坐直升电梯到达塔顶，站在塔顶，仰观天空，天空辽阔万里，俯察大地，大地向客人们呈现人间仙境般的风景。远处山峦跌宕起伏，白云悠悠……近处湖面波光粼粼，白天鹅、黑天鹅、水鸭子、鸳鸯等嬉戏在水面上……湖中央有个小岛，人们取名为"白鹭岛"，岛上那白色的别墅很像一只正要展翅飞翔的白鹭，形状别具一格的建筑，为湖光景色增添了特有的雅致。湖畔树木郁郁葱葱，林间小路弯弯曲曲地伸向远方。

之后，他们步入金牛坊社区的艺术园区，在金牛坊社区艺术园区的音乐家协会音乐艺术古琴陈展坊，他们欣赏到了中国传统的伏羲琴、灵机琴、焦叶琴、列子琴、仲尼琴、连珠琴、落霞琴、神农琴、响泉琴、师旷琴、亚额琴、剑式琴、钟离琴等，还有《碣石调·幽兰》《梅花三弄》《高山流水》《广陵散》等古代曲谱复制拓本。中国的古琴历史悠久，其起源可以追溯到上古时期，最早用"宫、商、角、徵、羽"五个汉字来记录音的高低，当代中国人经常说的"五音不全"指的就是这五个音。古琴曲《广陵散》以广陵地区为名称，也就是今天的安徽寿县境内。此曲历史悠久，作者不详，约在东汉末年流传于广陵地区，曾用琴、筝、筑等乐器演奏。在古琴演奏坊里，他们还欣赏到了现场演奏的中国古琴名曲《仙翁操》《长相思》《鹤冲霄》《秋风词》《凤求凰》《酒狂》《阳关三叠》《关山月》《平沙落雁》等，每首乐曲都蕴含着中国音乐故事，演奏人员演奏，讲解人员讲解，白鹭在旁边用德语翻译……

在金牛坊社区音乐家协会马头琴音乐艺术坊，他们欣赏到了中国马头琴名曲《苏和的小白马》。传说很久以前，在阿拉腾敖拉山下有个银色的月亮湖，湖畔住着勤劳善良的牧民小伙儿苏和与他的妈妈。一天，苏和外出放羊，在湖边看到了冻僵的小白马，他把羊群驱赶过去，让羊群为白马传递热量。小白马得救了，苏和把小白马带回家精心喂养，不久小白马长得膘肥体壮，四蹄生风。第二年春天，草原要举行那达慕大会，比赛优胜者可以得到王爷的奖赏，另外王爷的女儿还要选最佳骑手做丈夫。苏和听后也没多想，兴高采烈地骑着自己心爱的白马去参加比赛了。在比赛中，苏和与他的小白马夺得第一，可王爷的女儿一看领先的是个穷小子，就垂头丧气地走了。此时，奸诈狠毒的王爷露出凶相，他对前来领奖的苏和说："我再加赏给你三只羊，你把白马留下，如何呀？"苏和听了坚决不同意，为了让苏和屈服，家丁擒住他拳打脚踢，最后把他关押起来，并命人把他的白马牵回王府。王爷得了白马如获宝贝，选了个良辰吉日摆酒庆贺，当地富豪官吏都来道喜，王爷得意扬扬。酒过三巡，菜过五味，王爷命家丁把白马牵来，他要在众人面前炫耀一番。可王爷刚上马，白马突然前蹄立起，王爷被吓得尖叫一声，从马背上滚落下来，白马风驰如电般地飞奔。王府卫兵倾巢出动，跨上快马，手持弓箭，奋力追赶，可白马如箭离弦,兵丁无法追上,他们边追赶边拉开弓箭嗖嗖地向白马射去,白马虽然中箭,但是依然跑得飞快,不久便没了踪影。王府兵丁只好返回向王爷禀报:"白马中了数支毒箭后跑了,肯定死在路上了……"王爷听了只好作罢,把关押着的苏和放了。苏和回家后的那天夜里,一声长长的马嘶划破了寂静的夜空。苏和急忙跑出去看,发现白马回来了,他又惊又喜,当他借着月光仔细看时,发现白马身中数箭,已经奄奄一息,很快白马便死在了苏和面前,苏和抚摸着白马忍不住泪如泉涌,苏和失去白马后整天没精打采。一天,他在梦中见到了白马……白马说:"苏和,你用我的皮制作成共鸣箱,用我的骨头制作成琴杆,用鬃毛制作成琴弦,用尾毛制作成弓子,把我的头颅骨镶嵌在琴杆高处,我们就可以永远在一起了。"于是苏和就按白马说的做了把琴。从此,在月亮湖畔,人们经常听到马头琴时而如泣如诉,时而如骏马奔腾……

又是一个银色的夜晚,马头琴的声音传到了王爷府,孤枕难眠的王爷的女儿被那优美的琴声吸引……辗转反侧的王爷也被琴声吸引,他问:"这是什么声音?"仆人回答:"老爷,去年那达慕大会上夺得第一的那个穷小子,不知从哪里弄了把琴……"

"什么?明天把他给我叫来!"

"是!"

第二天早上,苏和背着自己心爱的琴再次进入王爷府。看着那把琴,王爷贪心又起,当他把琴拿在手里学着演奏时,那琴发出的声音像乌鸦鸣叫,凄惨的琴声听得人们浑身发冷,接着天降大雪,霾沉不散,虽然是白天,但整个王府周围却像黑夜一样，王爷十分害怕。夜里王爷做了个梦，梦见一位金甲神来到面前："你作恶太多，如果不改，必遭报应。"第二天王爷成全了女儿和苏和的婚事，他把所有家产留给了女儿和苏和，自己出家了。从那以后，草原上的人们在琴声中追求真善美……演奏人员演奏，讲解人员讲解，白鹭在旁边用德语翻译，远方的客人们听得如醉如痴。

在金牛坊社区的书法家协会书法艺术创作坊，他们欣赏到了金牛坊社区书法家协会创作的翰墨金牛坊作品《萧太后河赋》《翰墨金牛坊序》《金牛坊地方志书法长卷》等，工作人员讲解，白鹭在旁边用德语翻译。

在金牛坊社区的文学创作协会文学创作阅览陈展坊，他们欣赏到了金牛坊社区文学创作协会创作的《家住金牛坊》《金牛坊社区群众轶事》《记忆中的萧太后河》《明清时期的金牛坊武林志》《宅事沧桑》《神拓》《喜新不厌旧》《当代警察日记》《俺的白发亲娘》《圆梦金牛坊》《萧太后河畔的情思》等相关书籍，工作人员讲解，白鹭在旁边用德语翻译……他们欣赏着，不断赞美中国北京郊区金牛坊社区艺术不仅丰富，而且还高雅。

下一站，客人要去金牛坊社区河畔饭店用餐，当观光车刚到饭店门口时，清秀雅致的王美丽总经理已经在那里等候了，这几年王美丽的英语口语练得十分娴熟，她走上前用非常熟练的英语向客人们热情地问候："Welcome to Riverside Hotel…"此时，白鹭赶紧上前用德语介绍："Das ist Frau Wang Meili, die Geschäftsführerin des Riverside Restaurants……"（这是河畔饭店的总经理王美丽女士……）

经过一番介绍后，王美丽带领客人走进了饭店……在金牛坊社区河畔饭店的大包间里，客人品尝着金牛坊社区居民自己种植的阳光牌黄瓜、阳光牌西红柿、阳光牌小米粥和新鲜的人参灵芝猪肉，他们边品尝美味佳肴边赞叹："中国北京金牛坊社区的环境好，餐饮味道也很好！"

艾丽丝的两个孩子和白鹭的两个孩子年龄差不多，孩子们一见面，虽然语言不同，但是他们很快就成为了好朋友。当艾丽丝谈到自己的家庭时，她悲伤得泪流满面，她说："我的父亲已经不在了，我和自己的第一位海军丈夫生了一个男孩儿后，两人就离婚了。后来又和另一位做生意的男士结婚，西方商人更是重利轻别离，和商人生下一个女孩儿后也离婚了，目前身边的一男一女两个孩子是同母异父。作为女人我多么渴望有个稳定的家，而我却没有。和白鹭一起读大学时，我总感觉白鹭同学的婚姻观念太守旧，等到我真正当妈妈后，才知道中国传统的婚姻观念是正确的，更能感悟婚姻幸福，婚姻就像中国人酿的酒那样，越酿越有味道，从白鹭身上可以看出，中国的婚姻家庭是稳定的，是和谐的，是幸福的。千百年来人类的生活主题是爱情，人和动物有什么区别？因为人类有爱情，人类的爱情可以用语言表达，可以用音乐表达，也可以把爱情写在纸上用文字表达，因此可以说是'爱情文化'把人类和动物区别开来，而中国的爱情是当今世界上最高、最深、最稳定、最美好的，中国的爱情是那样真诚，那样含蓄，那样有文学涵养，那样有音乐内容。"

那天夜里，京郊大地月光如水，他们在白鹭居住的小区里欣赏过北京东郊金牛坊社区的夜景后，艾特米亚先生不停地赞叹这里的水、草、树木已经和天上的月亮完美地融合为一体了,这就是中国人经常讲的天人合一,人与自然和谐统一的哲学道理。

随后,他们来到白鹭家,房子虽然不大,但是很干净,看起来很舒适。在白鹭家的客厅里,柳晓鹂和柳晓云为远方客人们用钢琴和二胡合奏中国传统乐曲《良宵》……艾特米亚先生不仅是一位建筑设计教授,还是一位音乐迷,他的太太是德国爱德华交响乐团首席小提琴演奏员,在太太的影响下,艾特米亚先生一生钻研建筑设计之余,也经常利用空闲时间练习钢琴。海顿的《G大调奏鸣曲》,贝多芬的《回旋曲》《月光奏鸣曲》,以及莫扎特的《降B大调奏鸣曲》等,他都弹奏得非常熟练。在欣赏柳晓鹂和柳晓云的演奏过程中,他听着中国特色的乐曲,回想着刚才所见到的金牛坊社区夜景,如醉如痴地进入了二胡演奏艺术境界……乐曲结束后,他感叹:"简直是太美了,中国还有和月光有关的乐曲吗?"

白鹭说:"有的,还有《月夜》和《二泉映月》等。"艾特米亚先生说:"我听过《二泉映月》的小提琴版本,但是没有听过二胡演奏,他们能合奏吗?"白鹭说:"这首曲子难度极大,而且里面蕴含了丰富的思想感情,两个孩子不能完成,但是村里的一位老人牛爷爷最拿手的就是这首曲子,我去请老人家过来。"片刻后,牛爷爷为远方的客人演奏了《二泉映月》,此曲为中国民间著名盲人艺术家阿炳的代表作。阿炳的一生,大部分岁月是在中国黑暗年代度过,他一辈子经历坎坷。新中国诞生后,他和新中国的老百姓得到了新生。《二泉映月》蕴含着中国道家音乐曲调,深情的旋律,如泣如诉,如悲似切,乐曲时而低回婉转，时而激越高亢，特别是进入高潮部分，一系列颤弓中有着"轻、清、巧、细、密"等特色，那声音好像一条十分美丽的项链，又好似颗颗闪光的珍珠；好似绿色小草上的露珠，又好似刚出土的颗颗小蒜；好似夜空中的星星眨眼，又好似萤火虫点燃的小灯……乐曲结束后，艾特米亚先生举着自己的左手久久不愿意放下，他一边做拉小提琴的动作，一边感叹："中国人的智慧真是了不起，小提琴是四根弦，而中国的二胡只有两根弦，小提琴和钢琴上有的音，中国的二胡全有，真是太神奇了。"说完，他看了看自己的太太，他那位已经退休的德国著名乐团小提琴首席演奏员太太说："我曾听说过，中国的二胡与中国的哲学完美融合，二胡的两弦分阴阳，内弦粗，人们称之为阳弦，外弦细，人们称之为阴弦，阴阳合一，声音自然和谐统一，产生了独特的声音效果。另外，中国的二胡技巧特别多，有上滑音、下滑音，还有那些特有的揉弦技巧，都是中国艺术智慧和哲学智慧的结晶……因为二胡的琴箱中国人巧妙应用'外方内圆'的声学原理，所以二胡拉出来的声音是圆形旋转的，小提琴和钢琴是无法模仿中国二胡音色和演奏技巧的，二胡的乐句非常连贯，这种连贯的声音，钢琴是无法做到的……"白鹭听后说："您说得很对，他们的二胡老师也是这样讲的。另外，柳晓鹂正在学习中国二胡名曲《一枝花》，那首曲子就有您说的那些技巧……"艾特米亚太太好奇地问："孩子在哪里学习二胡？"白鹭回答说："她的老师是中国歌剧舞剧院的，她的名字叫林感，她毕业于中央音乐学院民乐系，她的二胡造诣很高，我们明天就要带着孩子去老师家上课……"艾特米亚太太听后着急地问："我明天可否和孩子一起去，可否去见见老师?"白鹭说:"好的,我和老师约一下……"

次日上午,在林老师家里,林老师上完课后为艾特米亚太太演奏了《一枝花》《空山鸟语》等中国二胡经典乐曲。

艾特米亚先生和太太听得一会儿泪花闪闪,一会儿好像又进入深山峡谷,聆听深山的小鸟鸣叫和涓涓细流……演奏结束后,林老师笑逐颜开地讲述中国二胡乐曲的思想表达,白鹭在边上用德语翻译,在交流过程中,他们共同探讨人类精神财富和音乐智慧,艾特米亚太太不断赞叹:"中国的二胡内涵很丰富,中国的音乐很神奇……"

两天后,在金牛坊社区大剧场里,他们欣赏了中国京剧,那天晚上演出的是中国传统戏曲《铡美案》,他们和观众看得入境入情……演出结束后,他们说:"我们也想学习演中国戏曲,也想参与演出……"白鹭用德语告知:"我妈妈是这里的戏曲票友,明天您可以和她一起排练……"

次日上午,在表演排练室里,艾特米亚先生、艾丽丝女士,还有两个孩子分别在练身段、练念白和唱腔……

在乐队排练室里,艾特米亚太太手持小提琴一边试奏,一边和当地乐手们切磋中国京剧戏曲音乐,当艾特米亚太太听到"西皮""二黄"后,她一头雾水……此时,白鹭微笑着上前说:"不要着急,我来!"说着,她拿起一张A4大的五线谱稿纸,在高音谱号的第三条线开始处标注"b",然后在第一间处标注一个符头……她又在高音谱号的第五条线的开始处标注"#",然后在第二线上标注一个符头……艾特米亚太太看后立刻明白:"啊!原来中国京剧戏曲所说的'西皮''二黄'就是西方音乐界中的'1=F'和'1=G'。"接着白鹭又为艾特米亚太太用德语讲解:"西皮"起源于中国的陕西秦腔,其特点是唱腔明快、高亢和刚劲挺拔,板式有原板、快板、慢板、流水、导板、散板、滚板、摇板、二六、回龙、快三眼、娃娃调等;"二黄"是吸取徽调、汉调地方戏曲特点逐渐演变而成的,特点是低回婉转,其板式有导板(倒板)、慢板(慢三眼)、原板、四平调、散板、摇板、回龙板等。艾特米亚太太仔细听着,她好像渐渐明白了什么,接着艾特米亚太太又和当地乐手们讨论音乐中的大调转和声小调、回旋调式演奏,白鹭在边上用德语翻译……

　　两个月过去了,一天晚上演出的正是中国传统戏曲《铡美案》,该戏曲讲述的是出身家境贫寒的陈世美与妻子秦香莲的爱恨情仇。

　　演出开始了,陈世美上场后,观众们感觉陈世美的念白和唱腔带着外语味儿,他的念白和唱腔里有时候还带有弹舌音"嘟——"的声音;秦香莲的念白和唱腔也是如此,说着唱着忽然也来了一段"嘟——"的弹舌音,让观众感觉更加稀奇的是,在乐队首席的位置上有一位头发花白的外国老太太,她的小提琴拉得十分投入:"哆……唆……咪……"她的领奏为整场音乐增添了亮丽色彩,特别是戏曲中,秦香莲带着两个孩子走庙时,那段小提琴音乐拉得十分凄美,把剧情表达得栩栩如生……演出结束谢幕时,观众惊讶地发现,陈世美和秦香莲分别是由艾特米亚先生和艾丽丝女士扮演的,秦香莲的两个孩子冬哥和春妹分别是由艾丽丝女士的两个孩子扮演的。意犹未尽的观众们都想让德国老奶奶为大家现场演奏一段小提琴乐曲,艾特米亚太太非常高兴地为大家演奏了门德尔松《e小调小提琴协奏曲》……音乐艺术无国界，音乐随心而动，正像中国汉代《毛诗序》当中讲的那样："情动于中而形于言，言之不足，故嗟叹之，嗟叹之不足，故咏歌之，咏歌之不足，不知手之舞之，足之蹈之也……"在艺术道路上，仁者见仁，智者见智，对于当地人来说，他们在乐曲中仿佛感受到了萧太后河畔春天里小鸟在鸣叫，小溪在歌唱。

一天，艾特米亚先生感觉口苦、口干，伴有小便赤黄，他认为是自己的肾脏出问题了。在白鹭的陪同下，他们去杨大夫开办的利仁堂诊所诊断。在利仁堂诊室里，艾特米亚先生让杨大夫给他做化验，并着急地和杨大夫说："我的肾脏出了大问题。"杨大夫说："您别着急，我先看看……"随后杨大夫给他诊脉，又让他伸出舌头看看。杨大夫看后说："不用做化验，我们看病的方法主要是通过'望、闻、问、切'来判断病因，经过诊断，您是肝胆湿热导致口苦、口干、耳朵鸣叫，并且伴有小便赤黄……"杨大夫解释，白鹭在旁边用德语翻译，艾特米亚先生疑惑地问白鹭："肝胆湿热是什么意思？我的体内就像地球内部那样有岩浆吗？"白鹭一会儿用德语向艾特米亚先生解释，一会儿又用中文向杨大夫翻译，杨大夫听后笑着说："可以那样理解，我们中医讲究阴阳平衡……"说着杨大夫在纸上画了一幅阴阳图……艾特米亚先生看后惊讶道："啊！我在中国的古典书籍中见过此图……"随后，杨大夫为他开了龙胆、枳壳、生地、黄芩、当归、甘草、泽泻、车前子等中药。回去吃药后，艾特米亚先生感觉好多了，他在白鹭的陪同下再次来到利仁堂诊所，他激动地说："我早听说中国的中医学术很有智慧,没想到智慧如此高妙,吃药三天,我的病就痊愈了,我也想买一本中医的书看看……"杨大夫给他推荐了《走进黄帝内经》,白鹭给他买书后,为他用德文翻译一章,他读一章……

两个月后,艾特米亚先生在白鹭的陪同下又来到利仁堂和杨大夫切磋:"我这几天看书后,感到中医的养生之道是很讲究'天人合一'的。书中说,我们人类生活在大自然中,要顺天行道,'天'就是指我们的大自然,'道'就是大自然的规律,我们人要顺从大自然的规律,这应该就是中国人讲的'道可道非常道'的含义,如果我们按照大自然的规律去办事,事情就能成功,反之就会失败。我发现书中的中医文化讲究取象比类,就是用有形的现象来体现无形的规律。比如每天太阳从东方升起,从西方落下,地球上的万事万物也是随之变化的。其他万物不说了,就说咱们人类吧,每天太阳升起,人体内有一股热气从两腿中间沿着人体的腹部向上升起,中午时能量上升到最高点,阳气到达头顶,随着太阳的下落,阳气渐渐收藏,阳气从头顶向下流动,沿着躯体渐渐下降,阳气慢慢入阴而藏,人就进入了睡眠状态。人体内部的阴阳平衡十分重要,当阳气过衰,人体内的血液就缺少了动力,再加上血脂过高、血栓过多,这样就容易患脑梗或者是心梗等疾病。你说我理解得对吗?"他在那里滔滔不绝地讲,白鹭在旁边翻译,杨大夫听后高兴地说:"您理解得太对了!"

半年过去了,艾特米亚先生和太太、艾丽丝女士一点儿回德国的意思也没有,艾特米亚先生和太太已经决定永久留下定居了,他们在小区里买了房子,住下了,他们每天都去排戏,在排练室里练唱功。他们不排戏时,就去萧太后河畔的知青林里散步。有时和白鹭一起切磋建筑设计专业学术,并且在白鹭的引荐下,到清华大学建筑设计学院和北京建筑设计院开展相关讲座和学术交流活动……他们的日子过得十分舒心。而艾丽丝更不打算回去,她的两个孩子已经在金牛坊社区小学借读了,两个孩子都成了出色的京剧票友,艾丽丝要让这两个孩子在这里长大,将来在这里就业,在这里享受中国生活和中国爱情。为了保障两个孩子的生活开销,白鹭帮老同学艾丽丝在市内的一家建筑设计公司找到了一份工作,艾丽丝周一到周五在那里上班,周末就带着两个孩子去社区大剧场排戏。

三年后,艾丽丝在排戏的过程中与曹二丫的弟弟曹三宝相恋了,一年后艾丽丝怀上了曹三宝的孩子,怀胎十月后,艾丽丝生下了一个中西结合的混血男娃。艾丽丝非常幸运地在中国找到了真正的爱情,有了自己的新家,她认为自己和中国有缘是非常幸运的,更加相信自己后半生的婚姻也是非常幸福的,生活是非常美好的。她和白鹭好得就像亲姐妹一样,白鹭一下班就去艾丽丝那里帮助她带孩子,给孩子喂水,帮助她洗衣服做饭。

对于柳晓鹂和柳晓云而言,等于多了一位德国爷爷和一位德国奶奶,两位老人经常和孩子们在一起,他们给孩子传播西方建筑学术理念和西方音乐人物故事,如海顿、贝多芬、莫扎特、约翰·施特劳斯……教孩子们学习德语……最初柳晓鹂和柳晓云的舌头不灵活,他们不会发"得tr……",中国人把这种发音技巧称为"弹舌音"。一次,在老松下,柳晓鹂和柳晓云遇到了他们的伯父何大渡,京郊人称伯父为大爹,他们问大爹是否会弹舌音，何大渡说："这还不容易？小时候我爷爷教我赶车，和驴、骡、马进行语言交流时，我就会'得tr……'听到了吗？"柳晓云听后十分惊讶，他想："何大爹怎么会这些？"柳晓鹂和柳晓云回家问爸爸，柳树芽笑着说："听着，'得tr……'我也会，听到了吗？"这时柳晓云顿悟："只要是赶过车的中国人都会德语中的弹舌音'得tr……'会发这些音的人，舌头是灵活的，在中国马和驴语言里就带着德国语言弹舌音'得tr……'的技巧元素……"经过反复练习后，柳晓鹂和柳晓云的舌头也变得非常灵活了，他们的德语有了很大进步。

没过多久，何大渡、王美丽等大人和小孩儿多多少少学会了一些德语，艾特米亚先生和太太以及艾丽丝和两个孩子也学会了许多北京方言，他们在半生不熟的北京语句中加上了"您"，渐渐明白北京人经常说的"敢情"是什么意思，同时在半生不熟的北京语句中加上了儿话音。为此白鹭向他们介绍："中国北京方言的儿话音很有历史渊源，据说从中国元朝时期就开始了，到了明朝又进行了升华和发展。称呼中带儿话音表示小和关爱的意思，其用法是很有讲究的，儿话音下级不能用于上级，晚辈不能用于长辈，比如长辈经常称呼晚辈，二妮儿、蛋蛋儿，这样显得很亲切；另外，不能什么词都带儿话音，比如历史上的官位'九门提督'，不能念成'九门儿提督'；明清两代，北京的城门有德胜门、安定门、朝阳门、崇文门、正阳门、宣武门、阜成门、东直门、西直门等，这些都属于京城的大门，在北京方言中这些大门的名称不能带儿话音，那些京城的小门可以带，如东便门儿、西便门儿。有时候北京方言的儿话音的'儿'字用在象声词后面,有时候'儿'字用在动词后面,有的时候'儿'字用在名词后面,也有的时候'儿'字用在名词两个字的中间,比如北京人经常说鸭儿梨,此时'儿'是在名词两个字中间,这就是地地道道的北京方言,如果说成鸭梨儿,那就成为天津方言了,'儿'字所在的位置不一样,方言也就不一样了……"此时,艾特米亚先生听得十分着迷,听后他那两只蓝色的大眼睛睁得圆圆的,嘴巴张得大大的,他歪着脑袋用心学着:"鸭……厄(儿)梨……鸭厄(儿)梨……"在场的人听着艾特米亚先生中西结合的北京方言中有了"老北京片儿汤话"的味道,他们都笑了,艾特米亚先生也跟着笑了……在爽朗的笑声中,他们的日子过得十分开心。

三十四

  金牛坊社区的民间剧团里有外国演员参与演出,这可是非常稀奇的事情,为此马家湾和张各庄等地居民纷纷来到金牛坊社区大剧场看戏,为了满足较远居民们的看戏需求,金牛坊社区京剧团还到市里的剧场演出。

  随着"'一带一路'中国文化走出去"项目的开设,区文旅局、文联和区外事办公室的领导专程到金牛坊社区布置对外演出任务,他们准备带金牛坊社区戏曲剧团到德国去进行文化交流。此次出访经过了周密安排,不仅有演出团队,还有宣讲团队,先由专家组成宣讲团队,用德语讲述中国民间戏曲故事,然后再由演出团队进行演出。艾特米亚先生、艾特米亚太太、林芳、艾丽丝和白鹭等组成宣讲团队,白鹭还担任现场翻译。

  经过半年多时间筹备和排练,在中国的传统佳节春节期间,金牛坊社区京剧艺术团全体成员出发了。他们去了德国柏林建筑设计学院,那里也是白鹭的母校,那里的教授们看到由艾特米亚先生、艾丽丝等参与演出的中国戏曲《铡美案》《孔雀东南飞》《四郎探母》等,他们无比兴奋……

  非常巧合的是,唐小花于北京外国语大学德语学院毕业后,被中国外交部录用,她被派往中国驻德国大使馆工作。当交流团到达德国柏林建筑设计学院时,那里的外宾队伍当中有一位漂亮的中国姑娘担任中文和德语翻译,那位漂亮的中国翻译正是唐小花。当柳树壮在德国柏林建筑设计学院大厅看到唐小花时,他总感觉眼前的这位漂亮的德语女翻译好像在什么地方见过。在工作空闲，唐小花走近了柳树壮和曹二丫，唐小花微笑着问："树壮大哥，你还认识我吗？我是唐小花。"此时，柳树壮忽然想到若干年前深夜追人那一幕，他想："怪不得总感觉在哪里见过，原来是她……"此时，柳树芽和白鹭也走了过来，柳树芽说："真是今生有缘，没想到咱们在这里又见面了……"说着他伸手指着白鹭向唐小花介绍："这是你嫂子。"此时唐小花大大方方地说："嫂子好！"当他们把目光再转向柳树壮时，柳树壮尴尬的脸庞红得像初升的太阳，曹二丫解围说："小花妹妹，我是柳树壮的妻子，以前的事情我都听说过了，妹妹人生坎坷，与我们金牛坊社区结下了不解之缘，要说我们在人生的十字路口没有走错，还得感谢柳树芽，在他的帮助下，我们走上了正确的人生道路，你说对吗？"唐小花高兴地说："嫂子说得很对！"此时柳树芽谦虚地说："那些事情都过去了，在这有缘的人生道路上，咱们携手奋进，来！把手伸出来，搭在一起，咱们共同喊，为了美好的明天加油！"在柳树芽的提议下，大家把手搭在了一起，异口同声地喊："为了美好的明天，加油！"

演出结束后，柳树壮以金牛坊社区剧团总干事的身份站在台上慷慨陈词："尊敬的女士们、先生们，中国戏曲文化博大精深，今天的演出，只是中国戏曲文化的冰山一角，欢迎大家到中国北京，北京有迷人的花，有醉人的酒，还有更加丰富的中国民间戏曲……"柳树壮讲着，白鹭翻译着，唐小花在台下看着柳树壮，心想："柳树壮能有这么大的进步，真是遇到贵人了，这位贵人当然就是柳树芽。柳树芽是位十分了不起的男子汉，同时也是位了不起的转业干部，中国智慧、中国精神、中国严格的家训、良好的家风，以及中国军人的气质都集中体现在他的身上，他用非凡的智慧和不怕苦、不怕累的精神，以及廉洁奉公的共产党员标准带领金牛坊社区居民向着美好的方向前行……"

金牛坊社区京剧艺术团在德国亮相圆满成功，演出期间和演出结束后有许多德国人纷纷要求学习中国京剧，同时也喜欢学习中国乐器京胡、笛子、琵琶、箫、唢呐和古琴等，此后德国和其他国家纷纷开办孔子学院的同时也开设了中国民间戏曲赏析课。中国民间戏曲文化在国外引起强烈反响，金牛坊社区京剧艺术团回国后受到了北京市和朝阳区领导的高度赞扬。

三十五

天使的脚步舞动时代华章,
多彩的人生在通惠河畔绽放。
用心耕植绿荫大地,
众手浇灌万物生长。
梧桐生啊!
绿满朝阳,
凤凰鸣啊!
祥云蓝天之上,
啊!
凤舞朝阳。
啊!

卓越的智慧抒写时代华章,
美丽的梦想在萧太后河畔绽放。
用心根植朝阳大地,
众手浇灌万物生长。
桑梓生啊!
绿满朝阳,
凤凰鸣啊!
祥云蓝天之上,
啊!
凤舞朝阳。
啊!

在"绿水青山就是金山银山"的环保理念指引下,金牛坊社区最后一期小区建设工程顺利完工了,此时萧太后河两岸的天更蓝,水更清,树更绿,阳光更加灿烂。

旭日东升照大地,
古老河流焕生机,
白鹭归来展翅飞。
京东朝阳无限美。
啊!
白鹭飞,
白鹭飞,
飞在天上,
飞在京东大地,
飞在人们的心里。
啊……

一个周末的早晨,艾特米亚先生、艾特米亚太太、林芳、艾丽丝女士、白鹭、柳树芽、何大渡、王美丽、柳树壮等带着孩子们在萧太后河畔散步,他们看到成群结队的白鹭在天空中翱翔,有的落在草地上,有的落在大树下,有的落在石头上。

大运河畔的文学世界（代后记）

——访著名作家红孩

【人物名片】红孩，著名作家、学者，20世纪60年代生于北京。《中国文化报》文学副刊主编，中国散文学会常务副会长，中国环境文学研究会副秘书长，全国未成年人生态道德教育工作委员会委员。代表作：散文集《东渡 东渡》《运河的浆声》、话剧《白鹭归来》、电影《风吹吧麦浪》等。

红孩初印象：三分书卷气源于温文尔雅，三分亲人感源自平易近人，还有四分特立独行的"孩子气"。不刻意炫耀，不吝啬夸人，不屑于浮躁社会场，却也会肯定自己；不世俗，不波流茅靡，但也不缺少人间烟火的气息。言语中在诉说着自己，却也能通过言语让人看到他眼中的家与国。

"姑苏城外寒山寺，夜半钟声到客船""故人西辞黄鹤楼，烟花三月下扬州""运河转漕达都京，策马春风堤上行"……运河文学，似乎是由运河船载以入；可以说，运河文学，记录着运河之历史韵味，点缀了沿河城市的美丽。也因如此，运河丰富了文学。

比肩继踵的庙会，饱经沧桑的古桥，闻名遐迩的寺庙，烟雨朦胧的故居……这运河的每一处痕迹都透露着它的独家记忆；品读大运河，"一梦于今朝"溢于言表；慢慢从它身旁走过,仿佛慢慢走进了它数千年的历史脉络中。而每一个读它的人,也在追寻中成长,在成长中渴望,在渴望中愈加丰富着它的文化。红孩亦是如此,故乡运河之畔,看他的文化世界,品他的古香文化,读他的运河期许……

聊红孩老师:真性情的独行者

谈起红孩与大运河之间的缘分,那要从故乡之"缘"、文学之"分"来说。

何谓故乡之"缘"呢?红孩出生于北京东郊双桥农场,那是通惠河、萧太后河两条漕运河流自通州张家湾码头向京城一路西行穿域而过的地方。起初,他居住的叫作于家围的村子位于大运河通州张家湾码头到京城广渠门四十里大道的中间路段。少年时期,红孩就是个特立独行的人。放学之后,年龄相仿的孩子都乐于回家玩儿游戏时,他却有两件事要做:去和农场的人聊天儿,去通州邮局买刊物、买报纸!后来搬到距大运河五六里的梨园,再到京城东北三环的西坝河……虽然搬了几次家,但终究都没有离开过大运河。

"你还是上学时的那个样子,总是那么开心、乐观。"在散文《相思无因见》中,红孩老师听到许久不见的老同学这样的评价十分坦然,他说:"生活就是这样,开心也一天,憋心也一天,人干吗跟自己过不去呢?!"也便是这份真性情,让他在遍地荆棘、寸步难行之时依然能保持豁达的良好心态。1983年,红孩老师中考失利,虽然选择了由农场和中学联办的畜牧职业高中,实际却可以说是"身在曹营心在汉",他从未想过一辈子待在那个地方。从那时起，他开始考虑未来的出路，也是从那时起，他从文学刊物上知道了大运河之畔的刘绍棠先生，从此便踏上了他的文学创作之路。在高中开学后，他怀揣着截然不同的感情骑车去通州东关的大运河看了一遭，也正是这一遭，刷新了他对大运河的认识，正式开启了他的运河文学之渊。

何谓文学之"分"呢？红孩老师认为，"文章落于纸笔是个技术问题，而写作靠的是生活积累后的提炼，一个生活积累丰富的人，是不会在乎技巧的"。其实，农场这段经历在丰富了他年少生活的同时，于他而言更是一种生活上的积累。出生于运河之畔，生长于运河之畔，从小经历的是运河的故事，积累的是运河的素材，对身边的三条运河之一的漕运河有着不同的心境，而这种心境也深深影响了作品，京味儿话剧《白鹭归来》就是其中的"佼佼者"。

"最近几年是'回归'，回归到通州，回归到大运河畔，回归到双桥农场，回归到于家围、豆各庄、水牛坊、马家湾，其实这也是我个人创作的归来。"《白鹭归来》情节跌宕曲折，引人入胜，人物形象丰满，个性鲜明，无论是立意还是手法都十分经典，但令人诧异的却是其并没有"几易其稿"。红孩骄傲地说："我写的事件、人物都是我所经历的，它的创作只用了七天就一稿完成了。"《白鹭归来》作为围绕北京"一城三带"大运河之萧太后河创作的国内首部散文话剧，表现历史，但不还原历史，立足当代，展望未来，以海归女学生的视角看今天北京郊区的变化，淋漓展现了富裕起来以后当代农民的精神风貌。

在长江、黄河的治理之后，国家和相关部门将治理的重心指向大运河。恰逢巧合，不免有人认为《白鹭归来》是命题之作，其实不然。"是我自愿的，原来在这个地方工作过，有一定的感情。写完之后，朝阳区委宣传部、朝阳区文联正好对这个主题有意向，一拍即合，才有了后来的话剧《白鹭归来》。我把白鹭作为象征，既是环境保护这样一个题材，对人与自然和谐共生的呼唤，也是对精神的呼唤，对海外游子回国参与新时代中国特色社会主义建设、实现中华民族伟大复兴中国梦的呼唤。"

红孩很多作品中都有深深的运河烙印，《白鹭归来》就属于典型的运河文学。其实受运河影响的作家很多，但绝大部分作者连作自己本土的文章也难出精品。如果用万年不变的眼光去窥探神秘莫测的运河文学世界，就如同井底之蛙，这对于运河文学来说并不是一个好的现象。基于这样的考虑，红孩坚定地说："我未曾想过跟着他们的思路走，另辟蹊径是肯定的。'不从众'的思维是我从小养成的习惯。"

当所有人都鼓掌，唯独你没有鼓掌，你可能成为众矢之的，但这世上的事情，有时候看似有利实则无利，看似劣势却是优势。打小，红孩就是个有想法的人，无论是在自己的文学上还是自己的生活上，都有一种"虽千万人吾往矣"的气魄，这种独特的性格也成就了他。

话剧《白鹭归来》的一次演出中曾出现了一个小小的插曲，一位77岁的老太太观看话剧时十分激动，从而导致身体不适，突然倒地，剧场经理赶忙拨打"120"报急救。老太太在医院醒来后表示，此剧让她想起了自己从前在农村插队的情景，才会如此激动。其实很多人都认为，现在的时代是互联网的时代，现在的文学是网文的时代，网文的发展似乎把纯文学、严肃文学等束之高阁，其实并不是，能让读者产生共鸣的作品就是时代的作品。以红孩的话剧为例，它并没有迎合现代"宫斗""权谋"等主流题材，而是以自己的经历另辟蹊径；也没有在演员上选择主流明星，反而从始至终都是以"适合"为标准，最终的结果是一票难求。自2018年9月10日公演到2019年年底，已经连演了四轮二十场，观众累计超过一万人次。第一场在世纪剧院的演出，一千五百个座位座无虚席，现场有许多人都回想起了话剧中的那段岁月，泪流满面。

聊文学：文学该有大担当

"所做文章者，可担当使命，可影响时代，可直击人心，方为大家。"

《白鹭归来》话剧成功之后，回到当下状况，纵观中国文坛，纯文学、严肃文学落落寡合，通俗文学喜闻乐见。随着时代的改变，未来的文学又将会面临怎样的变革呢？这是太多人心中的一个疑惑。

首先从整体的变革这方面来说，在传统的观念中，"变"即是"不确定"，无人可以预料"变"的最终结果有益还是有害，而"不确定"的背后就可能隐藏着"动乱"。对于"文学的变革"众说纷纭、各执己见，而红孩的看法依然独树一帜：他认为，变是常态，人是要思变的，但不能老变。总变也是问题，需要有原则地变。

由"变"到"变什么"再到"怎么变",文学最终的探讨无疑是社会价值。物转星移,日新月异,现代文学作品承担着何种社会责任?

"在新中国成立之后,很多人对共产党、新中国都怀有浓厚的热爱之情和翻身解放的欢喜之情。在这样的大背景下,自然是发自内心的歌颂和赞扬。"文学随着时代改变,这是毋庸置疑的,基于现在的文学市场和文学接受度,红孩提出了他的文学主张:"到了这代人,不应该都是千篇一律的歌颂,更多是思考和批判意识,而这种批判应有思辨色彩;我主张的文学不仅记录社会问题,还揭示社会,面向未来,影响人民的思想进步。其实归根结底无非是四个字——'国家意识'。"

作品是作者的产物,任何文学作品都带着作者的主观思想,产物的"思考"无疑是作者的"思考"。红孩认为,搞创作的人一要有生活,二要有理论。光低头干活,不抬头看路不行,整天空谈,没有实践经验也不行,两者相辅相成,缺一不可。在这个基础上才能谈文学深度,他绘声绘色地将一些作品比作"小小的文人画",缺少中国气魄,而与之相对的作品则是巨幅的中国画,风骨奇峻,大气磅礴。相较而下,两者之间,不啻天渊,格局立现。中华民族历史悠久,人才辈出,在历史的长河中自然不乏属于"后者"的作家,他觉得,毛泽东的作品是其中"片石韩陵"的代表,那是意境开阔的北国风光,一目了然,与一些"靡靡之音"形成鲜明对比。

散文既是宏观的,也是微观的,在明确文学变化中的社会责任之后,再把文学这个大范围聚焦到"散文"。曾经在微博上看到这样一种说法,"辞藻堆砌是散文,事件累积是散文,华而不实是散文,金絮其外败絮其内是散文"。这种说法反映了当代的状况,很多人对于散文所知甚少,如盲人摸象。

红孩作为中国散文学会常务副会长、散文家,自然避免不了时时刻刻与散文打交道,对散文也有截然不同的情怀。谈起散文,他娓娓道来,对于散文的见解也是入木三分:"散文不承担论文和史学家的工作,它一定是可以给读者留下回味的艺术。它解决的不是确定的,而是非确定的。"

红孩认为,当今社会,很多散文创作者并没有入门,所谓的成品大都是生活的记录。他将这些人的作品比作火车的路程,由始发站到终点站,确定的路线,这是一个"线段";但真正的散文不应是"已经确定的"论述明白的"线段",而是像"直线",两边无限延伸,无限思考。

在当代的文学大环境下,作品变得商业化,也逐渐变成了迎合主流的工具。但在这样的环境下,红孩依然是可以保持"清醒",不随波逐流、得过且过的"第三人";也不做故步自封、盲目自信的"第二人",而是要做自己文学的"第一人"。在他眼中可以被称为"文学"二字的绝非简单地记录一个故事、写一段人生经历、表达自己的感受……更多的应该是"思考",而"这份思考"于现在、未来有什么作用,于社会、国家有什么作用。

当如红孩一般有这种意识的作者从"少数"变成了"大多数",才是文学积极向上、蓬勃发展的好态势。一段文字也好,一篇文章、一本书也罢,表达的并不是"社会想听什么",而是"社会需要听什么",置于人们眼前时,不是"作家经历了什么",而是"作家思考了什么"。文学的定义仁者见仁,但最终的落脚点终究还是"社会价值",在红孩的眼中,社会价值中"国家意识"是极其重要的。

聊大运河:过去与现在之间,与时代握手言和

"完美复刻,亦非时代所需,不在发展中遗忘,方为正路。"

大运河不仅承担着古代水路运输,具有重要交通作用,更承载了历史的厚重文化。大运河的存在见证了历史的变迁、朝代的更迭,同时也养育了"因运河而生、因运河而繁荣"的城市。

在红孩的回忆中,周围村庄都曾建有电镀厂、造纸厂、铸造厂、印刷厂等乡镇企业,污染严重。不得不说,如今的大运河确实面临着自然环境污染严重,文化遗存毁损流失惊人,社会经济功能退化,被过度开发等让人担忧的处境。工业生产过程中产生的工业废水、工业垃圾、工业废气、生活污水和生活垃圾都会通过不同的渗透方式造成水资源的污染。长期以来,由于工业生产污水直接外排而引起的环境事件屡见不鲜,给人类生产、生活带来极坏影响,大运河一直处于不断治理的过程中。他认为,古代的大运河已经将江南的财富、粮食、丝绸都运到了北方,它的产业价值已经得到充分的利用。如今要做的并不是榨干"运河剩余的产业价值",万事皆有度。

针对大运河的现状,国家着手大力改善,在逐渐有些成效之后,"通航"也成了很多人的心结。运河的交通运输作用被再次搬上现代舞台,让很多人心驰神往。红孩针对现在的情况分析了运河的形势,首先就提出了疑问,水从哪来?对于通航来说，水无疑是当务之急。本来北京的水量就不足，随着人口的增多，用水量也逐渐增多，打井的深度同样逐年增加。面对现在的情况，要说一步到位，那是很难想象的。

基于此，红孩表示：河流恢复或许还需要漫长的时间，但历史文化绝不能割断。2018年10月，他在给中国致公党北京市委员会写的《关于打通萧太后河、通惠河、坝河融入大运河文化产业带历史文化的提案》中也体现了这个观点。

京杭大运河是中国文化地位的象征之一，2014年申遗成功后，大运河已成为世界公认的文化符号。历史的运河与现实的运河有效对接，让世界、让人们看到源远流长的灿烂文明，知晓一个古老民族智慧的过往，了解中华民族生生不息的辉煌篇章。在红孩的观念里，"时光若白驹过隙，现代交通工具日新月异，运河的运输价值早已不复往昔。如今，于运河，过分强调产业价值、运输价值弊大于利，更加注重的应该是其文化价值：两岸的民俗、周边的风土人情、文物保护、生态保护……运河沿边的城市是确定的，而运河的文化是流动的，在固定的地域，如何让运河文化流动起来才是关键所在"。

谈起运河的未来，对于它的期许，红孩的态度一直是积极的。首先，运河已经申遗成功；其次，中央对于环境保护的力度越来越大，环境保护、文物保护等观念逐渐在老百姓心中扎根，这对大运河来说也是一种欣欣向荣的发展趋势。

"大运河是历史的，这一点无疑是确定的。但大运河又是未来的，我们现在即使还不能让它完整地流动起来，但其所承载的文化和沿线的风土人情已在悄然复活，而且这种复活在不确定的奔腾中将激发出无限的活力。"

对于大运河来说，烟花三月下扬州，一路极致繁华，似乎很难再次复原。从幽州到临安，从北京到杭州，从帝都风华到诗意江南，从典雅别致到风淡露浓，由琼岛春阴到九溪烟树……在古代已是极盛，如今更令人向往。但于现在并不是"百舸之流，行水路，直达临江""皇家码头和水路都会""无数漕船停靠，景象繁华"……更多的是文化，是长期创造形成的产物、社会历史的积淀物、民间习俗、城市百味、一园江南梦、一本史诗巨篇……当然，我们在惋惜的同时也该接受这个现实：如今诗句中的景色已是难以再得，但大运河文化应该得到更多的重视。

【写在最后】往日之事不可追，未来依然可期、可待。

对于过去的时代，总有遗憾、怀念，但时代的发展也不应以"遗忘"为垫脚石，遗憾的同时并不代表遗忘。如红孩老师所说，变化是相对的，不变才是不可能的。在瞬息万变、高速发展的大背景下，在过去与现在之间，运河与这个时代"握手言和"。

文学世界变化的开始，变化的结束，是一个轮回。在这个文学的大轮回中，独行，回归依然是运河之畔的文学世界中那个初心未改、年轻依旧的模样。

《人民交通》杂志记者　白晓娜　任如玉
（本文原载2020年《人民交通》杂志）